JN270879

レッドゾーン

上

真山仁
Mayama Jin

講談社

レッドゾーン・上巻／目次

レッドゾーン・下巻／目次

装幀　多田和博

カバー写真　©getty images

レッドゾーン（上）

レッドゾーン・上◎主な登場人物

サムライ・キャピタル（投資ファンド）
鷲津政彦　社長
リン・ハットフォード　会長、鷲津の公私のパートナー
サム・キャンベル　専務であると共に調査会社ボーダレス代表、元CIA
前島朱実　豆タンクと称される、若きヴァイス・プレジデント

アカマ自動車
赤間周平　最高顧問、75歳にしてアカマ3000を駆って走るレーサー
赤間太一郎　副社長、周平の甥
古屋貴史　社長、国際派でありながら、頑固一徹なアカママン
大内成行　取締役社長室長、古屋を支え、アカマの内蔵助と呼ばれる
保阪時臣　社長室次長、将来の社長と嘱望される切れ者

マジテック
藤村登喜男　故人、前社長、なにわのエジソン
藤村浅子　登喜男の妻で現社長
藤村朝人　藤村夫妻の長男、大手家電メーカー研究員
藤村望　藤村夫妻の次男、定職に就かずバンド活動に明け暮れる
桶本五郎　社員、ベテランの金型職人

芝野健夫　事業再生家として数々の実績を誇る
堂本征人　ジャパン・ジャーナル社元社長、フリージャーナリスト
飯島亮介　ニッポン・ルネッサンス機構（NRO）総裁
王《ワン》　烈《リエ》　中国の国家ファンド（CIC）の幹部
賀《ホー》　一華《イーフア》　上海の買収王、上海投資公司総経理
謝《シエ》　慶齢《チンリン》　ハーバードロースクールJ. D. 三年生、NYで嘱望されながら、母国で企業法務弁護士をめざす
鍾《ジョン》　論《ルン》　颯爽汽車CEO、米MIT卒の海亀派エリート
将《ジャン》　陽龍《ヤンロン》　香港の財閥の御曹司、NYのギャラリーで大成功
加地俊和　アイアン・オックス・キャピタル社長
アラン・ウォード　鷲津の右腕、2004年に謎の死を遂げる

序幕　欲望の街

Que serā, serā,
Whatever will be, will be;
The future's not ours to see.

〜"Whatever Will Be, Will Be (Que Serā, Serā)"

★

二〇〇七年晩夏　マカオ

欲望という名のカオスが人の精気を吸い取り、街を極彩色の狂気に染めていた。一攫《いっかく》千金を夢見る者から理性を根こそぎ奪い取ろうとする街は、すべてが黄金色《こがねいろ》に塗り潰されている。

中国を知りたければマカオに行け——。

チップを弄《もてあそ》びながらテーブルを見つめる鷲津《わしづ》政彦《まさひこ》は、何人もの〝中国通〟が異口同音に勧めた意味を実感していた。この街こそは膨張中国そのものであり、欲望という〝魔物〟の巣窟だった。

「大将、次も絶対〝プレイヤー〟だ」

「おい、黙ってろ、大将の運気が逃げるだろ」

頭上を野次馬たちの声が飛び交う。いや、連中はただの野次馬ではない。ミニマムベット（最低掛け金）一〇〇〇香港ドル（約一万五〇〇〇円）のバカラで勝ち続ける〝大将〟の運気に、便乗しようと持ち金を張る、れっきとしたギャンブラーだった。

こいつらこそ、ハゲタカだな……。

鷲津は口元を歪《ゆが》めながら取巻きに一瞥をくれると、バンカーサイドにチップを一〇枚積み上げた。現金なら怯んだかもしれない。だが五〇〇ドルがプラスチックのチップ一枚に化けた瞬間、金の重みを忘れてしまう。

便乗者たちが張る色とりどりのチップが、バンカーサイドにたちまち山と積まれた。ディーラーの掌が表に返されベットの終了を告げようとした瞬間、鷲津と同額のチップが、プレイヤーサイドに張られた。

さっきまで空席だった場所に、場違いなダークグレーの背広姿の男が座り、鷲津に向かって微笑んでいた。

バカラは、ディーラーから配られるカードの一の位が、合算で九に近い方が勝つ。カードはプレイヤーとバンカーの各サイドに最高ベットを張った者だけに配られ、〝運試し〟の代表となる権利が与えられる。

最初に配られるカードは二枚。どちらかのプレイヤーのカード合計が八か九であれば、そこでゲームは終了する。あるいは双方が六か七でも同様だ。それ以下の合計数の場合、三枚目のカードが配られることになるのだが、そこにも細かいルールが定められている。

そもそもトランプゲームの多くは、運試し的な要素が強い。とは言うものの、カードをもう一枚引くかどうかの選択権は、プレイヤーにある。しかしバカラには、その選択権がまったくないのだ。結局は、どちらが勝つかを予想するだけのゲームであり、プレイする醍醐味に欠けていた。

性に合わないゲームだった。だが、マカオのカジノ王が経営するリスボアの熱気に当てられた鷲津は、吸い寄せられるようにテーブルに着いたのだった。最初の数回こそ負けたものの、それ以降は勝ち続けた。そして周囲に〝大将〟と煽られるうちに、ゲームにのめり込んでいった。

手元にカードが二枚配られた。既に対戦相手は卑屈なほど背中を丸めた〝しぼり〟と呼ばれるポーズで、カードの角を折り曲げ、数字を見ていた。

そんな風に見たからといってカードに奇跡は起きない。だが、マカオのギャンブラーは、自らの未来を占うほどの真剣さでカードに念を込め、いじましいほど小さくめくりながらカードが示す命運を覗き込む。

固唾を呑んでプレイヤーを見る取巻きから、掛け声とも野次とも言えぬ声が上がった。彼らもカードに念を飛ばしているのだ。

冷ややかな視線を鷲津に投げかけながらプレイヤーは、カードを静かに開いた。

ハートの3とスペードのクイーン。絵札は全てゼロに換算されるため、合計は三だった。鷲津に張る連中が「よし！」と叫んだ。

カードを手元に引き寄せた鷲津が、何の躊躇もなく開こうとした瞬間、先ほどより数倍大きい唸り声が上がる。

運試しに熱くなりたくない。そう思っている鷲津ですら高揚感を感じながら、カードをテーブルに投げた。

クラブの2にダイヤの5。テーブルの周囲は叫び声や拍手で騒然となった。鷲津の華奢な肩や背中が何度も叩かれた。

「さすがだ、大将！　もうもらったようなもんだな」

だが、鷲津もプレイヤーサイドの男も冷静だった。まだ勝負が決まったわけではない。相手には、もう一枚カードが配られる。ディーラーが流れるような手さばきで、プレイヤーにカードを滑らせた。男は運を呼び込むようにカードを指で軽く叩いてから、角をめくりあげる。

一瞬の静寂、続いてあちこちから上がる掛け声を受けて、プレイヤーが静かにカードを開いた。ダイヤの6。相手の逆転勝ちだった。

悲鳴と怒声が入り乱れ、周囲の連中が鷲津をなじり始めた。

「何てこった、大将。あんな奴に負けるなんて」

いや、別にこれは勝ち負けじゃない。単なる運試しだ。言い訳しても始まらないと鷲津は腰を上げた。

やっぱり俺には、〝バンカー〟は似合わないってことだな。

「何だ、逃げるのか！」

「やりかえせよ」

「ここで逃げたら男じゃないよ」

金を巻き上げられたギャンブラーたちの罵声が飛び交う中、鷲津は悠然とテーブルから離れた。

立ち上がると軽いめまいに襲われた。早くもこの街の欲望に毒されたようだった。脳髄に溜まった毒を散らすように首を回しながら、バーに向かった。

一攫千金にしか興味のない連中は、バーには用がない。負けたウサを晴らしたいと思った時には、水一杯買う金すらすっているからだ。ドライマティーニとタキシードが似合う贅沢な雰囲気など、少なくともマカオのカジノには、微塵もなかった。

「スコッチソーダ」

人生に疲れ果てたような初老のバーテンに注文すると、鷲津はタバコをくわえた。タイミング良く目の前にライターの炎が差し出された。炎に照らされたのは先ほどのミスター・プレイヤーの冷笑だった。

鷲津は会釈して火を受けると、スコッチソーダをあおった。密造酒かと尋ねたくなるほどのまずさに顔をしかめながら、男の出方を待った。

「もう少しましな酒を出す場所に移りませんか、ミスター鷲津」

見かけによらず正統派の英語で話しかけてきた。思った通り、この男がお目当ての相手のようだった。

鷲津が滞在しているコロアン島のホテルのフロントに残された、伝言を思い出した。

〝とても大切なお話があります。今晩、午後一〇時、カジノリスボアでお会いしましょう。

アランの友人より〟

「いや、俺はここの退廃的な空気が、気に入っている」

「なるほど、確かにカネと屍《しかばね》の臭いがしますからな」

「で、大切なお話とは」

鷲津はそこで初めて、男をまともに見た。自分とよく似た小柄で貧相な男だった。ただ、目だけが冷酷だった。

「あなたは、日本を買い叩く、と豪語されているとか」

「若気の至りだな。そんな時代もあった」

「謙譲の精神は、我々が学ぶべき日本の美徳の一つだ。私は、大の日本ファンでしてね。だが、今の日本には失望している。ちょっと性根をたたき直さねばならない」

相手は、間違いなく中国人だった。しかもこの街の男ではない。目の前の男から放たれているのは、カネや欲望の臭いではなかった。権力と血の臭いだった。

男は、自分が品定めされていることなど気にも留めないように続けた。

「どうです、私と一緒に日本を買い叩きませんか」

鷲津は鼻を鳴らし、残りのスコッチソーダを飲み干すと、もっと強い酒をバーテンに頼んだ。

「休暇中は仕事の話をしない主義でね」

「我が国は、外貨準備高が嵩《かさ》んで往生しております。その金で、ファンドを創ることにしました」

「SWFか」

ソブリン・ウェルス・ファンド、国家資産による巨大ファンドのことだ。

「あなたに、そのファンドを託したい」

バーテンは二人の話になどまったく無関心らしく、機械的な動きで鷲津の前に酒を置いた。だが、それを手にする前に男が制し、標準中国語《マンダリン》で、「マッカランの三〇年を出したまえ。金は払う」と命じた。

「あんたは、何者だ」

極上のシングルモルトのロックをなめながら、鷲津は訊ねた。

「申し遅れました。王烈《ワンリエ》と申します」

華奢な手からマジシャンのように名刺が飛び出し、カウンターの上に置かれた。肩書きは「中央匯金公司《ジョンヤンフイジンゴンジ》　副董事長《フードンシジヤン》」とあった。中央匯金公司とは、国営の株式投資会社だ。

「いいのか、国営会社の偉いさんがマカオで油を売っていて」

「油は売っていません。今は、リクルート活動中です」

食えない男は、マッカランのロックグラスを軽く鷲津に掲げた。

「お国の若僧が以前、カネで買えないものはないとうそぶいて顰蹙《ひんしゅく》を買っていましたが、我がSWFは、国家すら買える」

「これはまた大きく出たじゃないか」

「最初は三〇〇〇億。あなたに託してみたい」

「四兆七〇〇〇億円とは大きく出たな」

王烈は、顔色一つ変えず鷲津の誤解を正した。

「元ではありません、米ドルです」

「お国の虎の子三六兆円近くを、小日本人《シャオリーベン》に託すというのか」

「お金を稼ぐ猫は全て、良い猫です」

鄧小平《デンシャオピン》の有名な言葉のもじりをさりげなく口にして、王はタバコをくわえた。

「だが、おたくらが設立するCICのファンド規模は、二〇〇〇億だと聞いているが」

「さすが、ゴールデンイーグル（神鷲《いぬわし》）と呼ばれるだけはある。確かに表向きには我が中国投資有限責任公司（CIC）の総額は、二〇〇〇億ドルです。だが、外貨準備高は、一兆五〇〇〇億ドル以上あります。その気になれば、全部使ってもかまわない」

SWFの財源は大きく分けて二つある。一つは、中東や北海油田などを持つ国営企業が上げる収益。もう一つは、外貨準備高だった。中国の場合、後者でSWFを組成すると伝えられていた。

「ここがマカオだからと言って、大ボラもその辺にしておくことだ。外貨準備高の半分以上を米国債に充てていて、全部とは聞いて呆れる」

「米国債など売ればいいんです。貴国と違い、我々は米軍に警備費を払う必要はない」

鷲津は残っていたマッカランをあおって、カウンターから離れようとした。一体どこにそんな力があるのかと思うほどの強い力で、男が二の腕を摑んできた。

「話はまだ終わっていません」

「いや、ゲーム・イズ・オーバーだ。俺はそんな政治臭い話に乗りたくない。第一、あんたのお国には、一三億も人民がいるんだ。優秀なファンドマネージャーだって、よりどりみどりだろ」

一瞬の隙を見て王の手をふり払った鷲津は、マネークリップから一〇〇〇香港ドル札を数枚出した。

「店の奢りです」

貝のように口を閉ざしていたバーテンが、慇懃《いんぎん》に金を押し戻した。

「こんな店に奢ってもらういわれはない」

「アラン・ウォード氏の死の謎。ご興味はないんですか」

最後になって男は、切り札を切ってきた。押し戻された一〇〇〇香港ドル札の上に置いた手が凍りついた。

マカオという街は、人から理性を奪う。だが、魔境のような欲望の街にあっても、表情一つ変えず冷静であり続ける者たちがいる。

鷲津の前で冷笑を浮かべている王烈は、紛れもなくそんな部類の男だった。

★

二〇〇七年晩夏　ニューヨーク

マカオから約一万三〇〇〇キロ離れたニューヨークは、より巧妙かつ優雅にエリートたちから精気を奪い取っていた。欲望を剥き出しにした者には敗北が与えられ、世界最速の判断力と最強の英断を涼しい顔で制御できる者だけに、富と名誉が与えられた。

だが、ハーバードロースクールのJ.D.（Juris Doctor：Doctor of Jurisprudence）三年の謝慶《シエチン》齢《リン》にとって、ニューヨークはただ忙しなく味気ない街でしかなかった。

彼女はローファームでのサマーアソシエートを終えようとしていた。サマーアソシエートとは、夏休みの三ヵ月間行うインターンシップを指す。

ただ、有力ファームのサマーアソシエートは、日本のインターンシップのような「就業体験」ではない。先輩弁護士に混じり、実際に様々な案件に関わるだけでなく、週給三〇〇〇ドルもの報酬も手にする。

一方、ファームは彼らの中から幹部候補生を物色する。彼女もこの日、アメリカ有力ローファームの一つであるスミス&ウィルソンのパートナーから面接を受けていた。

「本気で、上海事務所を希望しているのかね」

やり手で知られる上席パートナーが、鼈甲縁《べっこうぶち》の眼鏡の奥から彼女を覗き込んでいた。慶齢は相手の威圧感に呑み込まれないように、顔を上げて頷いた。

「はい」

「もう少しここで研鑽を積んでから、という選択肢もあるが」

「私にはまだ、上海事務所は無理だと？」

二人の面接官が、呆れ顔で互いを見合った。答えたのは、若い女性パートナーのパム・ボイドだった。彼女は、慶齢の教育係でもあった。

「逆よ。上海なんかで埋もれさせるのは惜しい。あなたは、ニューヨークでこそ輝く」

小柄で肉付きの良い体型に曖昧な丸顔というどこから見ても平凡で地味な慶齢は、生まれてこの方、「輝く」などと言われたことがなかった。

彼女は顔を赤らめて、二人の面接官の表情を窺った。普段は、にこりともしない上席パートナーが、あろうことか微笑みかけてきた。

「北京大学国際関係学部を首席で卒業後、ハーバードロースクールに進学。中国人留学生としては初めてロー・ジャーナルの編集長を務め、最優等で卒業予定。しかも、サマーアソシエート期間に、あなたがこなしたトランザクション（案件）は、全て最上級のものばかりよ」

助け船とばかりに、パムが評価を読み上げた。

「それは、単に運が良かっただけですから」

謙遜ではない。二〇〇人はくだらないサマーアソシエートの中で、「最上級」と評価されるような成果を挙げた記憶はなかった。ライバルたちほどのガッツもハングリー精神もない。ただ、一生懸命仕事をこなしてきたに過ぎない。

煮えきらない慶齢の態度に、上席パートナーがダメを押した。

「我々は君を欲している。我々とは言うまでもなく、ヘッドクオーターであるニューヨークオフィスという意味だ」

「光栄です。ですが私は、上海勤務を希望します」

面接官の困惑がさらに深まったようだ。

「君は、自分が何を言っているのか、分かっているのかね。我々は君を栄えあるスミス&ウィルソンのパートナー候補生として、このニューヨークオフィスに迎えようと言っているんだよ」

上席パートナーの我慢がそろそろ限界を越えたようだ。慶齢は救いを求めるようにパムを見た。察しの良いパムは、上席パートナーに耳打ちをした。ようやく彼は渋い顔で頷くとファイルを閉じて立ち上がった。

「シャーリー(慶齢の愛称)、あの国には法律がない。いや、そもそも法の精神すらない。そんな国で、何をやるんだね」

「法律家です。アメリカほど立派ではありません。遵法精神もまだまだ希薄です。だからこそやりがいもあります」

彼はやってられないという風に肩をすくめて、部屋を出て行った。パムと二人になった途端、慶齢は大きなため息をついた。パムは心配そうに彼女の隣に座ると、肩を抱きかかえた。

三四歳という若さで、巨大ファームのパートナーに昇格したパムは、ニューヨークで働くビジネスウーマンの典型だった。頭のてっぺんからつま先まで洗練と気品で輝き、エネルギッシュで人情にも厚かった。

「どうしちゃったの。あんなに話し合ったじゃない」

パムには、上海事務所勤務希望を一ヵ月前から告げていた。だが、彼女から熱心に翻意をうながされ、慶齢は根負けするように二日前、ニューヨーク勤務を受け入れていた。一度はそう決意したものの、面接の直前に思い直したのだった。

「やっぱり、私は上海に戻るべきだと」

「そう思った理由は」

「初志貫徹。謝家の家訓の一つです」

「まず、ニューヨークで腕を磨く。そういう話じゃなかったかしら」

確かに。だが、彼女の〝心の友〟が、今すぐ上海に帰るべきだと言っているのだ。

「なに、またあなたの〝本能〟が囁き始めているのね」

慶齢には、時々天啓を授けてくれる〝心の友〟がいる。パムはそれを、〝本能〟と呼んでいた。

慶齢は恥ずかしそうに頷いた。

「呆れた。でも、今回は〝心の友〟を裏切ってでも、ここに止まるべきよ」

「私、息苦しいんです」

パムが怪訝な顔をした。慶齢は視線を逸らし、膝に置いた両手を見ながら続けた。

「この街で暮らすのが、とても息苦しいんです」

「分かるわ。でも、慣れるわよ。私だってサンタモニカから出てきた当初は、街の勢いに飲まれそうだった」

「そうじゃないんです。勢いなら、上海や北京だって負けていません。でも、この街からは生身の人間の体温が感じられない。それが辛くって」

パムの手が伸びてきて、慶齢の左手をそっと握りしめた。彼女の温もりのお陰で、素直に本音を話そうと決めた。

「なにより、どうしても我慢できないことがあります」

「なに？　サラリーでも部屋でも、あなたの望むままにすると、ボスは言っているわよ」

慶齢は思いきって口を開いた。

「小籠包《シヨウロンポウ》です」

「Ｗｈａｔ？」

中国料理好きのパムが、小籠包を知らないはずはなかった。彼女は、それが理由であることに驚いたのだろう。

「この街では、おいしい小籠包が食べられない。ボストンもダメです。自分でもつくってみたんですが、上海の味には遠く及びませんでした。だから」

身近に思えたパートナーとの距離が不意に遠くなった気がした。そうだ、エリートを目指す者にはあり得ないだろう。

だが、私には大切なことだ。いや、自分がこの街から逃れたい理由は、もっと深いものだ。世界の最先端という幻想と、世界を自在に操っているという錯覚が耐えられなかった。

だが、既に錯覚の虜になっているパムに、そんな話をしても聞き届けられるはずがない。だからこそ、彼女はパムが言葉を失うような理由を口にしたのだ。

無性に南京路の屋台の小籠包が食べたくなった。

だから私は上海に帰るのだ。

★

二〇〇七年仲秋　東京・汐留《しおどめ》

長い会議を終えて専務室に戻ると、窓の外にはイルミネーションの海が広がっていた。

総合電機メーカー曙《あけぼの》電機CRO（Chief Restructuring Officer＝最高事業再構築責任者）兼専務の芝野《しばの》健夫《たけお》は、不意に重い疲労感に襲われた。彼は崩れるようにソファに座り込んだ。

会議が長かったせいではない。むしろ充実した内容で、時間が経つのを忘れるほどだった。

「俺も年をとったということだな」

彼は頬を膨らませて息を吐き出すと、ネクタイを緩めた。

この二年半、経営危機のどん底にあった老舗企業の再生に寝食を忘れて取り組んできたのだ。疲れがないわけではない。だが、まだ老け込む年でもない。頭は銀髪の比率が高くなってきたが、体力的にも精神的にも老いを感じたことはなかった。

疲れの原因は、会議の最中に、この会社で果たすべき使命の終わりを悟ったことによる。米系大型ファンドとの死闘を潜り抜け、生まれ変わった曙電機は、トップを含め、エネルギッシュな若い世代が会社をリードしていた。六〇には、まだ間があったが、役員の中では芝野が最年長者だった。

何事においても引き際が肝心だ。その重要性は、企業経営の中枢に関わるようになって以来、身に染みていた。健全な経営の維持には、新陳代謝が欠かせない。特に強力なリーダーシップを発揮した者は、自らの身の処し方次第で、破滅のトリガーとなってしまうことを肝に銘じるべきだった。

半年前は、どんな些細なことでも芝野にお伺いを立てていたトップ以下の役員が、今や自信を持って意見を闘わせている。

「老兵は、ただ去るのみ、か」

独り言に答えるようにドアがノックされ、秘書が入ってきた。

「まあ、専務。どうされました。顔色、お悪いですよ」

目ざとく芝野の変調に気づいたようだ。彼女は心配そうに近づいた。

「大丈夫だ。ちょっと若い連中の熱気に当てられただけだ」

彼は空元気を出して、立ち上がった。恐れていた立ちくらみもなかった。デスクの上の時計は、午後八時を回っていた。

「こんな時間じゃないか。お疲れさん、引き上げてくれ」

「ではお言葉に甘えます。一つだけ。ご不在の間に、訃報がファックスされてきておりましたので」

積み上げられた未決書類の一番上に、黒枠の用紙があった。

「確認しておく、ありがとう」

芝野は、彼女が出て行くのを確かめると、椅子の背もたれに体を預けて目を閉じた。

今日はとっとと切り上げて帰るとするか。

体を起こすと、訃報を手に取った。最初に目に留まったのは、送信者の会社名と住所だった。

マジテック、東大阪市高井田……。

馴染みのない地名に戸惑ったが、亡くなった人物の名には覚えがあった。藤村登喜男《ふじむらときお》。

芝野は思わず声を上げて、立ち上がった。途端にドアがノックされて、帰り支度を終えた秘書が顔を出した。

「専務、何か」

「ああ、いや。これは、何時に着いたんだね」

「午後四時過ぎだったと思います。用紙の上に、時刻が印字されていると思います」

受信時刻は、一六時〇七分。芝野の思考が停止して、ファックス用紙をぼんやりと見つめていた。

「お花をお送りしておきますか」

その声で我に返った。

「頼む。通夜は明日か。明日の午後の予定は」

「変更可能なものばかりですが。お通夜に行かれますか」

「手配してもらえるかい」

「かしこまりました」

嫌な顔一つせずに、秘書は手配のために再び部屋を出て行った。

芝野の脳裏に、在りし日の藤村登喜男の顔が浮かんだ。船場《せんば》支店時代に、世話になった中小企業の社長だった。

大学を卒業後、芝野は大手都銀の一つ三葉《みつば》銀行に入行した。入行前から国際金融志向だった彼は、将来を嘱望されていた。そのためのステップとして、行内支店で最も激務と言われた大阪の船場支店に配属。高い成果を求められていた。

――ええか、芝野はん。世の中で一番大事なんはな、諦めんことや。どんなにカネに困っても、仕事がけえへんかっても、諦めたら負けや。仕事がけえへん時は自分で創ればええんや。

藤村の会社は、大阪の中小企業が集まる東大阪市にあった。本来は、船場支店の営業圏外だったが、ひょんな縁で知りあい、意気投合した。

「なにわのエジソン」と自ら名乗る藤村は、芝野より七歳年上だった。大阪大学工学部で博士課程まで進みながら、教授と喧嘩して研究室を飛び出し、町工場を興した。持ち前の器用さと柔軟な発想を武器に、電気電子機器関係で数々の発明品を創り出し、外国からも依頼があるという変わり種だった。

「確か社名も、なにわエジソン社と言ったはずだ」

その時、数年前に社名を〝マジテック〟に変えたという知らせをもらっていたのを思い出した。

なにわエジソン社を初めて訪れた日のことを、芝野は今でも鮮明に覚えている。

一見、薄汚れた五〇坪ほどの工場だった。だが、工場内には見たこともない工作機械が置かれ、ユニークな製品と試作品の山が所狭しと並んでいた。

藤村が当時取り組んでいたのは、車椅子暮らしの障害者が、介助なしで自立歩行できる補助機だった。大阪大学人間工学の助教授と共同で自立歩行のメカニズムを研究し、実際に伝い歩きができるレベルまでは開発が進んでいた。

他にも、昆虫の形をしたラジコン機や、ファックスの文字をより鮮明に写し出せるノズルの開発なども手掛けていたはずだ。

工場中に溢れていた試作品の中で、製品化され採算が取れたのは、一〇に一つもなかった。それでも、従業員五人と専務である夫人が忙しく働き、年に二度の社員旅行ができるほどには利益を上げていた。

藤村をよく覚えているのは、芝野がバンカーとして初めてリスクを取って融資し、一つの製品が誕生するまでの全過程に立ち会うという貴重な経験をしたからだ。後年、当時の上司から「エジソン社での案件がなかったら、おまえは単なる頭でっかちの甘ちゃんで終わっとった。もちろん、その後のニューヨーク行きなんぞ絶対ありえへんかった」と言われたことがあった。

リスクを取る怖さと醍醐味。そして、目標達成のために一意専心する快感に、芝野は夢中になった。

――金貸したら、あとはよろしくじゃ、おもんないやろ。一緒に汗流して、結果を出すまでつきあってみたらどうやねん。

藤村は言い切り、渋る芝野を工場に通わせた。

元々工作や機械系に興味がなかった芝野は、主に試作品のテストと販路の開発を担当した。頑固一徹に見えた藤村だが、素人である芝野の意見に熱心に耳を傾け、製品の改良を続けた。そして、大手メーカーから発注を受け、なにわエジソン社は最高収益を上げた。

銀行員は、優良な融資先を見つけて、カネを押しつけるようにして営業すればいい。当時、平気でそう言う先輩もいた。だが融資先の事業を分析した上で将来の可能性に対して投資する意味を、芝野はここで学んだ。

今から思えば、藤村と会っていなければ、自分は事業再生家《ターンアラウンド・マネージャー》という仕事に就かなかったかも知れない。恩人とも言える藤村と最後に会ったのはいつだったか。

「そうか、あの時か」

芝野は古い記憶を次々に辿っていった。東大阪の町工場が集まって人工衛星を打ち上げようというプロジェクトの発足式に呼ばれた時だ。もう一〇年近くも前の話だ。

相変わらず藤村は身なりに構う様子もなく、汚れた白衣を着て飄々としていた。

——やあ、芝野はん。来てくれたんかあ。

彼は久々の再会を子供のように喜んでくれた。そして、夢のプロジェクトについて嬉々として語ってくれた。当時のなにわエジソン社は、バブル崩壊の余波を受けて相当傾いていたにもかかわらず、彼はバイタリティに溢れていた。

——最後は、自分の力を信じたもんが勝つ。せやから、心配なんぞしてへんよ。また、もういっぺん輝いてみせる。

藤村の満面の笑みに、不良債権処理を任されて腐っていた芝野は励まされた。

「藤村さん、逝くには早すぎるよ」

窓際に立った芝野の口から自然に言葉がこぼれた。色とりどりのイルミネーションで彩られた夜の東京に、満月が昇ろうとしていた。

——欠けた月は、必ずまた満ちる。わしらの仕事も同じや。大切なんは、自分を信じて辛抱できるかどうかやな。

町工場の喧噪の中で、汗を拭いながら缶ビール片手に見上げた満月を思い出した。それと同時に、芝野の中で一つの決心が湧き上がってきた。

「俺も欠けた月に戻る時がきたのかもしれないな」

★

二〇〇七年晩秋　山口

「株式市場に上場している以上、敵対的買収から逃れるための絶対的防衛策はありません。唯一挙げるとすれば、経営陣の頑張りによって企業価値を高めるしかないのです」

うとうとし始めていたアカマ自動車の取締役社長室長、大内成行《おおうちしげゆき》は、講演者が熱弁のあまり演台を叩いた音で目を覚ました。

彼は山口県商工会議所が主催する企業防衛フォーラムに出席していた。果たして県内に、敵対的買収の心配をしなければならない企業が何社あるのかは、定かではない。だが、時代の流れとして必要だという現会頭らの強い要請で、フォーラムは実現した。

とはいえ会は低調で、講演者の努力もむなしく眠り続ける聴講者も散見された。

「たとえば、山口県には世界的な自動車メーカーであるアカマ自動車があります。同社の時価総額は約二〇兆円ですか？」

顔見知りの講演者は、そこでわざとらしく言葉を切って大内に視線を向けた。大内は気まずくなったが、聴講者たちは巨額な数字に驚いていた。

講演者は、客席の反応に満足したように続けた。

「それでも、アカマは世界のトップテンを行ったり来たりしています。時価総額は、世界最大であるエクソンモービルの半分以下。成長著しい中国にも、アカマを凌ぐ企業が出現しています。そんな連中が襲ってきたら、アカマですらひとたまりもない」

勝手に言ってればいい。本気でウチを買おうと思う会社があるわけがないのだから。

大内はわざとらしく腕時計を見ると、もう一度腕組みをして、講演者の顔を恨めしそうに見上げた。

現職について二年余り。やはり俺にはこういう上品な仕事は向いちょらん、と実感していた。入社以来、ずっと工場のラインにいた。専門は、業務管理。世界のトップメーカーとして君臨するアカマ自動車の生命線とも言える、業務改善や社員の士気高揚など裏方的な職場が長かった。

山口県の山間にある、赤間市に生まれ育った大内は、世界のアカマ自動車が経営する自動車技術専門学校に何の迷いもなく進み、アカマ自動車の一員となった。そして組み立て工に始まり、すべての製造工程を経験した叩き上げの技術者だった。若い頃は駅伝チームで活躍。栄えある実業団駅伝三連覇のエースランナーとして名を馳せた。

機械をいじるか、走るか、それとも仲間と酒を飲むか。単調ではあるが、生きている実感を味わえる生活が性に合っていた。

だが、入社以来、師と仰いできた古屋《ふるや》貴史《たかし》が社長に就任した日から、日の当たる表舞台に立つことを余儀なくされた。

国際派であり、攻撃的な経営者として知られる古屋は、年の半分も山口県の本社にいなかった。東京は勿論、ニューヨーク、ロンドン、フランクフルト、上海と世界中を飛び回っている留守を、大内が守ることになった。

とはいえ、創業者一族の御曹司をはじめとする四人の副社長、各事業本部を統轄する重役陣のいずれもが敏腕なだけに、各事業へ目配りする必要はさほどない。今日のように会社の総代として会合に顔を出したり、日本経済の日々の動向を社長に報告し、彼の意思を社内に伝えるのが主な業務だった。

社長業務の潤滑油的な役回りが多く職責も重いが、クルマづくりの現場から離れてしまったため、今ひとつ仕事に張り合いがなかった。

「最後になりましたが、今や企業買収は東京から地方へと飛び火しつつあります。これからは地方の優良企業が、突然外資に買収されるという事例も出てくることが予想されます。それを肝に銘じて時価総額を上げる経営を心がけて戴ければ幸いです。ご清聴ありがとうございました」

やっと終わったっちゃ！

大内は解放感の余り、窮屈だった椅子から立ち上がり、講演者に拍手を送っていた。

それからおよそ三〇分、商工会議所の理事や講演関係者に挨拶を済ませて、大内は会場を後にした。懇親会があるのだが、それは御曹司である副社長と地元担当の総務部長に任せたのだ。

アカマが世界制覇を狙って売り出した最高級車マーヴェルの後部座席に収まるなり、大内は携帯電話の電源を入れて、メールのチェックを始めた。彼の秘書的存在である社長室課長からは、ノートパソコンを使いこなせるようになれと言われているが、技術者のくせに大内はパソコンが苦手だった。そこで彼宛のメールは全て、携帯電話に転送してもらっている。

取締役であっても、社長室長には本来は運転手付きの乗用車は与えられなかったが、社長の代理としての業務をこなすためと、マーヴェルのPRを兼ねて、必要に応じて社用車を利用した。

マーヴェルは、「驚嘆すべきこと」というMARVELの字義通り、アカマ自動車の技術の粋を結集した自信作だった。優れた居住性と高級感だけではなく、人と地球に優しい高級車唯一のハイブリッドカーとして設計されていた。

その快適さも、チェックすべきメールのうんざりするような量と内容のせいで、大きく削《そが》れてしまった。一通りザッと読み終えた大内は、特別仕様の車載電話の受話器を上げた。

「社長室、藤金《ふじかね》です」

「今、終わってそちらに向かっているんだが、この中国系の会社の社長ってのは何だ」

「投資会社の社長だと言っています」

また、その類《たぐい》か。

「用件は」

「それが、室長に直接話したいとおっしゃっていまして」

「この人物の会社は調べたのか」

「現在調査中です。本社のデータベースにはなかったので、今、上海支社に問い合わせています」

電話の主は、上海投資公司の賀一華《ホーイーフア》と名乗ったという。社長室課長の藤金悦子《えつこ》は、英語と中国語が堪能だった。

「次に連絡があれば、こちらに回してくれ」

本社から転送してもらえば、この車の直通番号を相手に知られる心配もない。

「承知しました。室長、もう一つよろしいですか」

耳から離しかけた受話器を大内は戻した。

「湯浅《ゆあさ》経産大臣が、社長と一刻も早く相談したいことがあるとおっしゃっているんですが」

用件は、分かっていた。ドイツのメーカーからお払い箱になったアメリカのビッグスリーの一角をアカマで買えという話だ。

「政治家の窓口は、東京本部の業務だ」

「そう申し上げているんですが、地元のゴルフ場で会いたいそうで」

「何を言うちょるんか。あの先生は、ちょっと姑息《こそく》に走りすぎっちゃ」

大内は興奮しやすい。そして興奮すると赤間弁が出てしまう。彼は先ほどの会場でもらったミネラルウォーターで喉を潤して、頭を冷やした。厄介なのは、湯浅経産大臣が、地元選出の議員である点だった。明治維新以来の名家の出でもある湯浅代議士を、アカマ自動車は選挙のたびに支援していた。

「では、お断りしますか」

「いや、一応、社長に相談してみる」

「お願いします」

一国の大臣が、自動車メーカーの社長に会って欲しいと懇願する。一〇年前には考えられない話だった。一九八〇年代の米国による日本車の排斥運動の時も、その後の円高不況でも、政府は積極的には動いてくれなかった。それがどうだ。今や、「ものづくり大国ニッポンのシンボル」ともて囃しやがる。

大内は腹立たしさに鼻を鳴らして、他のメールを処理し始めた。急ぎの返信を片付けた頃、マーヴェルは中国自動車道に入った。

今朝は早くから慌ただしかった。疲れを覚えた大内が仮眠を取ろうとした時、車載電話が鳴った。

「藤金です。例の上海投資公司の賀さんから電話です」

「相手は、日本語は？」

「通訳を入れて話すと言っています」

それはご丁寧なことじゃのう。

「私に繋いでも、君も聞けるんだよな」

「大丈夫です。録音の準備も万端です」

いずれは初の女性社長室長との呼び声もある藤金らしい手際の良さだった。

「お電話代わりました、社長室長の大内です」

「私、上海投資公司の総経理、賀一華といいます」

その時、大内の携帯メールが受信を告げた。藤金が賀のプロフィールの要約を送ってきたのだ。

「はじめまして、賀さん。どういうご用件でしょうか」

〝中国の若手投資家として、世界中で会社を買い漁っている上海版ホリエモンです〟

そんな男がなぜ連絡してくるのか怪訝に思いながら、大内は電話に集中した。

「私、アカマ自動車の大ファンです。そこで、御社の株を三％買わせてもらいました」

三％という微妙な数字の意味を、大内は考えようとした。

「それはそれは。ありがとうございます」

「できれば、御社の経営にもご協力したいと思っています。来週、日本に行きます。社長とのアポイントメントをお願いします」

大内は戸惑い、通り一遍の拒否の弁を口にした。

「申し訳ありません。社長の予定は既にいっぱいでして」

「ダメですよ、逃げを打っては。そんなことをしたら、御社のためにならない」

何を言っているのか、すぐには分からなかった。次の瞬間、先ほどの講演を思い出した。

挨拶の電話――。確か、買収を仕掛ける際に、買収者の宣戦布告をそう呼ぶと、講演者が言っていた。

「私、いずれ御社を買いたいと思っています。できれば、友好的に買収したい。でも、来週時間をもらえないなら、敵対的行動をしなければなりません」

――株式市場に上場している以上、敵対的買収から逃れるための絶対的防衛策はありません。

聞いた時は笑い飛ばした言葉が、大内の頭の中で大音響で鳴りひびいた。

第一部　悪魔か救世主か

第一章　洗礼

1

二〇〇七年一二月一一日　東京・霞ヶ関

「主文、債権者の申し立てを却下する」

見るからに冴えない裁判長が、その一瞬だけ急に誇らしげになり、原告席の鷲津を一瞥した。

鷲津は許し難いという怒りを込めて、裁判長を睨み返した。前日から、「裁判に負ける可能性がある」と情報筋から聞いてはいた。だからこそ、たかだか仮処分申請の判決ごときで、法廷に臨んだのだ。

向かいの被告席に並ぶ社長と弁護士は、小躍りしていた。

裁判長は、鷲津の視線など気にも留めず、判決理由を述べ始めると、裁判所の判断の件《くだり》で信じられないような論理を展開し始めた。

曰《いわ》く――、サムライ・キャピタル側が、現金六億四九〇〇万円余という経済的利益を確保していることから、株主平等の原則に反していない。

さらに被告は防衛策の導入を、株主総会で出席株主三分の二以上の賛成が必要な特別決議により定款《ていかん》の変更を行っている、また原告サムライ・キャピタルが過半数の株取得を目指しているにもかかわらず、経営方針が曖昧で、投資の回収方針を明確にしていない。そのためサムライ・キャピタルを、株価を釣り上げるためだけに買収を仕掛ける「濫用的買収者」とみなし、新株予約権の無償割り当てという防衛策は妥当と考える。

途中で席を立つのはたやすかった。だが、そこで勝負あったとなる。ここは冷静かつ穏やかに、ありがたい判決を傾聴し、反撃に転じるしかなかった。

永遠に続くかと思われた裁判長の御託宣が終わり、裁判は閉廷した。

「これは、裁判じゃないですよ。悪意に満ちた陰謀です。こんな判決を許せば、日本からまともな投資家がいなくなっちゃいます」

同席していた企業法務弁護士の青田《あおた》大輔《だいすけ》は、巨体を震わせながら憤りをぶちまけた。

「そう熱くなるな。どんな世界にも、頭の固い奴がいる。一手間かかるが、即時抗告して賢明なる高裁の判断を期待しよう」

鷲津は、頭一つ大きい青田の肩を揉んでやったが、熱血漢の彼の怒りは簡単にはおさまらなかった。

「そうは言っても、鷲津さん！　これは市場への介入ですよ」

「これから会見を開くんだ。怒りを露わにして臨むのか、信じられない法廷の暴挙に戸惑う被害者として臨むのか、どっちがいいと思う」

間違いなく、この国はおかしくなっている。一〇年前、俺がこの国に戻った時の方が、遥かにまともだったかもしれない。

傍聴人の興奮と勝者の歓喜の中で、鷲津は絶望的な諦念を抑えることができなかった。

一九九六年、アメリカ最強のレバレッジ・ファンドと呼ばれたKKL（ケネス・クラリス・リバプール）の日本法人ホライズン・キャピタルのトップとして日本に帰国した。当時の日本は、バブル崩壊後の後遺症に喘《あえ》ぐ失われた一〇年の真っ只中にあった。

彼が率いたホライズン・キャピタルは、PE（プライベート・エクイティ）と呼ばれる再生ファンドとして、ビジネスを始めた。だが、彼らが手始めに買い漁ったのは、企業ではなく不良債権というバブル時代の負の遺産だった。それらをバルクセールという独特の方法で処理し、ゴミクズの中から黄金を探し、一財産を築いた。

やがて、危機が叫ばれていた大手金融機関が次々と倒れ、外資系金融機関が暗躍した。従来は政府や業界が行ってきた支援を、彼らが担ったのだ。その頃からマスコミは、「日本の資産を食い荒らすハゲタカ外資」と、声高に叫び始めていた。

鷲津の仕事は、紛れもなくハゲタカだ。そして実際のハゲタカとは、経営難に陥った企業を買収し、三年から五年かけて再生させて大きな利益を手にするビジネスを指す。

ただ再生に当たっては、従来の日本の慣習や常識とは異なる、グローバルスタンダードのルールが冷徹に適用された。その結果、時に破滅に追い込まれる経営者もいたし、首切りに遭う従業員もいた。そのドライさを世間は忌み嫌い、嫌悪を込めて「ハゲタカ」と呼んだ。世間体を気にする日本社会にとって、ハゲタカは敵役でしかなかった。だがそうしなければ企業に、いや日本に溜った膿を出せなかった。鷲津に言わせれば、「ハゲタカとは、外科医とリハビリ医を兼ね備えたドクター」だった。

その後、経営方針の食い違いで、ホライズン・キャピタルを辞せざるを得なくなった鷲津は、バイアウト・ファンド、サムライ・キャピタルを立ち上げた。外資系金融機関という制約と偏見の鎖から解き放たれたことで、少なからずこの国の再生に尽力してきたつもりだった。

それに対する仕打ちが、これだった。

外国人投資家が日本株を大量に買ってくれたお陰で起きた株高を、景気回復と勘違いしている経済界は、本来攻めに転じるべき時期に、自らの殻に閉じこもってしまった。今、自分が直面している信じられない出来事もその証左だった。

もし叶うなら、再び鎖国したい。冗談ではなく、真剣にそう言い出した財界の恐怖心が、本来孤高であるべき法曹界をも侵し始めていた。

「鷲津さん、一言」

法廷を出るなり鷲津と青田は、記者に囲まれた。少し離れた場所では、勝者が喜びの言葉をまくし立てていた。

記者のやる気のない質問に食ってかかりたいのをこらえて、鷲津は苦笑いした。

「いやあ、参りましたよ。これだけ様々な買収と企業再生を手がけている我々を、グリーンメーラー扱いですから」

グリーンメーラーとは、株を買い占めた挙げ句に、当該企業に市場価格より高く売りつける荒っぽい投資家を指す。それを法律は濫用的買収者と定めた。

「判決は、到底承服できないと」

「承服というか、どうでしょう、皆さん。今日の判決って、理に適っていると思いますか」

「株主平等の原則に反するという識者もいますが」

「そうですよ。我々は市場でフェアにジャーナル株を買い集め、日本の雑誌ジャーナリズムの良心と呼ばれる会社を再生させるために、一肌脱いだつもりだったんですけどねえ」

「ジャーナルだから、毛嫌いされたんじゃ」

鷲津は記者を睨んだが、すぐに笑顔に戻った。

「まあ、ハゲタカが雑誌社を救済するのは、一〇年早いってことですかねえ」

「即時抗告の予定は」

「それについては、この後の会見でじっくりお話しさせてください」

その言葉を潮に、サムライ・キャピタルのPR担当らが鷲津と青田弁護士を囲い込んだ。

「会見は、一時間後、有楽町の外国人記者クラブで行います」

日本の企業防衛の有り様を語るのに最もふさわしい場所を探せ、とPR責任者の清水貴之《しみずたかゆき》に指示したところ、彼が話をつけてきたのだ。こういう展開には、最高の場所だった。

「ジャーナルだから、毛嫌いされたんじゃ」という記者の一言が、引っかかった。と同時に、三ヵ月前に始まった泥仕合の幕開けを思い出した。

2

二〇〇七年九月七日　東京・神田

「本当に、私でいいんですか」

珍しく鷲津は弱気だった。

東京・神田小川町。冷房の効きが悪い雑居ビルの一室で、鷲津はこめかみの汗を拭っていた。外は暴風雨が吹き荒れていたが、これから始まるのは、台風に勝るとも劣らない話だろうと予感していた。

「いや、私の方が恐縮しているんですよ、鷲津君」

ジャーナリストとして著名な元社長は、鷲津よりもさらに弱気だった。堂本征人《どうもとまさと》五八歳。戦場記者として外国通信社で活躍した後、雑誌社ジャパン・ジャーナル社の看板雑誌「ジャーナル」の編集長として、長年日本の雑誌ジャーナリズムを牽引した伝説的存在だった。

そんな人物が「我が社を危急存亡の秋《とき》から救って欲しい」と、鷲津に相談を持ちかけたのだ。

堂本とは、何度かインタビューを受けた縁で、懇意にしていた。日本のジャーナリストの中で、信頼できる数少ない人物であり、腐った日本の病巣を正せるであろう稀有な存在だと思っていた。

だが今、鷲津の前にいる堂本は別人のようにやつれていた。

「お恥ずかしい話なんです」

彼は以前よりひとまわり小さくなった体を椅子に沈めて、窮状を語り始めた。

ジャパン・ジャーナル社は、記者出身の堂本の叔父と、大手出版社で女性誌の編集長を務めた義理の叔母によって、一九七八年に設立された。

叔父が月刊誌「ジャーナル」と「ネイチャー・ワールド」という自然関係のグラフ誌の、義理の叔母が、高級志向の月刊女性誌「ファーストレディ」と、フランスのファッション誌と提携した「モード」という人気雑誌の責任者を務めていた。

経営的には、女性誌の売上と、女性向けのムックの成功で得た利益で、社会の闇に斬り込む正統派ジャーナリズム雑誌の赤字を埋めていた。

堂本が、「ジャーナル」の編集長に就いたのは、九三年だった。その三年前から、ジャーナルの主筆として健筆を振るっていたが、「会社経営に専念したい」という叔父のたっての希望で、編集長を引き継いだ。その頃には、麹町に自社ビルを持ち、従業員六〇人余りの中堅出版社に成長していた。

だが、九五年に叔母が急逝したことで、少しずつ歯車が狂い始める。

それまで非公開だった株式を、叔父は東証第二部に上場して、経営の安定化を図るように銀行から強く勧められる。融資を受け、事業規模も拡大した。その際、銀行からの後押しで、知名度がある堂本は、新社長に押し上げられてしまう。編集長としての激務に加え、馴れない社長業も何とかこなし、ジャーナル社は着実に業績を伸ばしていった。

ところが〇三年、会長だった叔父が亡くなると、社内に争いの火種が生まれる。女性誌部門を継承した叔父夫妻の一人娘、理奈《りな》が堂本の追い出しを図ったのだ。

それまでも、硬派路線を維持しようとする堂本と意見が合わない理奈だったが、叔父の持ち分を遺産として相続し筆頭株主に躍り出たことで、微妙なバランスが崩れてしまう。

そして〇七年六月、彼女は専務を務める夫の康司《こうじ》らと共謀し、堂本を解任する。直後に堂本は長年の過労が祟り入院、社を辞してしまった。

ジャーナル社では、大がかりな粛清人事が始まった。堂本派と呼ばれる幹部を次々と異動させ、そして挙げ句に「ジャーナル」と「ネイチャー・ワールド」の年内廃刊を発表したのだ。

退院後、堂本は小川町に小さな事務所を構え、フリージャーナリストとして再出発をするが、両誌の廃刊を知ってたまらなくなり、鷲津に相談を持ちかけたのだ。

「相談というのは、他でもない。ジャーナルを買い取りたいんだ」

呼ばれた時から用件を薄々察してはいたが、堂本の直截的な言葉が意外だった。堂本といえども、この事態を一人では突破できないのか。それを思うと哀れだった。

「その手伝いを私にやれと、おっしゃるんですね」

努めて明るく言ったつもりだったが、堂本の表情は曇った。

「無理かな」

窓を叩く激しい風雨にかき消されそうな、力のない声だった。

「堂本さん、見損なってもらっては困ります。私も企業買収者の端くれです。喜んでお手伝いします」

深く頭を下げる堂本に、その日初めて生気が宿ったように見えた。

ジャーナル社の株主構成は単純で、大株主は、現社長の理奈が二一％、続いて堂本が一七％、康司が五％という順で、残りは浮動株だった。浮動株の比率が高いのは、買収者にとっては買いやすい環境と言えた。

「まず、最初に堂本さんの希望を聞かせてください」

「最低でも『ジャーナル』と『ネイチャー・ワールド』の事業部門を買い取りたい」

「最低でもというのは、できれば会社ごと奪取したいと言うことですね」

堂本の話では、理奈が率いる女性誌部門の職場環境も悪化の一途を辿り、優秀な編集者が次々と辞めているらしい。

「お嬢様育ちなんだろうな。自分の意に沿わない人間を使えないんだ」

「分かりました。では、全部戴きましょう」

日本最強と自他共に認める買収者《オリジネーター》である鷲津にとって、金額的にはたやすい案件だった。だが、問題は相手が出版社という点だった。

「私は表に出ない方がいいと思います。堂本さんを担いで、私は黒子に徹します」

そうしないとまたぞろマスコミから、「ハゲタカが、日本の気鋭の出版社を奪う」と叩かれかねない。

　ジャーナルのこの日の株価は、一二一七円。総発行数が約五〇〇〇万株だった。

「とにかく過半数、できれば三分の二強を取りたいですね。その場合は、三三三三万株ほど必要となります。しかし、既に堂本さんは一七%、すなわち八五万株を持っていますから、目標は二四八万株、三〇億二〇〇〇万円程度が集まれば楽勝でしょう」

　堂本は、三〇億という金額にため息をついた。

「企業買収の記事を書いている時は、三〇億円なんて大した額と思わなかったが、当事者になるととんでもない金額だね」

「確かに。ですが、カネの手当は、任せてください」

　サムライ・キャピタルの調査では、もともと割安だった株価が、堂本の社長解任で急落したこともあり、健全な経営が回復すれば、同社の時価総額は、現在の数倍になると見込まれていた。そういう意味では、ビジネスとしては十分成立するディールだった。

　だが、堂本の顔色は冴えないままだった。

「何か不安がありますか」

「私自身も企業取材の中で一番醜いと感じたのは、一族による骨肉の争いだった。そんな醜悪な争いに、君を巻き込むのが忍びなくて」

「いや、堂本さん。私は、私情で支援するんじゃありませんよ。ハゲタカなりのビジネスとしての目論見があっての投資です」

別に気休めではない。彼は以前から、信頼度の高いメディアが欲しかった。実際、経営危機が叫ばれている新聞社を調べもしたし、複数の出版社の調査もした。だが、投資に見合うだけのリターンが期待できずにいた。そこに、堂本の依頼があったのだ。むしろ渡りに船だった。

「目論見とは、何だね」

虚ろだった堂本の目が、ジャーナリストのそれになった。鷲津は照れ臭そうに笑った。

「日本の有り様を伝え、あるべき姿を訴えるジャーナリズムを守りたい」

「我がものにしたい、の間違いじゃないのか」

「私の意のままになるようなメディアを、堂本さんは、ジャーナリズムと呼びますか。真実を伝えてくれれば、それでいい。そういうメディアがあれば、安心できるんです」

しばし二人の睨み合いがあった。やがて、堂本は納得したようで、両手で鷲津の手を握りしめた。

「疑って悪かった。そもそも私が持ちかけた話なのだが、その一点だけが怖かったんだ」

鷲津は、子供のような堂本の純真さがうらやましかった。

「だから、申し上げたんですよ。本当に私でいいのかと」

「いや、君にしか任せられない。ぜひ、お願いする」

それまでずっと耳障りだった窓を打つ風雨の音が、今は気にならなかった。

「お任せください。必ずや、日本のジャーナリズムの良心を守ってみせます」

堂本の肩から力が抜けた。彼は咳払いすると、もう一つ願い事を口にした。

「ジャーナルの従業員にも出資してもらおうと思っている」

「EBOですか」

従業員買収《Employee Buy-Out》は、オーナーではない従業員が出資して自分の職場を買収する。

「君はどう思う?」

「面白いですね。そうすれば、この買収が、親族間の争いではないと世間も思うでしょう」

「雑誌は、編集部員一人一人の汗と涙の結晶だ。身銭を切ってでも存続させたいという彼らの想いを、大切にしたい」

ますます結構な話だ。

カネの威力こそが企業買収の決め手だと勘違いしている者が多い。だが、何より大切なのは、世論がどちらの味方につくかだった。たとえ、カネに物を言わせて買収を成功させても、世論の反感を買えば、その企業は大きなマイナスイメージと闘わなければならない。世論を味方にし、大義はこちらにあることを強くアピールするのが、肝要なのだ。

鷲津は快諾し、二人は細部を詰め始めた。

誰かの役に立ちたいと思って企業買収に乗り出すと、必ず信じられないような災厄に見舞われるというジンクスが、鷲津にはあった。

今回も、そのジンクスが猛威を振るった。

約一ヵ月かけて買収プランとスキームを創り上げ、翌週から水面下で、株の取得を始めようとした矢先、堂本が取材先で倒れて昏睡状態に陥る。脳梗塞だった。

それでも鷲津は予定通り株の買収を始め、五日目には、サムライ・キャピタルは一三%の大株主に躍り出た。それに堂本名義の株と従業員の持株会の三%を加え、合計は三三%に達した。金融商品取引法には、「三分の一を超える取得を目指す買収者にはTOB（株式公開買い付け）を義務付ける」という規定があるため、それ以上の株取得を控えた。同法の抜け道はいくらでもあるのだが、外野からの非難を最小限に抑え、「フェア」なディールを目指したからだ。

大量保有報告書を関東財務局に提出した日に、鷲津は記者会見を開いた。

その直前、さらに厄介な問題が持ち上がった。堂本の支援でEBOに参加するはずだった従業員持株会が、内部分裂。会見には出席しないと言ってきたのだ。

最悪の状況で、記者会見に臨んだ。堂本は一命は取り留めたが、まだ話せる状況になかった。鷲津は堂本の想いを代弁し、「日本のジャーナリズムの良心を守るための支援として買収提案をした」と自説を展開した。

だが、鷲津の言葉は、むしろ懐疑的に取られてしまう。

理由は、鷲津らの会見の二時間前、ジャーナル社側が会見を開き、席上で正岡《まさおか》理奈社長が「ハゲタカファンドに、問答無用で会社を奪われそう」と涙ながらに訴えたためだ。

彼女は、複数の著書を持っており、美しく知的に生きる女性として人気を得ていた。ワイドショーなどにも出演するカリスマ・セレブの知名度を最大限に生かしたのだった。

彼女の涙は、世論の同情を誘った。

一方の鷲津は、肝心の堂本のみならず、EBOをするはずの従業員代表も列席しない会見を開いてしまった。

「鷲津さんの話を頭から疑う気はないが、あなたが支援するという当事者が誰もおらず、その上、経営には嘴《くちばし》を挟まないなんて信じられない」という記者の感想通り、「ハゲタカ、ジャーナリズムの良心を陵辱」と書かれた記事が、翌日の紙面を飾った。

しかも皮肉なことに、日本屈指の買収者である鷲津が、ジャーナルにTOBを仕掛けたというニュースに、市場は過敏に反応してしまう。

株価はストップ高となり、数日もすれば、二五％もプレミアムを上乗せした買収価格を越えるという観測が出たため、思ったほどの株が集まらなかった。

極めつけは、ジャーナル社取締役会が同日、買収防衛策を発表。全株主に対して、新株予約権を一個につき三株割り当てると発表したことだった。但し、経営の妨害を図ろうとする「非適格者」に対しては、予約権を行使できないと定め、同者の株を一個三三三円で買い取るという条項を織り込んだ。同防衛案は、二週間後に臨時株主総会（臨株）を開き特別決議で承認を得ることになっていた。

本来、買収防衛策とは、TOB以前から準備されていなければ、無効という概念が通説だった。その上、株主平等の原則から、過去に行使された事前防衛策ですら、法廷は軒並み無効と判断していた。

無効の最大の根拠として挙げられた株主平等の原則については、会社法一〇九条一項で「株式会社は、株主を、その有する株式の内容及び数に応じて、平等に取り扱わなければならない」と定められている。すなわち、同じ株を持ちながら、株主を「適格」「非適格」と区別するような行為は、その条項に則り無効と判断されてきたのだ。

サムライ・キャピタルは、すぐに防衛策導入決議差し止めの仮処分申請を東京地裁に申し立てると同時に、メディアを利用して、現経営陣の横暴を積極的にアピールした。また水面下では、臨株での特別決議を阻止するため、プロキシー・ファイト（委任状争奪戦）の準備も始めた。

従業員持株会が離反したとはいえ、堂本とサムライ・キャピタルの合算で、既に三〇％を有しているのだ。残り四％分の委任状を集めれば、特別決議は回避できた。

それでも負の連鎖は止まらなかった。なおも意識混濁が続く堂本の家族が、委任状の提出を拒否したのだ。

鷲津が、「この買収は、ご主人のたっての依頼で動いているんです」と何度も説得したが、家族は「堂本本人の意思が確認できない間は、協力できない」の一点張りで拒んだ。

結局、臨株で特別決議が認められ、防衛策導入が決まった。

過去最低額のＴＯＢで、鷲津は今まで味わったことのない窮地に追い詰められてしまった。

それでも、こんな不合理な事態を、法廷が認めるはずがない、彼はそう信じていたのだが。

3

二〇〇七年一二月一一日　東京・有楽町

「こんなとんでもない判決が認められたら、日本は、世界の笑いものになります」

有楽町の電気ビル北館二〇階にある外国人記者クラブは、内外の記者で席が埋め尽くされていた。鷲津は終始穏やかな口調で、判決への違和感を述べていた。

「日本の法廷は、後出しじゃんけんを認めるばかりか、法ではなく情で判決を下すのかとね」

「判決直後に、経産大臣と経団連会長が判決を支持すると発表していますが」

経済紙記者の嫌みな質問に、鷲津は顔をしかめた。

「だから、より深刻なんです。株式を上場するということは、誰もが株を取得でき、会社をも買う権利があるという意味なんです。なのに株主を、経営陣の独断で選別する行為を是とする。日本だけ時代に逆行している気がしませんか」

「ニューヨークではジャパン・パッシングという言葉が囁かれ始めていますが、この判決によって、さらに加速すると思いますか」

アメリカの有力紙特派員が待ち構えていたように質問した。

「残念ながら、そうなるでしょうね。結局、日本は資本主義国ではなかった。経営陣に都合の悪い株主を排除しようとしている。そういうイメージができれば、日本の市場をパスしようというムードは高まると思います」

これは資本主義を掲げる国として、由々しき事態だ。だが、そう感じているのは、自分と外国人記者だけのように思えた。

「今回のＴＯＢは堂本征人氏から依頼されたと、鷲津さんはおっしゃっていましたが、結果的に臨株で彼の支持すら得られなかったのが、判決に影響しているとは思えませんか」

日本の大手新聞記者の質問だった。鷲津を追い詰めるつもりなのだろうが、訊ねられるのを待っていた。演台の脇にいた清水に目くばせし、彼が頷いたのを確かめてからマイクに向かった。

「その件で、皆さんにお見せしたいものがあります」

部屋が暗転し、正面の壁にスクリーンが降りてきた。画面に現れたのは、病室にいる堂本だった。脳梗塞で倒れて二ヵ月。左半身に麻痺が残る堂本は痛々しく見えた。言語に聞き取りにくい部分もあったが、右手が使えたのが大きかった。

彼は脳梗塞の回復期独特の片麻痺状態で精一杯の笑みを浮かべていた。そして、一連の買収劇で迷惑をかけたことを、たどたどしいながらも自らの言葉で詫びた。その上、色紙に文字をしたため、カメラに向かって見せた。

〝今回のジャーナル社ＴＯＢは、わたしがわしづさんに強くおねがいしたことです。どうもと〟

「本来、堂本さんのこんな姿はお見せしたくなかった。しかし、裁判に負けたと聞いてどうしてもと言ってくださったので、皆さんにご披露した次第です」

鷲津は神妙に告げた。敗訴の可能性を考えて、前日に撮影したものだったが、そんなことはおくびにも出さなかった。

「先ほどのご質問ですが、臨株の際に、堂本さんの支持が得られなかったのは事実ですが、彼は特別決議に賛成もしていません。したがって、裁判にそれが影響したとは思えません」

「即時抗告の予定は」

「既に手続きをしております。次は、堂本さんが這ってでも出廷するとまでおっしゃってくれています」

「防衛策が有効という結果になっても、TOBは続けますか」

それについては、鷲津のスタッフですら反対していた。堂本の病状、従業員持株会の背信を見ても、これ以上の深追いはすべきでない、というのが理由だった。

「そのための即時抗告です」

大量のストロボがたかれた。鷲津は、それを機に腰を上げた。

「あと一つ。一一月に、アカマ自動車に対して中国人投資家の賀一華《ホーイーファ》氏が、買収を仄《ほの》めかす発言をしましたが、今回の判決と関係があると思われますか」

予想だにしていなかった要因だが、少なくとも日本企業が今、買収恐怖症に陥っているのは、事実だった。だが、鷲津は惚《とぼ》けることにした。

「関係って、私は一応、日本人なんですが」

記者たちが失笑した。鷲津も釣られたように苦笑しながら、付け足した。

「本当にその一件が判決を左右したのなら、ますます良くない風潮だと思いませんか。買えるもんなら、買ってみろ。それぐらいの気概がないと」

何とか質問攻めから逃れて、待機していた車に乗り込んだ時、携帯電話が鳴った。

「やっぱりこの国は腐っていますね」

聞き覚えのある声だった。

「どなたです」

「失礼しました。マカオでお会いした王烈《ワンリエ》です」

見事な日本語だった。電話でも、マカオで感じたのと同じ冷気が伝わってきた。

「お上手な日本語をお話しになるんですね」

「ありがとうございます。あなたのマンダリンほどではありません」

「なに、私のは、上海訛りがきつい」

乾いた笑い声が返ってきた。

「それで、用件は」

「あんなとんでもない判決をよしとする国には、天誅をくだすべきです」

天誅とは、また古風な。

「同感ですな。だが、それにあなたの手を煩わせたくない」

「ミスター・ウォードが婚約されていた女性の行方が、分かりました」

ウォードは、ホライズン・キャピタル時代、鷲津の下で働いていたアメリカ人だ。彼は三年前、東京の地下鉄京橋駅で謎の死を遂げていた。この男は、その謎を解くヒントを、鷲津に与えると言っているのだ。

「一度、お時間をいただけませんか。色々とご相談したいと思っています」

鷲津は黙って電話を切った。

魑魅魍魎《ちみもうりょう》が跋扈《ばっこ》するのは、魔都マカオだけじゃない。たとえ東京にいても、奴らは容赦なく襲いかかってくる。だが今は、海の向こうの龍を相手にする余裕はなかった。

生きにくい時代になったもんだ。それとも、俺がこの国から用なしと言われているだけなのか。

車は日比谷公園の前をゆっくりと通り過ぎていく。落葉した木々を眺めながら、鷲津はかつて味わったことのない虚無感に襲われていた。

4

二〇〇七年一二月一二日　山口・赤間

〝買えるもんなら、買ってみろ。それぐらいの気概がないと〟

社長室の会議室で、前日のジャパン・ジャーナル社裁判のニュースをまとめたビデオを室員らと共に見ていた大内は、テレビに向かって舌打ちをした。

「何、勝手言っちょるんか」

この男に、社長の古屋は会いたいと言っている。

――ハッカーを防止するには、ハッカーを雇えというだろ。ならば、日本一のハゲタカに会ってみたい――。

古屋らしい考え方だった。

攻撃は最大の防御。虎穴に入らずんば虎児を得ず――。

忍耐と質実剛健を社是にするアカマ自動車の社風から、古屋は最も遠い男と言われていた。

だが、長年仕えてきた大内は、社長の強気な姿勢の源に、社是を地でいくアカマ魂があるのを知っていた。

「この判決で、賀ちゃんは諦めるでしょうか」

地元名士の坊ちゃん気分が抜けない若手が、愚問を口にした。

「ありえんちゃ。あの男は、逆にこれで調子のりよるぞいや」

室長補佐のロートル内村治雄《うちむらはるお》が、きつい訛りで吐きすてた。古くからの有力者対応のために社長室に籍を置く内村は、生まれてこの方、赤間を出たことのない田舎者だったが、社会を見据える目は鋭かった。

「そうですかねえ、でも、あれから何の連絡もないし」

若手の言うとおり、不気味なぐらい賀は静かだった。

挨拶の電話の翌週、古屋は無理を押して賀と本社で会った。直後に、賀は市内のホテルで会見を開き、「社長とお会いして、ますますファンになった。将来は、経営参画も考えている」と発言した。

気の早いマスコミは、「中国の買収王子、アカマに食指」と騒いだが、その翌日に、「大株主の一人としてお会いした。経営についてのご意見には、株の持ち数に関係なく、常に真摯に耳を傾けている。今後もその姿勢に変わりはない」と古屋が会見し、騒ぎを治めてしまった。以来、賀からは音沙汰もなく、市場で大量に株が買われた形跡もなかった。

若い社員の反論を聞き流した大内は、藤金に訊ねた。

「最近の彼の動きは」

「マカオのカジノにご執心のようです」

「マカオのカジノ？」

大内には理解不能だった。だが、藤金は顔色一つ変えずに続けた。

「マカオは、カジノの進出ラッシュが続いているんですが、ラスヴェガス系のカジノとの提携を考えているようです」

調査報告には、賀はサービス事業にも手を染めているとあった。

「共産党の偉いさんの息子は、そねぇに金がありよんか」

内村の嘆息に同感だった。藤金の解説が続く。

「党要人の子女を、太子党《タイツダン》と呼びます。本来、金持ちでも何でもないんですが、太子党の一部は、儲けの多い国営企業のトップになり、私腹を肥やしているとか。賀一華の家は、父親が太子党の大物で、母親は香港財閥の娘です。スイスに隠し口座を持っているなんて噂すらあるそうです」

技術畑一筋で生きてきた大内にとって、中国は人件費の安い国というイメージしかなかった。なのに突然現れた敵は、若さには不似合いな額のカネを武器に、このアカマを翻弄しようとしている。共産主義国の国民のくせに、まるでカネの亡者のような貪欲さも解せないし、それを放置している中国という国も不気味だった。

「ただ、彼は親の七光だけでのし上ってきたわけではありません。上海の名門校である復旦《フーダン》大学の経済学部を優等で卒業して、エールに二年留学し、その後、ウォール街の証券会社を経て帰国しています」

画面の向こうで、昨夜、あるニュース番組に出演したハゲタカが、講釈を垂れていた。

〝好むと好まざるとにかかわらず、日本は国際社会の歯車の中に組み込まれてしまっているんです。それから目を背ければ、世界から置いて行かれる。ジャパン・バッシングの時代は、まだ良かったんです。しかし、ジャパン・パッシングされるようになれば、この国は二度と這い上がれないかもしれません〟

鷲津という男はどう見ても好きになれそうにないが、気骨のある話には共感した。

言いにくいこともはっきり言いよる。一度、会《お》うてみたいもんやのう。

ちょうどビデオが終わったところで、大内は休憩を宣言した。部屋を後にする室員の中で、藤金だけ残した。

二人きりになるのを待ってから、鷲津政彦についての調査結果を訊ねた。

「毀誉褒貶《きよほうへん》が激しい人のようですね。ただ、ハゲタカ呼ばわりされている一方で、国益を損なないかねないような大ディールでは、日本のために一肌脱ごうとする傾向があるようです」

「アカマを中国人投資家から守ることが、それに該当すると思うか」

「はい」

迷うことなく彼女は即答した。調査報告のファイルに目を通していた大内は、思わず顔を上げた。

「わが社は、年間三〇〇〇億円もの法人税を国に支払っているんです。アカマを失うということは、国益にとって大きな損失です」

冷静なだけでなく、愛社精神も人一倍強い藤金らしい見解だった。

「なるほど。じゃあ君は、社長が鷲津なにがしと会うのに賛成なんだな」

「社長がお会いになりたいと思われるのは、もっともだと思います。ただ、私に是非を申し上げる資格はありません」

「おいおいなに言いよるんか。おまえさんも、社長をサポートする社長室のメンバーっちゃ。意見を言う資格は十分にあるけえ」

大内がわざと強い赤間弁を使ったために、藤金が、くすりと笑った。

「会って損はない、と思います」

決まりだな。大内はそこで、調査ファイルを閉じた。

「極秘に段取ってくれ」

「承知しました。東京がいいでしょうか」

「そうだな、鷲津が赤間に来たと知れたら、マスコミに痛くもない腹を探られるのがオチだからな」

藤金は、社長のスケジュールを調べた上でアプローチをすると言って、部屋を後にした。

一人になった大内は、窓辺に近づいた。見ているだけで陰鬱になりそうな空に雪がちらつき始めた。山口県は、意外に雪が多い。特に山間部の盆地にある赤間市は、シベリア寒気団が南下すると、一晩で一面の銀世界になる日もあった。

それにしても――。大内は綿のようにふわふわと舞う雪をぼんやりと眺めながら思った。

なぜ、自動車メーカーが、車を作ること以外にあれこれと悩まねばならないのか。車を作りたいならば、自分たちで好きなようにやればいい。縁もゆかりもない会社の株を買い占めて、おたくの会社を売ってくれなどという非常識が、なぜまかり通るのか。

理屈では分かっていても、どうしても解せなかった。それは卑怯だし、恥ずかしいことじゃないのか。

「やっちょれんのぉ。じらくりに振り回されよるんは」

だが、駄々っ子のような相手に振り回されても、冷静に対処してこそのアカママンだ。最悪に備えてベストを尽くす。

大内は自分に言い聞かせると、腹を決めた。

第二章　疑心暗鬼

1

二〇〇七年一二月二四日　東京・大手町

本当にこの男が、伝説的なハゲタカなのか。

大内は、社長の古屋貴史と談笑している男を、部屋の片隅から見つめていた。

身長は一七〇センチ足らずで、痩身、いや痩せぎすという方が正しい。これといって特徴のない目鼻立ちの小さな顔は、街ですれ違っても気づかないほど印象が薄かった。身につけているスーツも仕立ては良さそうだったが、なぜか安っぽく見えた。

どう見ても、テレビや雑誌を賑わせている〝怪物〟と、同一人物とは思えなかった。

鷲津政彦、四五歳。大阪市船場生まれ。ニューヨークのジュリアード音楽院でジャズピアノを専攻するが、退学。プロのジャズピアニストとして演奏活動に入る。ところが突然、ピアニストから足を洗い、アメリカ最大のレバレッジ・ファンドであるＫＫＬの社員となる。

KKLでは入社直後から頭角を現し、入社八年目にして、創業メンバー以外では初めてのパートナーに就任。一九九六年、同社の日本法人であるホライズン・キャピタルの社長として、日本に帰国。自他共に認める日本最強の買収者であり、その天才的な手腕から、彼を神鷲《ゴールデンイーグル》と呼ぶ者すらいた。

「さすがに、今回は参りました」

丁重な挨拶の後、大内が用意した紅茶を飲みながら、全然「参った」風でない口調で、〝ゴールデンイーグル〟が苦笑いしていた。

中堅出版社に対するTOBに対して、高裁での控訴審でも敗退した話を、古屋から振られての反応だった。

「あなたのことだ。最高裁では、アッといわせる奥の手を考えているんじゃないんですか」

古屋は、すっかり打ち解けているように見えた。

天皇誕生日の振替休日となったこの日の午後、三人は皇居に近いパレスホテルのプレジデンシャルスイートで対面した。

実際にアポイントメントを取ったのは大内だった。自らサムライ・キャピタルに連絡を入れ、鷲津に直接お願いしたのだ。拍子抜けするぐらいあっさりと応諾された。鷲津が気にしたのは、会談が公的なのかプライベートなのかという一点だけだ。

――できれば、プライベートな立場でお会いさせてもらえると嬉しい。

一面識もない相手に、いきなりプライベートな立場でお会いしたいもなかったが、鷲津は「その方が私も助かります」と返してくれた。

「奥の手ですか。ないですねえ。あるとすれば、潔く撤退するぐらいでしょうか」

「それは、英断かも知れませんな」

「意味があれば、そうします」

鷲津の目に鋭さが籠もったように見えた。

「意味とは」

古屋も興味深そうに身を乗り出した。鷲津はまるで焦らすように体をソファに預けると、皇居に面した窓に目をやりながら答えた。

「最高裁に挑むよりも高い経済的合理性が見込めれば、というのが公式見解ですね」

古屋は、彼が〝本音〟を口にするのを黙って待っているらしい。

「私の目的は裁判に勝つことではありません。投資に見合ったリターンを得ることが最大のミッションです。リターンが見込めないなら、早期撤退こそが良策でしょう」

鷲津の言葉には、真実味が感じられなかった。古屋も頷いてはいたが、軽はずみな相槌は控えているようだ。一呼吸置いてから、鷲津が再び口を開いた。

「ただ、今回はそうはいきません」

「なぜです。意地ですか」

ハゲタカが笑った。

「私に意地などないですよ。プライドも面子《メンツ》も、さほど気にしない。ただ、一つだけ、どうしても譲れないことがあるんです」

古屋は興味深そうに質した。

「ぜひ伺いたいですね。あなたが、けっして譲れないというものを」

勿体を付けるようにティーカップを口元に運んだ後、鷲津が一言で返した。

「道義です」

意外な言葉を聞いて、大内は身じろいだ。買収のためには手段を選ばず、時の政府すら動かすような男の譲れないものが道義とは。さすがに古屋も戸惑っていたが、不意に笑い声を上げた。

「いや、鷲津さん。あなたは、凄い人だ。今時、そんなことを真顔で言う者はいませんよ」

ハゲタカは相変わらずにこやかだったが、目だけは鋭いままだった。

「私は大真面目なんですよ。世間からは、目的のためには首相すら脅す男などと陰口を叩かれています。しかし、私は本気で道義を貫いているんです」

途端に、古屋の顔つきが変わった。滅多に見せない本気の顔だった。

「失礼しました。鷲津さんの言葉、腹にズッシリと応えました。現代日本に欠けているもの。それこそが道義だと、私自身も常々思っています」

国際派として鳴らしたせいだろうか。古屋は、道義を重視していた。

熾烈な国内外の競争に打ち勝ち、生き抜くためには、時に道義を無視しての利潤追求が求められる。実際、アカマ社内にも「きれい事より、飯のタネ」と言って憚《はばか》らない役員がいる。

しかし、古屋は頭角を現してきた頃から一貫して、筋を通すことや道義にうるさかった。それが原因で、上層部から叱責されたことも何度かあった。

バンカラで泥臭い大内と違って、見た目も経歴もスマートに見える古屋だったが、実は大内以上に古風で頑固一徹な男だった。

本来こういうタイプが、社長の座に就くことはない。だが、「異端児こそ、会社発展の源」という社風を持つアカマでは、時にその常識が破られる。それがアカマという企業の魅力の一つでもあった。

古屋に同調するように、鷲津が両手を広げた。

「さすがに国際派の古屋さんだ。現在の日本の置かれた状況をよくお分かりでいらっしゃる」

「そうでもありませんよ。所詮、田舎のクルマメーカーのオヤジに過ぎません。なので、ぜひ教えてください。あなたが、この裁判で譲れない道義というものが何かを」

古屋は一言も聞き漏らすまいとするように体を前に傾けて、鷲津の答えを待った。大内もまた、世間から破壊者と呼ばれる男の道義の中身を知ろうと、意識を集中した。

固唾を呑むような二人と相反するように、鷲津は穏やかに語り始めた。

「健全な市場経済に必要なのは、ルールと新陳代謝です。自由競争を前提にしている代わりに、厳格なルールを定めています。我々は無法者のように、世間からはよく言われます。だが、明文化されたルールを破るようなことは、絶対にありません。ただし、日本の経済活動の中で生まれた商習慣や既得権、しがらみなどを断ち切らなければ、新陳代謝は起きません。我々は市場の健全性を維持するための新陳代謝を積極的に行っているに過ぎない」

大内には新鮮な話だった。だが、拒絶したくなるようなものではない。スポーツマンである彼にとってルールの厳守は絶対の真理だし、新陳代謝の重要性も分かっているつもりだ。古屋も同感のようだった。鷲津は、二人の反応を確かめた上で続けた。

「ところが、今、起きていることは、ルールの否定と新陳代謝の拒否です。これは道義に反する。今回の裁判は、単に一つの案件についての争いではない。今後、この国でビジネスを続けるためには絶対に譲れない道義を守る闘いなんです」

腕組みをして聞いていた古屋が、小さく唸った。

「バブル崩壊後の失われた一〇年で我々は何を学んだのか。より上手な責任転嫁の方法ですか。あるいは、カネだけ外国からむしり取って、今まで通り自国のルールだけで、経済を回そうというご都合主義ですか。そもそも多くの日本人が勘違いしているのは、この国は自力で復活したと思っていることです。血の滲むような思いでグローバルスタンダードを受け入れ、国際経済社会の一員になり、それによって外国からカネが流れ込んだに過ぎない。なのに景気がちょっと回復したら、また〝鎖国〟しようなんて甘すぎます」

古めかしいほどの武士道的正論を平気で説くサムライだと、ある人物が鷲津政彦を評していたのを大内は思い出した。しかもこのサムライは逆風に立つことも厭わず、既存の価値観を破壊しながら、本質的な道理を貫くとも聞いていた。

カネになるなら、手段を選ばずむしり取るというハゲタカのイメージとはほど遠い男だ。大内の中で今初めて、二つの異なる像が重なっていた。

サムライが続けた。

「私の敵は、ジャパン・ジャーナルの経営陣でも、裁判所でもない。異端児や破壊者を排除することこそ正しい道だと、世論や司法に囁く腐りきった連中です。だからこそ、真っ向から斬り込むしかない」

聞いているうちに、大内は姿勢を正していた。貧相だと思った男が、不意に大きく感じられた。

2

大阪

法事には似合わない快晴だった。新大阪駅に降り立った芝野は、見上げた空に皮肉を感じていた。

まるで俺の決断を祝ってくれているようだ。

三ヵ月ほど前に、銀行時代の恩人が急逝したのを知って駆けつけたのだが、その時に会社の将来についての相談を未亡人から受けた。

——会社とは言うても、所詮は社長兼発明家の博士あってのもんですわ。大黒柱を失って、正直途方に暮れてます。芝野はんに来て欲しいなんてことは、厚かましゅうてよう言いませんけど、どなたかええ人を紹介してくれませんやろか。

いつもは朗らかそのものの未亡人が、抜け殻のようにしょげかえっていた。

だが、芝野にも妙案はなかった。

彼女の言葉通り、社長のバイタリティと創意工夫で生き残ってきた中小企業にとって、社長の死は、同時に会社の死を意味する。

――今ある仕事をこなせれば、何とか半年は持つんです。けど、そっから先は真っ暗や。博士が発明した特許で、うちら家族ぐらいは食べられます。けど、従業員までとなるとあかん。このままやったら、会社畳まなあきません。それでは、博士に申し訳が立たへん。

敬愛を込めて夫を、〝博士〟と呼ぶ未亡人の行き詰まった様子に、芝野は思わず「じゃあ、私がお手伝いしましょう」と言いそうになった。

だが、仮にも再建途上の総合電機メーカーのCROを任された専務なのだ。情にほだされて、出来もしない約束をするわけにはいかなかった。その時は、「何とか、探してみます」とだけ言い残して、恩人の家を後にした。

あれから結局一度も連絡を取らず、再生を任せられる適任者を探すこともできずに今日に至っていた。

それが一週間ほど前に、未亡人から電話があった。彼女は、昔と変わらぬはち切れんばかりの元気な声で、「芝野はん、忙しいやろうけど、クリスマスイブに、こっちに来てもらうわけにいかへんやろうか」と切り出してきた。

何でも〝博士〟こと故・藤村登喜男氏の〝降誕祭〟をやるというのだ。

――博士の遺言ですねん。キリストみたいに、生まれ変わって戻って来るっちゅうのが。あほらしい話なんですけど、ちょっと社員も私も湿っぽうなりっぱなしなんで、この辺で、バーンと明るう降誕祭ぶちかましてみよう思いましてな。

断る理由もなく、芝野は未亡人の誘いに応じた。その週末の三連休は、家族三人で京都に旅行する予定だった。大阪まで足をのばすのは、さほど難しくなかった。

しかし、家族と別れ新幹線に乗り込んだあたりから、芝野の中で迷いの虫が騒ぎ始めた。

一体俺に、何ができると言うんだ。俺は所詮、金融屋に過ぎない。バランスシートを睨み、財務を健全化したり、損切りをするぐらいしか能がない。ターンアラウンド・マネージャーに転身して、人事と経営の真似事もこなせるようにはなった。しかし、自ら先頭に立ってものづくりという本業をリードすることは土台無理な話だ。

マジテックには、故・藤村の発明を細部まで具現化できる職人がいる。従業員の人心も、元気いっぱいの未亡人が、しっかりまとめていた。

――足らんのは、博士の智恵とプロジェクトを最後までやり抜くバイタリティです。それがないと、ウチの会社には魂がこもらん。

未亡人は、そう嘆いていた。

ならば、一層無理な話だ。ホームセンターで売っている簡単な本棚でも、組み立てるのに四苦八苦するのだ。そんな不器用な男に、博士の代理などありえない。

――面白そうじゃない。やってみるべきよ。

最初に芝野の背中を押したのは、妻の亜希子《あきこ》だった。

不良債権処理に明け暮れた三葉銀行時代、そしてターンアラウンド・マネージャーとして汗を流した時代、家庭を顧みなかったために、妻は重度のアルコール依存症に陥った。彼女自身の頑張りで、今では普通と変わらない生活ができるまでに回復している。それどころか、地域の活動にも参加し、同じ苦しみを味わっている依存症患者の支援グループの世話人も買って出ていた。

妻の病を機に夫婦の会話を大切にするようになった芝野は、藤村の通夜以来考えていたことを、旅先の食事の席で打ち明けた。

――小さなボランティアグループに参加し始めたからだと思うけれど、小規模な組織の方がやりがいがあると思う。自分の決断が、結果としてすぐ現れてくるから。それに私たち、藤村さんにはお世話になったんだし、ご恩返しのためにもやるべきよ。

亜希子には大反対されると思っていた。新婚時代、誰も知り合いのいない中で苦労した街が大阪だったこともあって、妻は大の大阪嫌いだった。それに現在、彼女の精神的安定が保たれているのは、芝野が週の半分は自宅で食事を共にしているからだ。マジテックの再生を手がけるのであれば、芝野だけでも大阪で暮らす必要があった。

――良かったら、私も連れてってよ。

まるで夫の危惧を見透かしたように、妻は思いもよらない提案を口にした。

――私たち、あそこからやりなおすべきだと思うの。それに最近、私は意外に大阪が好きなのかも知れないと思っていてね。

亜希子に言わせれば、そもそも二人は、最初から何か間違っていたのだという。

――夫婦ごっこをしていた気がするのよ。勝手に良い夫婦像をつくって、精一杯無理をしていた。それが結局は綻び、弾けたと思わない？

そういう気もするし、若気の至りとはそんなものだという気もした。だが、元々は自らの行いを顧みない亜希子だけに、言葉に重みがあった。

――今やっている支援グループでもそうだし、飯島《いいじま》さんの奥様も、そして藤村さんのおばちゃんも、私、心から打ち解けられるのって大阪の人ばかりだと気がついたわけ。だから私、大阪で暮らしてみたいのよ。

五〇近い女性の発想とは言いがたかったが、昔から物事に対する考え方が独特な亜希子らしい意見ではあった。

妻の後押しに続き、慶應義塾大学湘南藤沢キャンパスに通っている娘のあずさも、「面白そう」と言い出した。一番反対すると思っていた家族が、最初の支援者となった。

新大阪駅からタクシーに乗り込むと、芝野は運転手に「東大阪の高井田まで」と告げた。

「高井田っちゅうと、近鉄布施のあたりでんな」

きつい大阪弁で訊ねられて、芝野は苦笑いを浮かべながら「そうだ」と答えた。

「新御堂で梅新まで行って、そっから阪神使《つこ》てよろしおまっか」

ほとんど暗号に近い固有名詞が並んだが、芝野は昔の記憶を辿り、「新御堂筋を走って大阪駅そばの梅新出口で降り（新御堂筋は一般のバイパス道）、そこから阪神高速道路を利用していいか」という意味だと察して、同意した。

それと同時に、かつての銀行の上司である飯島を思い出していた。

三葉銀行船場支店時代、新人のお目付役だったのが、当時営業課長だった飯島亮介《りょうすけ》だった。慶應出の一選抜だと聞いていたが、見た目も口もコテコテの関西人の上に、部下をいじめるのを趣味にしているような人物だった。

だが、彼の粘着質なしごきのお陰で、曲がりなりにも地に足の着いた銀行マンになれた。その過程では、後々にまで禍根を残すような出来事を、いくつも経験した。それを差し引いても、飯島の教えが、芝野の血となり肉となっているのは間違いなかった。

「クリスマスイブやっちゅうのに、葬式でっか」

新御堂に入るなり渋滞にぶつかった運転手が、芝野の黒いネクタイを見て訊ねてきた。

「いや、法事だ」

「法事？　またハイカラな日に、法事やりまんねんなあ」

言われてみれば、確かに法事をするには、妙な日だった。

「これから行きはるところは、クリスチャンだっか」

「いや、そういうわけじゃないけど」

死んだ人間の降誕祭をやるなどと言えば、どんな顔をされるかと思って、芝野は言葉を濁した。

「このボケ、なんちゅう無茶しよんねん」

ちょうど渋滞の中を車線に割り込んできた車があり、運転手はそちらに集中してくれた。お陰で芝野は、再び物思いに耽ることができた。

曙電機の再建が軌道に乗り、居場所を失いつつあった芝野は、任期終了となる今期でお役ご免にさせてほしいと、社長の懐刀である副社長に耳打ちしていた。

——せめてあと一期、おつきあい願えませんか。

副社長は諦め顔ではあったが、翻意を促した。だが、芝野にそのつもりはなかった。

——いや、私の退任は、早ければ早いほどいいんですよ。その方が会社にも勢いがつく。対外的にも、曙電機は予定よりも早く再建を終えたとアピールできます。

副社長は、それ以上は止めなかった。ただ一言「社長に話すのは、もう少し先にしてもらってもよろしいでしょうか」とだけ言った。

もういいじゃないか。曙は、俺がいなくても充分やっていける。それよりも俺を本当に必要としてくれる場所にいる方が、正しい気がする。

いつの間にか車は新御堂を降り、大阪キタの繁華街を走り始めていた。景気が回復したと言われ始めた東京と違い、大阪は地盤沈下が止まらないと聞いている。

窓越しに街を見やり、芝野は街に活気がないような気がした。

「景気はどうです」

芝野は、思わず運転手に尋ねていた。

「いやあ、もうさっぱりですわ。ほんまのところ、タクシーなんか、やってられまへんで。お客さんは東京でっか」

「うん」

「東京は景気良うなったそうでっけど、大阪はあきまへん。もうめっちゃしぶちんになってしまいよってねえ」

しぶちんとは、ケチという意味だ。

「けど、この街は今までだってダメだダメだと言いながら、しぶとく生き残ってきたじゃないか」

「いや、今度こそあきまへんな。大阪を元気にできる連中が、皆東京へ逃げてしまいよった。この街は、もう抜け殻でっせ」

抜け殻とは、哀しい言葉だった。調子づいた運転手が続けた。

「大体、お客さんみたいに、新大阪から東大阪くんだりまでタクシーで乗り付けるなんぞという豪勢な人は減ってきましたな」

「そうかい」

そういえば、通夜の時もタクシーを使ったが、やはり運転手が何度も目的地を確認してきた。

「そうでっせ。そもそも東大阪とかは、抜け殻の代表選手みたいなもんです。あの街にタクシーで乗り付けるのは、ハゲタカぐらいですわ」

「ハゲタカだって?」

「外資とか言うんでっか、アメリカの銀行でんがな。あいつら、東大阪の潰れそうな会社を買いに行きよるんです」

連中は、あんな街にまで来ているわけか。

「まあ、嫌な奴らですわ。車の中で、長いこと携帯で話してたかと思うと、終わったらパソコン取り出してカタカタやっとる。わしが話しかけても無視する癖に、自分たちが聞きたい事については、もう根掘り葉掘り」

目に浮かぶようだった。

「けど、カネ払いはいいだろ」

「まあね。わしも以前、一日つきあってやったことがありました。けど、なんぼカネもろても、ああいう手合はごめんですわ」

そう言いながら、しっかりカネ儲けするのが大阪人ではある。おそらくこの運ちゃんも、彼らの前では、日本の銀行をこき下ろしているに違いない。

「あ、お客さんも、もしかしてハゲタカの仲間でっか」

芝野は、反射的に笑い声を上げていた。

「まさか。私は、退職前のロートルだよ」

「怪しいなあ、どう見てもくたびれたサラリーマンには見えまへんで」

「それはありがとう。けど、もう十分くたびれているよ」

だから俺はもう一度この街で、くたびれた己《おのれ》を奮い立たせたいのかも知れない。

「私たち、あそこからやりなおすべきだと思うの」という妻の言葉を重く感じながら、芝野は大阪の街に自分の居場所を探していた。

3

東京・大手町

「さて、それではそろそろ、私をお呼び出しになった本題とやらを伺ってもよろしいですか」

二杯目の紅茶を大内が注いだのを機に、鷲津が切り出した。古屋はすぐには反応せず、紅茶をゆっくりと味わってから答えた。

「失礼しました。実は、企業買収のプロであるあなたに個人的なご意見を伺いたいことがありましてね」

「私でお役に立つことであれば、何なりと」

初対面とは思えないほど、鷲津はすっかり打ち解けた風に見える。

「ご存じのように弊社は今、中国人のある投資家から、経営に参画したい旨の要求をされています」

鷲津は黙って頷いた。

「既にその人物は、弊社の株を三%ほど取得しており、いずれ弊社を買いたいともおっしゃっています」

「ほう、それはまた豪気な人ですね」

この男は、全てを知ってとぼけている。

鷲津の態度を見て、大内は直感した。しかもそのことを隠す気もないらしい。

どうやら古屋も同様に感じているようで、大内の方をちらりと見た。

「さらに翌週、私に面会を申し込み、赤間までやってきて、弊社を見学し、私と会食もいたしました」

「さすがは古屋さん。度胸が据《す》わってらっしゃる」

からかうというよりは、真顔で鷲津は称えた。

「悪い好奇心ですよ。その直後、彼は東京で記者会見を開き、弊社の株を三%取得したことや、経営参画を希望している旨を発表しました」

「そのあたりは、新聞記事で拝読しました。古屋さんのさばき方も、見事だったと記憶していますが」

照れているのか、古屋は紅茶で口元を湿らせてから続けた。

「今のところ、なんの連絡もありません。だが諦めたとは到底思えない。そこで、ぜひ鷲津さんのご意見を伺いたいと思ったんです」

鷲津から一瞥されて、大内は大きく頷いた。

「ご意見と言われましてもねぇ。正直、あれから本当に何もなかったんですかと、まず私の方がお聞きしたいぐらいで」

鷲津は惚け顔で、変化球を投げてきた。

「不気味なぐらいなにもないんです。連絡もなし、市場で大きく弊社の株が動いた形跡もありません」

「つまり、なにも起きないから、逆に不安なわけですね」

「おっしゃるとおり。場合によっては、敵対的買収も辞さないとまで言ったのに、私と会食し、会見したら、鳴りを潜めた。何か企んでいるとしか思えません」

「賀一華でしたっけ。ＩＴと不動産で稼いだ金を元手に、世界中で買収を仕掛けている人物」

いよいよこの男の情報力が開陳される。大内は期待と不安に押し出されるように、身を乗り出した。

「私が把握している情報もさほど多くはありません。残念ながら、まだお目もじもかなっていませんし。なので、どう思うかというご質問については、正直お答えしにくい」

そりゃあないじゃろうが！　あんた、プロじゃろ。思わずそう叫び出しそうなのをこらえて、大内はボスの反応を見た。古屋はしばし相手の表情を窺い、だんまりを決め込んだようだ。

古屋の沈黙の意味を察したように、鷲津は苦笑いを浮かべて付け加えた。

「お会いになられた印象はどうでした」

「非常に好感を持ちました。一部のマスコミは、彼をホリエモンのように評していますが、ちょっと違う感じがしました」

「どう違いましたか」

「礼儀正しく人なつっこく、機知に富むと言えばいいんでしょうか」

確かに大内も同じ印象を受けた。だが、そこに小賢しさも感じていた。

「大内さんは、違う印象を持たれたんですか」

突然、話を振られて大内は思わず口ごもった。

「基本的には変わりませんが」

古屋に「遠慮なく続けたまえ」と言われて、大内は素直な感想を述べた。

「いわゆるオヤジキラーと言いましょうか。年長者に取り入るのがとても上手な若者の、典型のように思えたんです」

古屋は意外そうな顔をし、鷲津は逆に納得したようだった。

「さすが、古屋社長から全幅の信頼を受けていらっしゃる〝アカマの内蔵助《くらのすけ》〟ですね」

社長の懐刀と言われながら余りにのんびりした大内を、忠臣蔵の大石内蔵助のようなとぼけた策士だと勝手に持ち上げる地元紙の記事を、この男はチェックしたらしい。不覚にも照れてしまった大内は、頭を掻きながら補足した。

「いや、私は至って不器用な男なので、初対面の相手をたらし込むなんて芸当ができません。だから、僻目《ひがめ》が出ただけです」

「ご謙遜を。大内さんの目利きは正しいと思いますよ。警戒している相手に、初対面で好感を抱かせるというのは、ある種の才能です。しかも、とても厄介な才能だと見るべきです。それを見抜けるのは、大したものです」

「では、あなたもまたそういう才能の持ち主ですな」

このまま褒め殺しに遭うのはまっぴらと、大内はやり返した。だが、鷲津は平然と受け流した。

「とんでもない。私は見たとおりの貧相な男です。それより古屋さんの危惧は、正しいかも知れません」

「といいますと」

「挨拶の電話から、御社への電撃訪問、そして、不気味な沈黙。そのいずれもが、計算された戦略だと思うべきですね」

古屋と大内が、ほぼ同時に身じろいだ。訊ねたのは、古屋だった。

「だとしたら、彼は今、なにをしているんです」

鷲津はまた、勿体をつけるように紅茶を飲んだ。そして、カップをソーサーに戻しながら、意外な返答をした。

「分かりません」

大内は思わず腰を上げかけたが、古屋はもっとしたたかだった。

「あなたなら、どうされますか」

さすがの鷲津も考え込んだ。彼は腕組みをすると、天井を見上げて思いを巡らせているようだった。やがて、まだ迷った様子のまま答えた。

「賀氏の行動は、私のやり方ではありません。私は、あんな派手なアドバルーンをあげません。M&Aなどというものは、最後の最後まで秘密裏に行うべきだと思っていますから。だが、彼の場合は、どうもそうではないらしい」

賀を〝劇場型買収者〟と名付けていたメディアがあったのを大内は思い出した。

「したがって、どうすると聞かれても、お答えしようがないんです。しかし、それではおそらく私はここから解放してもらえないでしょうから、少し彼の気持ちになって考えてみました。ただし、これは何の根拠もありませんので、そのおつもりで」

「それで結構。ぜひ、お考えを聞かせてください」

「いくつか考えられます。まず、賀氏が世間の噂程度の人物なら、恐るるに足りません。勝手にやらせておけばいい。しょせん、ゾウとアリの戦いですから。御社の経営権を奪取するには、最低でも一〇兆円以上が必要ですが、そこまでの資産家という話はない。ならば彼に賛同する投資家なり金融機関が必要です。バカなお坊ちゃんにカネを貸す酔狂者は、まあ、いないでしょう」

それは、アカマ経営陣の考え方でもあった。だが鷲津は賀をそういう男だと見ていないのが、大内には察せられた。

「しかし、そこまでバカじゃない気がしますね。人は皆、イメージに騙されます。彼は太子党の御曹司。しかも、母方は資産家でもある。通常、そういう息子は、おバカと相場が決まっている。実際そんな風に見せているところもある。だが、それは彼が世間に見せたいと思っているイメージかも知れない」

古屋は、鷲津の見解に何度も頷いていた。

「賀氏の一連の行動は、先入観を上手に利用した戦略だと思うべきかも知れません」

「まさしく、私もそれが気になっているんです。だが、本当はなにを考えているのかが分からない」

古屋が自問するように漏らした。話し合いが始まってから一時間が過ぎようとしていた。腹の探り合いのような会話の応酬に、大内は疲れてきた。工場の現場なら方針は簡潔明瞭なのに。巨大企業とは複雑なものだと恨めしく思った。

「単純に言えば、彼が今まで見せてきたパフォーマンスの全てを疑えばいいんです。まず保有している株が三%という点。どこの世界に、御社のような大企業の株を三%持った程度で、挨拶の電話をかけるバカがいますか」

「つまり、本当はもっと買い集めている」

思わず大内は、考えたことをそのまま口に出してしまった。

「その方が、筋が通りますね」

「しかし、普段つきあいのない証券会社まで動員して調べましたが、そんな形跡はありませんでした」

「どういう調べ方をされましたか」

自分の仕事を小馬鹿にされたようで大内は鼻白んだが、そういうわけでもなさそうだった。鷲津の目差しには、どことなく人を不安にさせる光がある。自分の怯《ひる》みを振り払うように、大内は声高に返した。

「過去三ヵ月、新たに一％以上株を買った先を洗い出しました。だが、機関投資家が三社あっただけです。それも皆一％程度でした」

「差し支えなければ、その機関投資家がどこか教えてください」

鷲津に言われる前に、大内はファイルを開いていた。

「東洋生命、ユニオンスイス投資信託、そしてＵＴＢ信託銀行です」

「なるほど。一見、賀氏がつきあいそうにない相手に見えますね。ただ、それが逆に怪しい」

こいつはいちいち物事を斜めに見よる。そんなことしてたら、疑心暗鬼で動けなくなろうに。

「しかし、いずれも以前からおつきあいのある先ばかりです」

「そういうところこそ、狙い目だと私は思いますが」

頭に血が上ったが、鷲津の言い分には一理あると思わざるを得なかった。

やれやれ、こういう駆引きは性に合《お》うちょらん。

大内の肩のあたりが、疲労で重たくなっていた。

「ならば、この三つは、賀氏から依頼されて株を買った可能性があると」

渋い顔で話を聞いていた古屋が、念を押した。

「まあ、可能性のレベルですがね。三社の中に腹を割って話せる相手がいらっしゃるなら、ぜひご確認されることをお薦めします」

大内は怒りにまかせて〝財務に大至急確認！〟と赤ペンで書き殴った。

「しかし、厄介なのは、既存の株主の方です」

何を言うのかと我が耳を疑った。既存の株主の多くは、長年のつきあいがある相手だ。顔を知っている者も少なくない。この男はそれを疑えというのか。

「ご存じかと思いますが、今年施行された金融商品取引法で、株の大量保有についての申告が厳しくなりました。個人、機関投資家を問わず、五％以上の株を取得した場合五営業日以内に大量保有報告書の提出が義務付けられました。したがって、賀名義の株のありかはすぐに判明します。ところが、ここには抜け道があります」

二人の経営者は、固唾を呑んで鷲津を見つめていた。鷲津は冷めた紅茶を一口飲んでから、答えを告げた。

「既存の株主の株を、市場価格にプレミアムを上乗せして買う約束をするんです」

ありえんちゃ！　こいつは、敵はもっと身近にもいると言うちょる。

「御社の場合、我々が知らされていない様々な防衛策を張り巡らしておられるとは思います。ですが、それでも買えない会社はありません」

考えたこともない可能性が、鋭い刃となって大内の脳髄に突き刺さっていた。古屋も唸り声を上げて考え込んでしまった。

「私なら、全ての大口株主と証券会社を洗ってみますね」

家族主義を貫いているアカマにとって、株主もまたアカマファミリーの一員なのだ。その家族を疑ってかかるというのは、アカマの精神に反する。こいつはアカマのことを何もわかっちょらん。大内は今こそ怒鳴るべきだと思った。しかし古屋がとがめるように首を小さく振った。鷲津は知らん顔で話を続けた。

「もう一つ、今回の賀氏の動きに対して考慮しておくべきは、これまでの行動は、静かな湖面に大きな石を投げこむのが、目的かも知れないという点です」

「揺さぶりをかけるということかね」

古屋の問いに鷲津は頷いた。二人にとっては、納得できる話らしい。それが大内には悔しかった。

「まさしく。たとえば、先ほどの私の話を聞けば、古くからの大切な株主を疑ってかからなければならなくなる。一枚岩と言われているアカマファミリーにとって、これは大きな波紋を呼ぶでしょう。その結果、味方が敵になることだってある」

まるで自分の腹の中に手を入れられたような不快感を覚えた。

「猜疑心を植え付けることは、一枚岩の相手には非常に有効です。さらに、もう一つ。自分が投げた石に対して、御社がどう動くかを実際にチェックすることもできる」

それを聞いて、大内の中に初めて恐怖心が芽生えた。

古屋も深刻そうにハゲタカを見つめていた。この部屋に入ってきた時の貧相な印象は微塵もなかった。二人の男をすっかり呑み込んでしまいそうなオーラを放って、したたかな笑みを投げてきた。

大内はその瞬間、鷲津政彦という男の神髄を見た気がした。そして企業買収の世界の怖しさを、垣間見たのだと実感した。

「こんなところで、お役ご免でよろしいでしょうか」

息苦しいような緊迫感を嫌ったように、鷲津は気の抜けた声で締めた。

既に約束の時間を三〇分以上過ぎていた。大内は慌てて立ち上がったが、古屋はまだアームチェアに沈み込んだままだった。

「社長」

大内に呼ばれてようやく我に返ったらしい古屋は、慌てて立ち上がった。

「いや、お会いして良かった」

「なに、お二人にあらぬ妄想を植え付けてしまったかもしれません」

「とんでもない。弊社のモットーの一つは、常にまさかの時に備えよ、です。本当に助かりました」

古屋が右手を差し出した。鷲津はにこやかに、肉厚な古屋の手を握りしめた。その時、古屋が、思いがけない言葉を吐いた。

「失礼ついでに鷲津さん、私からたってのお願いがあります」

「何でしょうか」

「ぜひ、弊社の社外取締役になって戴きたい」

大内は情けないほど動揺した。そして買収を仕掛けてきたのが、この男でなくて良かったと心の底から思った。どう考えても賀より手強い男に思えた。なのになぜ古屋がそんなことを言い出すのか、分からなかった。「社長」といさめようとした途端、鷲津が愉快そうに笑い声をあげた。

「ご冗談を。私に、そんな大役は務まりませんよ」

「いや、無茶を言っているのは、百も承知だ。だが、是非あなたの叡智を我々にお貸し願いたい」

鷲津は笑いながら、かぶりを振った。

「ハッカーを防ぐには、身内にしろっていう戦略ですか。そんなことをしたら、私はすぐに獅子身中の虫になるかもしれませんよ」

思わず手を離してしまった古屋に深々と頭を下げた鷲津は、ドアの方に向かった。さすがの大内も、ここで鷲津を引き留めるべきか迷った。だが、既に心ここにあらずの古屋に判断を仰ぐこともできず、ひとまず見送りに立った。

「お忙しい中、貴重なお話を、本当にありがとうございました」

「いえ、こちらこそ、さほどお役に立ちませんで」

大内は、ドアの前で鷲津に対峙した。そばで見ると、やはり貧相に見えた。だが、彼と目が合った瞬間、射すくめられたように体が硬くなった。

「何だか失礼なことを言ってしまいました」

「滅相もない。古屋も私も、良いお話を伺えたと心から感謝しています」

「そう言ってもらえると、何よりです」

部屋を出かけた鷲津を、大内は思わず呼び止めた。

「いや、お待ちください。一つだけ、恥を忍んでお聞きしたいことがあります」

大内は体が熱くなるのを感じながら問うた。

「賀氏が襲ってきた時、彼を撃退する方法はあるんでしょうか」

「おい大内、よさないか。それはプライベートでお尋ねする域を超えている」

古屋が声を震わせて大内の質問を責めた。だが、鷲津は嫌な顔もせずに答えた。

「絶対に門前払いされないことです。意図はどうあれ、彼もまた大切な株主であるのに違いはありません。丁重に応じ、意見を伺う。とにかく相手に攻撃の大義名分を与えないことです」

大内は、勢い込むように頷いて先を促した。

「とにかく時価総額を上げる努力を怠らない。ＴＯＢを仕掛ける際には、必ず市場価格よりいくらかプレミアムをつけなければなりません。プレミアムをつけると割に合わないようにすることです」

言うは易く行うは難し、だ。鷲津に言われなくても、アカマは膨大なカネをつぎ込んでＩＲ(Investor Relations＝財務広報）活動をしている。国内企業の中でも図抜けて時価総額が高いのは、そのためだ。

「現状では、まだ足りませんか」

「相手が買収を仕掛けてくるというのが、その証じゃないんですか」

恐怖が大きくなった気がした。

「あとは、とにかくアカマファンをたくさんおつくりになることです」

「どういう意味ですか」

「アカマは家族主義という幻想に縛られていませんか。本当の家族だってコミュニケーションが不足すればギクシャクします。株主や従業員、さらには取引先だけではなく、ドライバーや一般消費者に至るまで、誰からもアカマはいいよねと言ってもらえる努力です。M&Aの勝敗は時に、世論が決める場合があります」

かつて鷲津が、似たようなことをテレビのインタビューで答えていたのを大内は思い出した。だが今一つピンとこなかった。そもそも世論なんて気まぐれでいい加減なものだ。人気取りはほどほどに限る。

「世論ですか」

「アカマが中国の投資家に買われるなんて許せない、という世論があれば、政府を味方にすることだって可能です。そのために重要なのはマスコミ対策です」

「その点は、大丈夫だと思います」

鷲津は少し目を見開いて、大内の顔を覗き込んだ。

「本当に大丈夫ですか。私が言うマスコミ対策とは、広告に物を言わせて記事を握りつぶすという意味ではありませんよ」

反論の言葉を探している間に、鷲津が続けた。

「アカマは日本を代表する企業だ、彼らの企業活動は賞賛に値すると、マスコミから言ってもらえる自信が本当におありなら何も言いますまい。しかし、マスコミを封殺するような真似をしていたら、ここを先途とばかりに逆襲される可能性もあります。そんな事態になったら、目も当てられませんよ。では、失礼します」

大内の脇を抜けるようにして、鷲津は出て行った。静かに閉まるドアを見ながら、今まで自分の中で築いてきた価値観が、音を立てて崩れていくのを大内は感じていた。

4

エレベーターの扉が閉まるのを確かめて、鷲津は大きく肩で息をした。

「やれやれ、とんだ厄介事が勃発しそうだ」

彼はため息と共にそう独りごちた。

最初から呼ばれた理由は分かっていた。周囲は、古屋社長との面談に反対していた。ジャーナル社との訴訟以降、鷲津には逆風が吹いていた。ここでアカマトップと密会していることが世間に知られでもしたら、ない腹を探られるのがオチだと懸念したのだ。だが、将来を見越して、古屋に会っておくのは重要だと言って、鷲津は強行した。

この段階で既に危機感を抱き、専門家の意見を聞こうという古屋に、まず興味を覚えたし、賀一華がどこまでアカマに迫っているのかを知りたいという好奇心もあった。

いずれにも、大きな収穫はあった。

「いや、それ以上だな」

ゆっくりと降下するエレベーターに独りで乗っているのをいいことに、声に出して呟いた。

アカマ自動車始まって以来の切れ者と呼ばれる古屋は、噂に違わぬ人物だった。彼なら、タフな買収提案にも堂々と渡り合えるだろう。その一方で、自分たちが買収されるなんてあり得ないという傲慢から生まれる隙も散見された。そういう意味で、アカマは盤石とは言い難かった。

もう一つの大きな収穫は、大内の存在を知ったことだった。スタッフが調べた限りでは、人の良い番頭的な存在という印象だった。だが、外見や雰囲気から感じる豪放磊落《ごうほうらいらく》な楽観主義者ではない。自分と異なる意見にも素直に耳を傾ける一方で、鉈《なた》のような強さを感じた。〝田舎者〟と侮るなかれ――。〝アカマの内蔵助〟の看板に偽りはなさそうだった。

「いずれにしても、しばらくは、連中のお手並み拝見というところか」

エレベーターが四階に到着した。鷲津は扉が開いてもすぐには降りず、エレベーターホールを見渡した。人影がないのを確かめると、ある部屋を目指し、チャイムを鳴らした。ほとんど待つことなくドアが開かれ、筋肉質な女性が会釈しながら出迎えた。

「お疲れ様です」

サムライ・キャピタルのヴァイス・プレジデント前島朱実《まえじまあけみ》が、鷲津の鞄を受け取った。

彼女は慶應義塾大学経済学部を卒業後、アメリカでMBAを取得。米系投資銀行ゴールドマックスのM&Aアドバイザリー部から、かつて鷲津がトップを務めた米系ファンド、ホライズン・キャピタルを経て、鷲津の解任後に行動を共にした、愛弟子的な部下だった。

〝豆タンク〟とあだ名されるのは、アメリカ留学以降、アメリカンフットボールのチームに所属して体を鍛えていたからだ。ビジネスの面でも体力的にも精神的にもタフな彼女には、ぴったりのニックネームだった。

鷲津は、スーツの上着を脱ぎながら、部屋の奥に進んだ。デラックスツインルームのソファに座っていた、大柄なアメリカ人が立ち上がった。

「ご苦労様でした」

彼は正しいイントネーションの日本語で言うと鷲津のジャケットを受け取り、内ポケットに潜ませてあった小型マイクを外した。

「感度は」

「良好でした。大内氏の言葉が若干聞き取りにくくはありましたが、まあ、後で補整すれば、すべてクリアになります」

サムライ・キャピタルの専務であり、同グループの調査会社ボーダレスの代表でもあるサム・キャンベルは、この日も三つ揃いのダークスーツのボタンを全部留めて、淡々と説明した。

アメリカ情報機関の極東担当を経て、クーリッジ・アソシエートという、同機関のOBが籍を置く外資系調査会社の日本法人トップまで務めたやり手にはとても見えなかった。彼もまた、鷲津の解任騒動に合わせて、サムライ・キャピタルの立ち上げに参加していた。

「どう見た、前島」

プライベートな立場でという相手との密談ではあったが、いずれ一戦交える可能性がある企業のトップとの話を、本当に「ここだけの話」で終わらせる気は最初からなかった。

彼らのビジネスは、情報を握った者が勝つ。そして、そのビジネスに公私はなかった。

「思ったほど手強くはなさそうですね、アカマは」

「言うねえ」

冷蔵庫からビールを一本取り出して半分ほどを一気にあおった後、鷲津は満足そうに一息ついた。

「鷲津さんを呼び出したわけですから、もっと真剣に賀一華を警戒しているのかと思っていましたが、それほどでもないというのが、何よりの驚きでした」

「まっ、今回もサムの調査が完璧だったということが証明されたわけだ」

仕事中は酒を飲まないサムに、鷲津はビール缶を掲げて讃辞を示した。アカマの経営陣は、賀を中国のおバカな坊ちゃんと見て、さほど警戒していないようだ、とサムは報告していた。

「お褒めにあずかるほどのことではありません。ただ、政彦の話が進むにつれて変化する二人の反応は、聞きごたえがありました。日本の経営者にありがちな頑迷さを感じませんでした」

サムは英語に切り替えたが、鷲津や前島に支障はなく、鷲津も英語に切り替えた。

「アカマはオーナー会社だが、生え抜きの優秀な番頭格が群雄割拠していると言われている。その好例だね、古屋氏は。それと大内氏については、俺ももっと知りたい」

サムは軽く頷いた。

「他に気づいたことは」

サムの向かいにあるソファに腰を下ろした鷲津は、軍人のように両足を肩幅に開いて立っている部下を見上げた。

「個人的には、賀一華の動きを追ってみたくなりました」

「そうしてくれ」

驚いたのは、前島だけだった。

「あの、本気ですか」

「聖なるクリスマスイブに、俺は嘘は言わん」

「理由を教えてください」

分からないことは怒鳴られても、必ずその場で訊ねろ。鷲津が、自らのチームに口うるさく言う鉄則だった。

「正直なところ、俺にもあの坊ちゃんの目的が、今ひとつ不可解だ。それに、奴がアカマに接近したのと、俺の周りに得体の知れない中国人がへばりつき始めた時期とが重なるのも気になる」

「まさか王烈は、我々にアカマを買わせようとしているってことですか」

ここ数ヵ月、CICの総経理補佐が、鷲津が一番苛立つ時刻と場所を狙い撃ちする亡霊のように、電話をかけてきた。

言うことは常に同じだった。

——CICの潤沢な資金を使って、日本を買い叩きましょう。

鷲津は我慢していたタバコに火をつけ、うまそうに煙を天井に噴き上げると、敢えて話題を変えた。

「あの席で彼らは、俺に問い質すべき大事な質問をしなかった」

「何ですか」

前島にはピンとこなかったらしい。サムが代わりに答えた。

「政彦は、賀の今回の行動についてどう思うかという問いに対して、『いくつか考えられます』と答えている。だが、実はたった二通りの答えしかしていない」

サムの目や耳からこぼれ落ちるものは、なにもない。鷲津は改めて、元エージェントの凄さを感じていた。

ようやく前島も気づいたようだった。

「確かにそうでした。じゃあわざとそれ以上言わなかったんですね。鷲津さんも人が悪い」

「人が悪いんじゃない。彼らがどれだけ動揺しているのかを測るためさ。訊ねられたら答えるつもりだった」

古屋も大内も冷静であれば、けっして聞き逃がさなかったはずだ。失念していたというのは、鷲津の分析に衝撃を受けた証だった。

「あの、よろしければ、他の考えを伺ってもよろしいですか」

遠慮しない前島は、悪びれもせず訊ねた。

「もちろん。いくつかあるが、俺が一番気になっているのは、賀は、ダミーかも知れないという危惧だ」

振った。


「ダミーですって」

「そうだ。あの坊ちゃんに好きなだけ暴れさせることで、アカマの急所を探すと同時に、経営陣に猜疑心を植え付ける。そして、彼らが疲労困憊した頃を見計らって、真打ち登場と相成る」

この説明を聞いて驚いたのも、前島だけだった。鷲津は、静かに紅茶を飲んでいたサムに話を振った。

「どうですか、ミスター・キャンベル」

「可能性はあります。そして、その真打ちが、あなたでないことを祈っていますよ」

「言ってくれるな。それで賀は、国家安全部の犬だったのか」

「それは分かりません。ただ、王烈は、かつて対日工作のナンバー2だったという情報がありま す」

やれやれ俺はなんと厄介な相手に見初められてしまったのか……。

「国家安全部って、スパイってことですか」

前島の直截的な言い方にも、サムは嫌な顔をせずに答えた。

「まあ、そういうことだね。ただ、さほど情報が集められていませんので、日本での彼の任務や、腕のほどは分かりません」

「でも、中国のスパイが、上海のホリエモンを使って何をやる気なんです」

鷲津も肩をすくめるしかなかった。サムが調査報告を続けた。

「賀は海外投資を行う上で、かなり危ない橋を渡っています。あの国は未だに自由に海外投資ができないのですが、それを太子党という立場を利用して、多額の資金を海外にプールしているという情報もあります」

「太子党とは、中国共産党幹部の子女たち特権階級ですよね。好き勝手は許してもらえるんじゃないんですか」

「許してもらえるのではなく、お目こぼししてもらっているに過ぎない。あの国の怖さは、昨日オッケーだったことが、今日はノーになる点だ。もっと言えば、法律は使う側のさじ加減でいかようにもなる。従って、国家安全部あたりに睨まれれば、太子党であっても容赦はない」

だからこそ関わりたくなかったのだ。

鷲津は改めて、中国ビジネスの厄介さにうんざりした。

「いずれにしても、この二人をもう少し追っかけてもらえないか」

サムはスーツの内ポケットから手帳を取り出すと、何やらメモをした。

「それとアランの一件だが」

瞬間、まるで彼らのやりとりを盗聴していたかのような絶妙なタイミングで、鷲津の携帯電話が鳴った。相手は、王烈だった。

「何の用だ」

「アカマ自動車の皆さんのご機嫌は、如何でしたか」

5

東大阪・高井田

「奥さん、ちょっとよろしいですか」

故・藤村登喜男の〝降誕祭〟は、三〇坪ほどの高井田集会場に人があふれかえるほどの盛況ぶりだった。セーターに作業ズボン姿の地元の同業者に混じって、取引先の大手メーカーや銀行マンのスーツ姿も見え、〝なにわのエジソン〟の人望のほどが偲ばれた。

夕刻には京都に戻るつもりだった芝野は、誰彼となく話しかけて明るく振る舞っている未亡人の浅子《あさこ》を、ようやく帰り際に捕まえた。

「いやあ、芝野はん、何のお構いもできんと、ほんまにすんません」

ふくよかな体を二つに折り曲げるように、未亡人は頭を下げた。

「私も楽しませてもらってますよ」

「そう言うてくれはったら、お呼びした甲斐がありましたわ」

「少しだけ二人で、お話しできますか」

「ほな、こっちへ」

彼女は驚く様子もなく、芝野を集会場の応接室に誘った。そこは急ごしらえのクロークになっていて、コートやジャンパーが所かまわず積まれていた。

「コートだらけで狭苦しいったらないわ。そこいらへんにどけて、遠慮せんと座ってください」

「立ち話で大丈夫ですよ」

芝野はそう言うと、ドアを閉めた。

未亡人は思い出したように、腕まくりしていた喪服の袖を伸ばした。

「以前、頼まれていた話です」

「どないです。誰かええ人、見つかりましたか」

彼女は期待するように一歩、近づいた。

「なかなかこれといった適任者が、見つからなくて」

「そうでっかあ」

浅子は肩を落として、一気にしょげかえってしまった。

「それで、少しお訊ねしたいんですが」

「へえ、何なりと」

「お通夜の席では、いずれ会社は、朝人《あさと》君が継がれるという話でした」

今年二八歳になる朝人は、藤村の長男であり、現在は家電メーカーの研究所に勤めていた。

「まあ、まだ本人に、ちゃんと確かめたわけやないんですけれどね」

「今日は、お見かけしなかった気がしますが」

「そうでんねん、来るようにしつこう言うたんですけど、何や仕事が終わらんとか抜かしよってねえ」

朝人の勤務先は、奈良県生駒市にある。近鉄けいはんな線を利用すれば、高井田にある実家からはすぐだった。朝人が顔を見せないのは、仕事が理由なだけではないように芝野には思えた。

「立ち入ったことを伺いますが、朝人君は、ここを継ぐとおっしゃったことはあるんですか」

一瞬睨み返してきた浅子だったが、すぐに勢いが失せた。

「お恥ずかしい話やねんけど、ここ数年、父親とうまくいってませんでしてん。その上、嫁と私の相性も悪くて」

朝人は、同じ研究所の同僚と職場結婚したと聞いていた。

「では、ちゃんと継いでもらえるかどうかは、まだ分からないわけですね」

「そんなことありまへん。あの子は、マジテックを愛してます。大学出てここを継ぎたいというのを、博士が無理矢理大学院に行かせ、武者修行や言うて今の会社に放り込んだんです。あの子は、きっと戻ってきます」

悲痛な響きがあった。浅子に同意して励ましてやりたいが、日本中の中小企業が似たような悩みを抱えているのを知っている芝野は、軽はずみなことが言えなかった。裸一貫で父親が立ち上げた会社だったが、ある親は、息子に辛い思いをさせたくないと会社を畳み、ある親は、息子に期待を寄せながらも想いが届かず、後継者不在を嘆いている。

通夜で見かけたが、芝野には少年時代の朝人の印象が強かった。父親に憧れの眼差しを向けていた彼の目は、輝いていた。藤村も早くから、朝人を後継者にと考えていた。

だが、想いが強ければ強いほど、軋轢も生まれる。その上、天才肌の藤村は、目の中に入れても痛くない息子であっても、仕事では容赦しなかったろう。社会人となり、一流の研究所に勤めるプライドを、藤村がどれほど慮《おもんぱか》ってやったのかは疑問だった。

「今、従業員は何人です」

「私と、パートで事務を手伝っている娘の笑子《えみこ》を合わせて九人です」

つまり職人が七人ということだ。

「営業関係は、全部藤村さんがやられていたんですよね」

「そうです。まあ、営業言うても、ウチの場合、博士の噂を聞いて、全国から会いに来てくれまっさかい、外回りの営業の必要はなかったんです」

だが、これからはそうもいくまい。

「七人の職人さんの今後については、何か話をされているんですか」

「特には。実際、職人と言えるのは、昔っからいてくれる桶本《おけもと》はんぐらいで、後は見習い以下ですわ」

「外国人もいらっしゃいますよね」

「そうです。もうお金が回らへんから、日系ブラジル人を二人、中国人の研修生を二人雇てます」

「あとの二人は」

「望《のぞむ》と田丸《たまる》君ですわ」

「望君って……もしかして、金髪の彼ですか」

望は藤村の次男だった。通夜の席でも、今日の降誕祭でも、金髪の青年が甲斐甲斐しく立ち働いているのは気づいていた。それが望だったとは。

「そうです。バンドばっかりやりよって、工業高校も中退してね。バンドかて中途半端で、半年前から見習いで使てるんです」

長男と次男に対する浅子の扱いには、明らかに差があった。期待の星である兄と出来損ないの弟。これもまたよくある構図ではあった。

「望君が、ここを継ぐというのは、あり得ないんですか」

「あほなこと言わんといてください」

彼女は表情を強ばらせて、断言した。

「なぜです」

浅子はソファに小山を作っていたジャンパーを無造作に脇にやると、座り込んだ。

「あの子は、何をやらしてもあきませんねん。長続きせえへんし、ズルばっかりしよる」

「お通夜の時も今日も、一生懸命手伝っておられるように見えましたが」

「気まぐれです。まあ、あの子はお父ちゃん子でしたさかいね。生きている間、ずっと心配ばっかりかけくさったから、罪滅ぼしのつもりとちゃいますか」

家族の問題は、部外者には分からない。諦めて、話題を変えることにした。

「それで、田丸君というのは」

「望の友達ですわ。ずっと引きこもってたのを、主人と望が引きずり出してね。陰気な子ですけど、手先は器用ですわ。桶本のおっちゃんは、筋はええと言うてます」

全国から様々な製品作りの依頼を受けていた藤村だったが、事業として成り立ったのは、彼のひらめきを製品化するための精巧な金型を造る〝手〟があったからだ。金型職人の桶本五郎《ごろう》は藤村の創造を見事に形にする名人だった。

「桶本さんに、当面、継いでもらうというのは考えていないんですか」

「何度も頼んでます。けど、あの頑固爺は、絶対に首を縦に振ってくれよりませんのや」

「なぜです?」

「わしは職人や、の一点張りですわ。確かに、おっちゃんに経営まで任せるのは酷な話です。けど、実際のところ、おっちゃんが頑張ってくれているおかげで、なんとか回ってるんです」

「たびたび立ち入ったことを聞いて申し訳ないが、会社の財務状態はどうですか」

「そりゃあもう、真っ赤っかですわ」

あっけらかんと言い放っているが、浅子の表情は冴えなかった。

「気づきはったやろ、背広姿の連中がいるの」

「ええ、博士の人気を改めて感じていました」

「アホな、そんなんとちゃいますよ。あれはちょっとでもウチが傾いたら、金になるもんを我先にと手に入れるための偵察ですわ」

言葉がなかった。だが、十分考えられる話ではあった。芝野はそこまで聞いた後で、自身が思い描いている案を口にした。

「一つ提案があります」

「なんでっしゃろ」

「奥さんは私に、博士の代わりになるような人を探してほしいと言われました。でも、それは無理です。〃なにわのエジソン〃はこの世にたった独りです。博士の代わりなんて誰にも出来ません」

うつむいていた未亡人の目から、不意に涙がこぼれ落ちた。

「芝野はん、その通りです。私も改めて今、そう思てます」

「今、マジテックに必要なのは、ここを企業として健全にする経営者だと思います」

彼女が顔を上げた。化粧が涙で崩れていた。

「そして現有商品と現有勢力で生き残るための手だてを、考えるべきじゃないかと思うんです」

「そうでんなあ。でも、ウチみたいなしょぼい会社に、有能な経営者が来てくれるはずもおまへんやろ」

「私を使ってみる気はありませんか」

言ってしまった。

だが、後悔はなかった。逆にホッとした気分だった。

浅子は口を開けて、芝野を見ていた。

「何、アホなこと言うてますねん。クリスマスイブやから言うて、冗談もほどほどにしてください」

「いや、奥さん。私は本気ですよ」

「本気て、芝野さん。曙はんは、どないしますねん。あんた、エライさんでっしゃろ。それを捨ててこんな所に来るやなんて、正気やおまへんで」

自然に笑みが込み上げてきた。

「私は正気ですよ、浅子さん。曙にはなんの未練もありません」

6

上海

薄皮を破らないようにレンゲで小籠包《ショウロンポウ》をすくい上げた慶齢《チンリン》は、祖母お手製の皮の頂点にある絞りの部分に唇をつけた。

火傷しそうなほどの熱いスープだけに、一気に吸い上げると、とんでもないことになる。勉強以外は何をやっても不器用だったが、これだけは自信があった。

少しずつ、そっとそっと。

子供の頃から、いつも小籠包を食べる時は、そう自分に言い聞かせていた。数滴分のスープを吸い上げた。ちょっと熱かったが、火傷するほどじゃない。エビとホタテの旨みがとけ込んだ出汁に涙が出そうだった。

「おいしい」

思わず叫んでいた。

祖母は眼を細め、熱くなった舌をさますためのぬるいジャスミンティーを、グラスに入れてくれた。

「慌てちゃダメよ、慶齢。そっとね」

彼女は頷いて、もう一口スープを啜った。もう少しで頬張れそうだ。

空港からまっすぐ祖母の家に来て良かったと、心から思った。

クリスマス休みに入ったため、思い切って故郷に戻ることにした。夏のインターンシップでボーナスをはずんでもらったのも理由の一つだったが、来年夏から、この街に戻って来て、法律家としてのキャリアを始める準備をしたいという気持ちの方が強かった。

中国は、旧正月を祝うため、年末年始は通常に業務を行うところが多い。しかし米系の法律事務所であるスミス&ウィルソンは、クリスマスの二日間だけ臨時休業する。その後は平常通り営業するため、慶齢はあいさつを兼ねて事務所をのぞきに行くつもりだった。

ようやく最初の一個を頬張ると、慶齢は懐かしい味に感激していた。

そう、やっぱり小籠包はこうでなくっちゃ。肉の味も出汁の味も濃厚なのに軽やか。その微妙な味わいがたまらないのだ。

「ああ、ホッとした。ただいまあって、感じよ、おばあちゃま」

小籠包ではしゃぐ孫娘に、祖母は眼を細めるばかりだった。

「本当に大げさな子だね」

「でも、こんなおいしい小籠包は、アメリカじゃ食べられないもの」

「そうかい。じゃあ、好きなだけお食べ」

大のおばあちゃん子だった慶齢は、こうして食堂のテーブルで祖母と向かい合っているだけで、子供の頃に戻ったような気持ちになった。

古くからの上海の名家で実業家として知られた父と、外交官だった母が忙しかったため、幼い頃の大半を母方の祖父母の家で暮らした。祖父は下放経験もある元大学教授で、祖母は若い頃に彼の助手を務めていたのだという。

「今日は、おじいちゃまは？」

「大学で調べたいことがあると言って出かけたの。でも、おまえが帰ってくるのは電話で伝えたから、もうまもなく戻るでしょ」

祖父は、上海の名門大学の一つ、上海交通大学の教授を退官しているが、上海に残る昔ながらの町並みを保存する活動にも熱心で、暇を見つけると、大学の図書館へ調べ物にでかけていた。

「私やっぱりこの辺りから通おうかなあ」

二つ目の小籠包を平らげると、彼女は呟いた。祖父母の家は、上海市街南西部の学生街にあった。一方、夏から通うスミス&ウィルソンの上海事務所は、上海東部の金融街である浦東《プードン》新区にある。

「浦東までは、遠いよ。それにおまえのために、浦東に部屋を用意してくれているんだろ」

両親が住んでいるのは、浦東地区の高級マンションだった。彼らは、慶齢の上海勤務が決まったと知ると、彼女に相談もなく近所の高級マンションの一室を購入していた。

「あんまり気が進まないの。高層ビルは窓が開かないでしょ。それが嫌で、上海に戻らせてほしいってお願いしたくらいだから、高層マンションなんてとても……」

「変わった子だね。アメリカかぶれした今の若い子にとって、浦東で暮らすなんて理想じゃないの」

だが、自分の理想の地は、そこではなかった。天を衝くようなガラス張りのインテリジェントビル群で仕事するのさえ息が詰まるのに、その上、あんなガラスの檻で寝起きするなんて、想像するだけでも気が滅入る。

「ねえ、おばあちゃまから、ママに言ってよ。私はこのあたりで暮らしたがっているって」

「自分でおっしゃいなさいな。もう立派な法律家なんだろ。それぐらい言えずにどうするの」

そうだ。自分はもうすぐプロの法律家になる。だから、上海に戻ってきたのだ。

――アメリカほど立派ではありません。遵法精神もまだまだ希薄です。だからこそやりがいもあります。

自分で言ったこととはいえ、果たしてそんなことができるのか。この休暇中に確かめなくては。慶齢は、四つ目の小籠包をレンゲに載せながら、自らに課したミッションについて考え始めていた。

慶齢が法律家を目指そうと思ったのは、北京大学時代に公益訴訟人に出会ったからだ。公益訴訟人は、律師（弁護士）である必要はない。本来、中国人民が、法律の定めによって守られるべき権利や利益が損なわれた場合に、訴える原告を言う。極端なことを言えば、中国人民であれば誰でもなれる。

上に政策があれば、下に対策ありというのが、中国社会の常識だ。法律というものに対しても、人民を守るためにあるのではなく、強者が弱者を抑え込むためにあるという考えが根強い。そのため、人民は社会で起きる不条理には目をつぶり、コネとカネと知恵を絞って、自身が渦中の人にならない努力をするのが中国の処世術だった。

慶齢自身は、そういう社会に疑問を抱いてはいたが、恵まれた家庭で育ったせいもあって、社会の不条理についての実感があまりなかった。また、北京五輪や上海万博の誘致が決まったことで物心共に豊かになり、先進国として必要な社会の仕組みや規律も整備されてきたため、自分たちの世代が海外交流を深め、むしろ外側から自国を変える方がいいと思っていた。さらに祖父の影響で日本に興味を持ち、真の中日友好こそ急務で、その一翼を担いたいと大学で国際関係学部を選んだのだ。

しかし、友人の紹介で公益訴訟人と知り合う機会があって、彼女の将来の目標は軌道修正された。

——中国人は、試しもしないで、お上に逆らっても無駄だと諦めている。だが、本当にそうかと思って訴訟を起こしたら、社会が少しだけ動いた。

中国で公益訴訟人の活躍が広まったのは二〇〇六年のことだった。春節の休暇期間だけ鉄道料金を臨時値上げするのは、価格法に違反していると鉄道省を訴えた裁判がきっかけになった。鉄道省は、帰省ラッシュの対応のためには、通常以上の運賃が必要で正当だと主張したが、訴訟人は、「それは詭弁で単なる金儲け」と反論した。結局、訴訟人は敗れるのだが、彼の行動が人民の共感を呼び、中央政府は翌年から春節料金を禁じた。

そんな行動を起こして、よく拘束されないものだと、慶齢は驚いた。天安門事件以降、今なお中国では、人権問題に取り組んでいる弁護士には監視が付き、ことあるごとに身柄が拘束されているからだ。

——僕らは、人民の代表として、社会の歪みを正して欲しいと主張しているだけだ。いわば、本来政府が取り締まるべき事件に、人民の代わりに対処している。その正当性を、政府は否定できない。

勇気ある行為だと思った。それと同時に、中国にとって法律とはなんだろうと考え始めた。日本では、中国とは比べものにならないほど法律が重視され、国民社会の安全と安心を支えているのも思い出した。

先進国になるということは、コネやカネが物を言う社会から、法治国家に進化することではないのか。

彼女はその疑問を、公益訴訟人にぶつけた。彼は「その通り。僕が必死になるのも、そういう中国をつくりたいからだ」と即答した。そして、「君たちのような若い世代が、欧米や日本の法律を学んで、この国に法の精神を植え付けて欲しい」とエールをくれた。

この時、慶齢は法律家への道を歩もうと決意した。

両親は、彼女の目標に諸手を挙げて賛成した。娘の将来のために、そして自分たちの身を守るためにも、重要だと考えたらしい。

反対すると思っていた祖父からも、「この国は経済だけが肥大して、順法精神や規律を守る大切さが遅れている。法を学びたいというのは、素晴らしいことだ」と励まされた。

そして「法律を学ぶなら日本ではなくアメリカで学び給え。今、中国が求めている法律の基本はアメリカにある」と大学の法学部からアドバイスされたのを受けて、彼女はアメリカに渡ったのだ。

ロースクールでの授業も大学生活も、とても刺激的だった。中国にも、欧米並の法の精神が必要だとも痛感した。

同時に、海の向こうから改めて眺める祖国は、自分が思っていた以上に深刻な問題をはらんでいることも知った。とても先進国などとはおこがましくて口に出来ない。そして何より、自分がアメリカで学んだことが、本当に中国で役立つのかということに、大いなる疑問を抱かざるを得なかった。

——シャーリー、あの国には法律がない。いや、そもそも法の精神すらない。そんな国で、何をやるんだね。

S&Wの上席パートナーの言葉への反論を、この国で見つけられるのだろうか。

残りひとつとなった小籠包を惜しむように頬張りながら、彼女は考えを巡らせていた。

第三章　赤い資本主義

1

二〇〇七年一二月二五日　東京・京橋駅

大手町のオフィスを出た鷲津は小糠雨に濡れるのすら気づかず、いつの間にかここまで来ていた。

時刻は午後一一時を回っていた。東京メトロ銀座線京橋駅のホームは、忘年会帰りの赤ら顔のサラリーマンや、談笑するOLで溢れかえっていた。だが、あの日の午後一一時頃は、ホームの人影はまばらだったと聞く。

あの日は日曜日だったからだ。オフィス街である京橋は、土日の深夜は人通りがめっきり少なくなる。

あの日とは、二〇〇四年一二月一九日。一人のアメリカ人が、ここで呆気なく命を落とした。彼の名は、アラン・ウォード。鷲津の右腕であり、弟のように可愛がっていた前途有望な金融マンだった。

新聞は、泥酔していたアランが誤ってホームから転落した事故と伝えている。だが彼は下戸《げこ》で、酒をほとんど飲まない。サムが調べたところ、改札口を通った時は二人連れだったらしい。連れは、赤いコートを着た女性だったという。だが、ホームに到着した渋谷行き電車に彼が轢かれた後、女性の姿は消えていた。

殺人の可能性も考えられた。アランは日本におけるハゲタカファンドの社長の宿命として、不良債権の処理や企業買収の過程で人に恨まれたこともあるし、反社会的勢力からの脅迫を受けたこともあった。鷲津が、日本政府と大手都銀を揺るがすようなスキャンダルを暴いたことに対する報復の可能性もあった。

にもかかわらず警察は、事故死として簡単に処理した。サムは否定しているが、警察の雑な捜査の背景に権力の恣意的な〝圧力〟を感じた鷲津は、アランは何らかの陰謀に巻き込まれたのではないかと考えている。そして、おそらくは自身の身代わりに、殺されたのだと。

派手に動くことで、アランを〝殺した〟相手を炙り出そうと考えた鷲津は、次々に買収を仕掛けた。だが、思うような相手が出現するどころか、手掛かりすらまともに摑めず、仕掛けた案件に振り回されて時間だけが無為に過ぎた。

ところがちょうど一年前の大晦日、アランと鷲津に浅からぬ縁のある日光戦場ヶ原で、美麗《メイリ》という名の中国人の婚約者を連れたアランが日光を訪れていたことを聞かされる。二人が笑顔で並ぶ写真まで手に入れた。

鷲津は、ホームに入ってきた列車の勢いに押されるように、近くのベンチに腰を下ろした。家路を急ぐ人々が、満員の車両に身をよじるようにして乗り込んでいた。

彼はそれをぼんやりと眺めながら、スーツの内ポケットから写真を取り出した。ずっと持ち歩いていたせいでよれよれになっていたが、それでも二人の幸せそうな様子は見て取れた。

美麗の消息はまったくつかめていない。それどころか彼女のフルネームや連絡先すら摑めない。アランの遺品からも手掛かりは見つからず、ボストンの実家の両親も、彼女の存在を知らなかった。ただ、彼の母親は、「アランに良い人ができたようだ」と薄々察していたようではあったが。

気ばかりが焦ったが、その後もはかばかしい進展はなかった。

無論、一日たりともアランの死の解明を忘れたことはない。ボストンの両親から「もう、これ以上は調査しなくてもいい」と言われても、事あるごとに中国の知人に連絡しては、〝美麗〟の消息を求め続けた。

周囲で、鷲津の行動をとがめる者はいなかったが、さりとて協力する者もいなかった。サムですら、積極的に動こうとしなかった。

サムは、「獅子を起こしたくない」のだろう。アランが殺されたと仮定した場合、その原因が鷲津にあったとしても、既に相手は矛を収めている。ならば下手に事件を突っついて、本当に鷲津が狙われるのは避けたい。心配性のサムはそう考えているようだった。

それでも、鷲津は独力で調査を続けていた。

そして今、想像もしない相手から手掛かりが投げつけられたのだ。

「なぜ、ＣＩＣがしゃしゃり出てくるんだ」

鷲津は、思わず小声で愚痴った。

王烈はＣＩＣの人間ではあっても、金融筋の人間ではない。中国国家安全部で、対日工作に携わっていたエージェントであることが分かっていた。現在も諜報活動を続けているのかどうかは定かでない、とサムは言い添えた。とはいえ鷲津にしてみれば、そういう経歴の男に執拗につきまとわれること自体、そもそも解せなかった。

「俺も偉くなったということか」

王烈による、まるでストーカーのような電話攻勢に根負けして、結局、彼と会うことにした。

「絶対にやめるべきだ」とサム以下、メンバーはこぞって反対した。だが、いつでもどこでも絶妙のタイミングで接触してくるような男から逃れるのは、無理だと彼は判断した。

「会ってみれば、それでおしまいということだってある」

自分でも信じていない可能性まで口にして、鷲津は面会を決めた。明日の午後、大手町の本社に王烈を迎え、サムも同席するという条件でアポイントメントが決まっている。

反対側の番線に列車が到着し人の群れが吸い込まれると、ホームは閑散となった。鷲津はプラットホームの端に立つと、現場とされる場所を覗きこんだ。

三人連れのサラリーマンが、同僚の陰口で盛り上がっていた。鷲津は彼らから少し離れた場所に立ち、〝現場〟をじっと見つめていた。

「ヘイ、オールド・ボーイ、飛び込むのはまだ早いわよ」

だしぬけにニューヨーク訛りのハスキーな声が、背後から飛んできた。彼女の声で会話を止めた三人のサラリーマンは、好奇心丸出しの視線を無遠慮に向けた。鷲津は口元を歪めると、ゆっくりと振り向いた。

「何だ、サブプライム地獄から、もう逃げ出してきたのか」

鷲津が英語で返すと、相手は鼻で笑い飛ばした。

「逃げるも何も、私自身もサムライ・キャピタルも、あんなクズ債権とは無縁なんだから。ただ、昔の仲間を放っておけなかっただけよ」

彼女はいきなり、あたり憚らず鷲津を強く抱きしめた。グリーンノート系の香水が、鷲津の鼻をくすぐった。

サラリーマンたちが呆然として、この抱擁を見ているはずだった。長身のモデルのような金髪碧眼《へきがん》の美女と、冴えない中年日本人の取り合わせ。その二人が、公衆の面前で固く抱き合っているのだ。悪い冗談としか思えないだろう。

だが、彼女はお構いなしに、鷲津に熱い口づけをした。

「おかえり、リン。寂しかったよ」

リン・ハットフォード、鷲津の公私にわたるパートナーだった。彼女は、二ヵ月ほどニューヨークに出かけていた。

「嘘つきね。あなた、また私のいない間に〝おいた〟ばかりしていたそうじゃない」

彼女のよく手入れされた指が、鷲津の頬をつねった。

「とんでもない。日々、仕事に精進していたさ」

リンは顔をしかめると、鷲津の腕を掴み、ホームの真ん中に連れ戻した。

「じゃあ、精進の成果を、聞かせてもらおうじゃない」

「いや、今日はもう営業時間を過ぎたよ」

電車が、警笛を鳴らして入ってきた。轟音に消されないようにリンは、彼の耳元で叫んだ。

「あなたの営業時間はね、政彦、私が決めるのよ」

2

二〇〇七年一二月二六日　上海

もみくちゃにされながら地下鉄二号線陸家嘴《リユージアズイ》駅に降りた慶齢は、ホームのベンチにへたり込んだ。真新しいスーツは皺だらけになり、車内の人いきれのせいで、ブラウスも汗まみれだった。

上海の地下鉄の異常な混雑ぶりは噂に聞いていたが、想像をはるかに超えていた。

「これで毎日通勤なんて、私には無理」

彼女はデイパックからエヴィアンを取り出すと、喉を潤しながら、ため息混じりに呟いた。

生粋の上海っ子だったが、高校時代までは運転手付の高級車で通学し、地下鉄に乗った記憶はほとんどなかった。両親からも「危険だから乗らないように」としょっちゅう釘を刺されていた。

午前中に上海市街の南西部の学生街に祖父母を訪ねたため、試しに徐家匯《シュージアフイ》駅から地下鉄を利用したのだ。両親が用意した高級マンションでなく、祖父母と一緒に暮らそうというのだから、地下鉄くらい乗りこなさなければならない。だがこの調子では、慶齢の計画は、暗礁に乗り上げそうだ。

汗が引くのを待って慶齢が立ち上がると、ちょうど次の電車が到着した。ホームになだれ込んでくる人の波に呑まれまいと、慌てて改札口に向かった。

地上に出ると、寒風が身を刺した。さっきまで蒸れるように暑い車内にいた身体は、たちまち震え出した。彼女はカシミアのコートの襟を立て、マフラーをしっかりと首に巻き付けると歩き始めた。

目指す先は、灰色の冬空を引き裂くように聳《そび》えていた。金茂大厦《ジンマオダーシャ》、一般には、ホテルグランド・ハイアットとして知られるビルだった。

「まるでゴジラが、街に襲いかかろうとしているみたい」

子供の頃から日本の特撮映画フリークだった慶齢は、鉛色の鈍い光を放つ地上八八階、高さ四二〇メートルの異形のビルを見て、そう感じずにはいられなかった。その四七階に、来年夏から勤務する米国法律事務所スミス＆ウィルソンの上海事務所がある。

オフィス階に繋がるエレベーターのある南西側に辿り着くと、彼女はもう一度建物を見上げた。ゴツゴツとしたメタリックなビルの上部は、低く垂れ込めた雪雲の中に消えていた。押し潰されるような威圧感に戦《おのの》きながら、彼女は足を踏み入れた。

「まあ、慶齢じゃない。どうしたの！」

事務所の受付で訪問相手を告げると、ちょうど立ち話をしていたスーツ姿の女性が、慶齢に抱きついた。

北京大学時代の友人、胡蘭淑《フーランシュ》だった。

中国人が外資系の法律事務所を目指す場合、二つの道があった。一つは、慶齢のように大学卒業後すぐに海外のロースクールに留学し、アソシエートとして入所する者。だがこの場合には、名門大学の法学部を優秀な成績で卒業するのみならず、親が子女を海外留学させられる地位と資産を有することが必須条件だった。

もうひとつは、大学を卒業して、一旦法律事務所にアナリスト（アソシエートの下の職級）として就職するパターンだ。この場合はまず入所から、約三年かけてローファームの一員として徹底的に教育される。同期入所のライバルとの熾烈な競争の末、選ばれた者だけが、ファームから一〇〇〇万円近い奨学金を受けて海外のロースクールに留学し、アソシエートを目指す。

いずれにしてもローファームでアソシエートとして働くためには、アメリカに留学し、米国の弁護士資格を取得することが絶対条件だった。

後者の方法を選択した蘭淑は、留学生に選ばれるべく、アナリストとして必死に働いている真っ最中だった。

ファームでの激務のせいだろう。大学時代はふっくらとした印象があったが、目の前で嬉しそうに慶齢の手を握りしめている彼女は、すっかり贅肉がそげ落ちて見違えた。スリムなダークスーツが似合い、いかにも有能に見えた。今でも子供のような体型がコンプレックスの慶齢はうらやましく思った。

「あなたが来るのは、来年夏だって聞いてたのに」

「冬休みで里帰りしたついでに、ご挨拶に」

「そう。今晩、ご飯でもどう」

「ええと、どうかな。まだ分からない」

上海事務所のシニアパートナーとのディナーの約束があったのだが、蘭淑の勢いに押されて言いそびれた。

「予定が分かったら、連絡して」

彼女は受付カウンターからメモを取り出すと、携帯電話の番号をさっと書いて手渡した。メモを受け取るのと同時に声をかけられ、慶齢は応接室に案内された。

超高層フロアにある応接室に入った慶齢は、まるで空から見下ろすような眺望に見入った。

無機質なインテリジェントビル群が黄浦江《ホアンプージャン》の水際まで林立し、その対岸には、古き良き上海の風情を残した外灘《ワイタン》が見えた。租界時代の名残を残す黄浦江西岸には、アール・デコ様式など粋を集めたクラシックな西洋建築群が建ち並ぶ。やっぱり向こう岸の上海の方が素敵よね。慶齢はどこまでも続く故郷の街を見ながら、〝心の友〟に話しかけていた。

だがオールド上海にも、近代化の波は押し寄せている。二〇一〇年開催予定の上海万国博覧会に向けて、都市の再開発が精力的に進んでいる。オールド上海のシンボルである和平《ホーピン》飯店も、外国資本が投入され、大規模な改修工事の真っ最中だった。

「全てを壊して、何を手に入れるんだろう。私にはどうしても理解できないな」

声に出して呟いた時、ドアがノックされ、未来の上司が入ってきた。

「やあ、シャーリー、いらっしゃい」

上海事務所のパートナーの一人、反町林太郎《そりまちりんたろう》が英語で歓迎してくれた。

「ごぶさたしています」

彼女は、反町に敬意を込めて日本の作法で一礼した。だが、アメリカでの仕事が長い反町は、笑いながら右手を差し出した。

「ようこそ、S&W上海事務所に」

反町は日本の弁護士資格を有しながら、二〇年ほど前にニューヨークに留学。企業買収やクロスボーダーの訴訟案件で頭角を現し、白人至上主義の色濃いS&Wで、初の黄色人種系のパートナーになった。その後、S&Wが、中国進出を進めるクライアントと共に上海事務所を開設すると、その立ち上げから尽力し、現在は三人のシニアパートナーの一人として事務所を仕切っていた。そして、ニューヨーク本社の強い勧めにもかかわらず、上海の事務所でどうしても働きたいという慶齢を、最終的に支援してくれた人物でもあった。

——この仕事は、人種も国籍も関係ないよ。クライアントと徹底した人間的つきあいができるかどうかが、企業法務弁護士として成功する鍵だ。それができるなら、喜んで上海に迎えるよ。

初めて会った時に言われた反町の言葉が、慶齢の心に強く残っていた。天才的な発想力とバイタリティに加え、人使いが荒いことでも知られていたが、そんな彼に鍛えてもらうのが楽しみだった。

「お忙しそうですね」

ネクタイが曲がり、スーツも皺だらけの上に、目の下に大きな隈が浮かんでいる反町を見て、慶齢は思わずそう口にした。

「この国じゃあ、いつもと変らぬ月末だけれど、世界は今、年の瀬だろ。年内決着を求めるクライアントが重なってしまって、確かに忙しい」

「よろしければ、何かお手伝いしましょうか」

「本気かい」

念を押されるとたじろいだが、自分から申し出たのだから後戻りはできないと慶齢は覚悟した。

「その方が、仕事に慣れるのも早いと思います」

反町の判断は早かった。

「ありがとう、助かった。じゃあ、腕試しに一仕事頼まれてくれないか」

3

二〇〇七年一二月二七日　上海

気がつくと午前零時を過ぎていた。

慶齢は大きな伸びをして立ち上がると、空になったマグカップを手に、ベンダー室に向かった。

反町から与えられたのは、日本の自動車メーカー、アカマ自動車の現地法人の一つである上海赤間汽車による国内独立系自動車メーカー颯爽《サシュアン》汽車の違法コピーに対するトランザクションだった。

颯爽汽車が今年の秋に発表した〝ポッピー〟に対して、アカマの主力車の一つである〝ポップ〟の新モデルからデザインを盗用した疑惑が持たれていた。

この問題を告訴すべきか、あるいは示談による解決を目指すべきなのかについて、反町は上海赤間汽車からアドバイスを求められていたのだ。

車には詳しくない慶齢には、二つの車は、そっくり同じに見えた。

だが、法的案件の場合、それだけでは原告側の主張が通らない。颯爽側のデザイン盗用の事実を裏付ける証拠が必要だった。つまり設計図のコピーを颯爽サイドが持っていると立証する必要があるのだ。アカマの技術者が精査したところ、颯爽が日本で発売されたばかりの新型〝ポップ〟を数台購入して、分解しコピーした可能性が高かった。

中国自動車メーカーによるデザイン盗用案件は、後を絶たない。その大半は、盗用された側が泣き寝入りしているのが現状だった。

ただ近年、中国商務部が違法コピー撲滅のキャンペーンを展開し始めたことから、クライアントとしては今回の〝事件〟を公にして、中国政府からもサポートを得ようと考えているようだった。

当初、上海赤間側の強い主張で、商務部が、颯爽に対して製造販売の中止を命ずるという流れに傾きかけた。

ところが、土壇場で形勢逆転した。

理由は、颯爽という企業の特殊性だ。

反町によると、颯爽は元々国営企業だったが、本社がある中国内陸部の合肥《ハーフェイ》市の市長が経営者として乗り出し、独立系の雄に育て上げた。その上、日本や欧米の自動車メーカーのライセンス生産に頼るのではなく、純国産メーカーの養成に力を入れようという方針を、中国政府は打ち出していた。その期待の星が、颯爽汽車だったのだ。

――アカマ自動車は中国進出に遅れをとったのだが、それを挽回するために、党の要人と政府高官に手厚い謝礼をつぎ込んだ。それが功を奏して、政治的決着が必要な場合には、アカマに有利な判断が下される場合が多かったんだ。だが、今度は相手が悪かったというわけだね。

真の工業大国を目指す中国にとって、颯爽は傷を付けるわけにはいかないプリンスだった。そのため、判断が覆されたのだ。

上海赤間汽車は、二〇〇八年から、新型〝ポップ〟を中国でも大量生産するため、数十億元単位の資金を投入して準備を進めていた。そんな時期に、見た目は同じ〝ポッピー〟に市場を荒らされては大きな損失となりかねない。

これまでの経緯を簡単に説明した反町は、告訴すべきかどうかの判断材料となりそうな過去の類似案件を集めるよう慶齢に命じた。

反町の隣の部屋とパソコンを借りた慶齢は調査を始め、一通りの資料を当たり終わってようやく一息ついた。

窓の外では、眠らない街がネオンの明るさを競い合っていた。世界中にクライアントを有するS&Wのオフィスでは、大半のスタッフがまだ忙しく立ち働いている。

その中には、彼女を夕食に誘ってくれた胡蘭淑もいた。彼女の話では、欧米日それぞれの大手企業の案件が、合計六件も同時に動いており、いずれもが年内に目処をつけるように厳命されているのだという。結局、二人とも再会を祝う食事どころではなくなっていた。

休憩室では、蘭淑と三年先輩の中国人アソシエートが、夜食をとっていた。昼から何も食べていないことに気づいた慶齢は、部屋の片隅につくり置きされていたサンドイッチの皿を手にして二人に誘われるままにテーブルに同席した。

「どう、首尾は」

蘭淑は興味を隠そうともせずに、訊ねてきた。慶齢はたまごサンドを一つ手にしてから答えた。

「結論としては、充分訴訟に値すると思う」

「根拠は何だい」

上海赤間の案件について当初から調査していた男性アソシエートが、当然の問いを投げてきた。

「一一四件の事例を検証してみたんです。その結果、今回のケースよりも物証が少ない場合でも、法廷は違法コピーを認め、被告に対して生産中止と賠償金の支払いを命じています」

「なるほど、だが、逆の場合もある」

そうなのだ。被告側で違法コピーに携わった従業員の証言までありながら、訴えが却下された例もあった。

「ええ、それで、困ってしまって。今のところ、デザイン盗用訴訟のための判断基準《ベンチマーク》が見つけられません」

「この国にはベンチマークなんてないってことよ」

ドーナツをダイエットコーラで流し込みながら、蘭淑が吐き捨てた。

「もっと困るのは、同じ判事でも、日によって判決が正反対になっているという例も少なくなかった点です」

「ようこそ、気まぐれ国家中国へ。でも、それが現実よ。結局裁判なんて、裁判官の気分で決まるの」

蘭淑は昔から、権力に対する諦めが早かった。そうでなければ、中国では正気でいられないというのが彼女の弁だった。

「それではいつまで経っても、中国は真の法治国家にならないでしょ。国を挙げて法治国家を目指すのであれば、今回の問題は、法廷で争い、白黒つけるべきだと私は思うんですが」

蘭淑は鼻で笑い、アソシエートはため息混じりに返した。

「君も知っていると思うけれど、僕らは律師資格を持ってはいるが、外資系ファームに勤めている間、法廷には立てない。法廷に立てるのは、人治主義国家に毒された二流の中国法律事務所の律師だけだ。勝負は、やる前から分かっている」

それも中国が解決しなければならない大きな問題だと慶齢は思った。

「所詮、法律っていうのは、きれい事なのよね。できうる限り法廷ではなく、密談の円卓で解決すべきなの」

蘭淑がそう言い放ったのを潮に、二人は仕事に戻って行った。一人残された慶齢は、たまごサンドをかじりながら、蘭淑の言葉を咀嚼した。

アメリカだって、法律が全て機能している訳じゃない。時に政治家が事件を握りつぶすことだって司法取引だってある。だからと言って、「訴訟なんてやるだけ無駄」と諦めている弁護士なんて皆無だった。

フェアな法廷の場で堂々と闘い、議論してこそ、社会は大人になるのだ。そんな当たり前のことすら、この国ではできないのだろうか。

サンドイッチが急にマズくなった。やはり告訴すべきという線でドラフトをまとめようと決めた慶齢は、ミルクティを入れたカップを手に仕事に戻った。

4

東京・新宿

「アカマ自動車を次のターゲットにするなんて話、私は聞いてないわよ」

新宿のパークハイアットのディプロマットスイートで、シャンパンを注いだグラスを手に、リンは鷲津をなじった。

「俺も知らないな、そんな話」

ピアノの前に座って、ラグタイムを弾きながら鷲津はとぼけた。部屋には、サムと前島も揃っている。

時差の影響もあるのだろうが、ニューヨークグリルで二〇〇グラムのステーキを平らげたリンは、午前一時過ぎから幹部会議と称して二人を呼び出したのだ。

サムはベッドの中から這い出てきたらしく、部屋に入ってきた時も目をしょぼつかせていた。

一方の前島は、大手町のオフィスから飛んで来たようで、リン同様、これからマラソンでも走れそうなほど元気が漲《みなぎ》っていた。彼女はソファに陣取り、リンから注いでもらったシャンパンを豪快に飲み干していた。

「これ、おいしいですね。何ていう銘柄ですか」

「サロン・ブラン・ド・ブランの九六年。特級《グラン・クリュ》格付けコート・デ・ブランのシャルドネ一〇〇%の逸品よ。豆タンクちゃんのお口に合って幸い。でも、あなた、つまらない助け船を出すような小癪な真似はやめてね」

リンの鋭い一言で、前島はたちまち小さくなった。

自分の知らないところでビジネスが進むことをリンは嫌う。面子を潰されるからではない。鷲津がリンに内緒で行うビジネスはことごとく災いとなり、結果的に鷲津や周囲の者に厄介ごとを及ぼすからだ。

「さて政彦、聞かせて頂戴。なぜ、アカマの古屋貴史と会ったの」

彼女はシャンパンの瓶を手に、鷲津の膝の上に腰を下ろして答えを促した。

「相談に乗ってほしいと言われたんで、会っただけだ」

「どんな相談？」

「アカマが、中国の賀という小僧から、ちょっかいを出されているのは知ってるだろ。連中は、対応に苦慮して相談してきたわけだ」

「いつから、弊社の業務に、アドバイザリー業が加わったのかしら」

鷲津が社長を、リンが会長を務めるサムライ・キャピタルは、買収ファンド運営会社だ。買収や防衛のアドバイザリー業を兼務すると、利益相反の可能性があるため、ファイナンシャル・アドバイザー（FA）業務については一切ノータッチだった。

「なに、ボランティアだよ」

「ボランティアですって」

リンは大仰に驚いてみせ、鷲津の膝から飛び降りた。

「あなた、奇特な人間になったのね。素晴らしいわ。それでどうするつもり」

「どうするって、別に何もしないさ」

「呆れた。何もしないのに、サムに盗聴器を用意させて、豆タンクちゃんまで、休みに駆り出したわけ」

「あの、私は」と、前島が果敢に立ち上がったが、リンの敵ではなかった。

鷲津は気まずい雰囲気を吹き飛ばそうと、名曲「ケ・セラセラ」のサビ部分を弾きながら無邪気に答えた。

「今、その気がなくても、いつそういう巡り合わせになるか分からないだろ。備えあれば、憂いなしってところだ」

「いいんじゃない、買っちゃえば」

窓際のアームチェアに移ると、リンはあっさり言い放った。予想していなかった反応に、さすがの鷲津も驚きを隠しきれなかった。それをリンに悟らせないために、わざとゆっくりしたリズムで鍵盤を叩いた。

「本気で言ってるのか」

「日本を買い叩くと豪語したんでしょ。世界最大の自動車メーカー、アカマを我が手にすれば夢が叶うわ」

おっしゃるとおりだ。アメリカで、買収ファンドの雄ＫＫＬの若きパートナーとなった鷲津は、「二〇年で日本をバイアウトする」と豪語して帰国した。だが、既に丸一〇年が過ぎても、それは、実現していなかった。

「ただし、そのためには、もう少し潤沢に資金を調達するシステムがいるわね」

その一言で、鷲津にはリンの意図が理解できた。

「だから、ＧＣ（ゴールドバーグ・コールズ）を買えと」

今こそ世界屈指の投資銀行を買えと、リンはニューヨークから何度も催促してきた。サブプライムローン問題によってアメリカの大手金融機関が、軒並み経営難に喘いでいた。ゴールドバーグ・コールズもその一つで、既に会長とＣＥＯのクビが飛んでいる。

事の発端は、信用度の低い借り主（サブプライム）向けの住宅ローンで、返済不能となった借り主が続出したことだった。このローン債権をベースにした証券化商品が暴落し、証券を買った機関投資家の多くが大損失を被った。

世界中の大手金融機関に危機が迫っていた。中でも、大手投資銀行のゴールドバーグ・コールズやシティグループの負債は深刻で、日本のメガバンクに支援要請が来るほどだった。

この金融危機は、ハゲタカにとってビジネスチャンスとも言えた。いち早く商機を見抜いたリンは、「GCを買うチャンスを逃しちゃダメ」と、鷲津を煽っていた。

だが、金融機関は買わないというスタンスを崩さない鷲津は、彼女の提案に同意しなかった。

二〇世紀末に、四大証券の一角が廃業した時にも、まったく興味を示さなかった。続いて日本の二つの長期信用銀行が破綻した際にも、買収の誘いがあったが彼は固辞している。

理由は、単純だった。「金融業は、ハゲタカに馴染まない」からだ。一般にハゲタカなどと揶揄されるPEは、経営難に陥った企業の株や債権を安く入手し、経営権を奪取してから、数年かけて再生させるのがビジネスだった。

KKLも、サムライ・キャピタルも、単にPE業務だけを行っているわけではなく、時には経営が順調な企業を買収することもある。しかし、そのいずれの場合でも、鷲津は、原則的に金融機関には手を出さなかった。

だが、リンの意見は少し違っていた。KKL傘下のホライズン時代とは異なり、サムライ・キャピタルは、鷲津やリンのポケットマネー（といっても、資本金は三億円を越えているが）で設立した独立系の弱小企業だ。世界規模のメガディールに参入するためには、総合金融コングロマリットになるべきで、その手段としてGC買収は理に適っている、というのだ。

その理屈は鷲津にも理解できる。そうなるべきだし、ならばGC買収というのは最高最良の案だ。しかしいくらカモネギであっても、やはり首を縦に振るわけにはいかなかった。なぜなら、ゴールドバーグ・コールズは、かつてリンが副社長を務めた古巣だったからだ。

リンの輝かしいキャリアはコロンビア・ビジネススクールを卒業後、幹部候補生としてGCに入社したことから始まる。抜群の成績で社内でのポジションを築いた彼女は、ニューヨークでFA部のヴァイス・プレジデントを務めていた時に、当時KKLにいた鷲津と知り合い、公私にわたるパートナーとなる。鷲津がホライズン・キャピタルの社長に就任すると、ほぼ同時に東京オフィスに異動を希望した。その後、ニューヨークに戻り副社長にまで上り詰めたのだが、結局は、鷲津が携わったメガディールの影響で同社を退職、今に至っている。

そんなリンが熱心にGC買収を提案するのは、彼女が古巣へのリベンジを狙っている気がしてならなかった。私怨で買収を仕掛けようとしているのではないかと言えば、リンは激怒するだろうが、その側面はまったくゼロではありえなかった。私情がビジネスの原動力になるという者もいる。かつては鷲津もそう思っていた。だが、それで目的を達成しても虚しいことを知った。以来、〝私情は敵〟だと肝に銘じている。

「GC買収とアカマは、別次元の話だろ」

「どうしてよ。アカマを買うとなると、最低でも十数兆円が必要よ。いくらゴールデンイーグルの異名を取る鷲津政彦のディールだとはいえ、それだけの資金を用立てるには、もっと信用が必要。GCを傘下にすれば、得難い信用が手に入る」

御説ごもっともだった。だが、大看板のご威光でビジネスを進めるのも、鷲津は嫌いだった。

リンは、畳みかけるように続けた。

「今、GCは買い時よ。正直、アカマの五分の一ぐらいあれば充分」

「そして、一緒にブラックホールのような大不良債権も抱えるのか」

「大丈夫。損切りしてしまえばいい」

「落ち着けよ、リン。帰国早々、そんなにキリキリしなくてもいいだろう」

「そうも言ってられないの」

ビジネス判断については常にクールでドライなリンが、珍しく引き下がらなかった。

「どういうことだ」

鷲津はピアノから離れて、自分とリン、そして前島のグラスにシャンパンを注いで回った。

「CICが動いている」

このところうるさくつきまとってくる相手の名を耳にして、鷲津だけでなく、サムも前島も驚いた。

「動いているというのは、どういう意味だ」

「表向きは、緊急融資に応じると言っている。でも、連中はあわよくばと狙っているようなの」

融資の噂は聞いていた。だがCICは、米系有力ファンドのブラックストーンやシティグループにも投資をしている。GCに対しても同様に、単なる投資に過ぎないというのが、社内アナリストの判断だった。

「中国の国家ファンドが、米系投資銀行を呑み込んで、どうする」

愚問だと承知しながらも、聞かずにはおれなかった。リンの手振りが大きくなった。苛立った時にいつもやる彼女の癖だ。部屋中を歩き回りながら、派手なジェスチャーでまくしたてた。

「彼らは金融機関としてのGCに、さほど魅力は感じていないようね。でも、GCが持っているノウハウや経験、そして人脈を高く買っている。今後、連中が世界中の一流企業を買い漁ろうと考えているなら、こんなおいしい出物はない」

だから俺が買って、アメリカの宝を中国の魔の手から救えというのか。

「悪いが、俺はスーパーマンじゃない。アメリカの投資銀行を救う義務はない」

「なに、バカなこと言ってんの。GCを救えって言ってるんじゃないわ。将来の危険を排除せよとアドバイスしているのよ」

「将来の危険だと」

「そう。もしCICが、あそこを手中にしたら、アカマ自動車の買収合戦は、さらに苦戦するわよ」

鷲津は、しばし言葉を失った。

鷲津自身、それを「あり得ない」と笑えるのだろうかと、不安になった。考えたくもないような構図が脳裏に浮かんだ。CICはアカマを買うために、GCを手に入れようとしている。世界屈指の投資銀行と企業買収者を手に入れたなら、CICに買えない企業はない。しかも、資金も潤沢に持っているのだ。

「あの、リンさん。お言葉ですが、アカマを買収しようと狙っているのは、CICではなく、上海投資公司の賀一華ですが」

前島が、恐る恐る訂正した。歩き回っていたリンが、足を止めて豆タンクを睥睨《へいげい》した。

「彼は当て馬よ。彼に好き勝手をさせて、アカマの防衛策を検証した後、真打ちとしてCICが登場するのよ。だからこそ、連中は今、必死で政彦を取り込もうとしているわけでしょ」

まだ懸念程度だった〝賀当て馬説〟を、こうもあっさり言いのけられると、鷲津も真剣に考えざるを得なかった。

「俺は、赤い国の軍門にはくだらないよ」

「へえ、そう。じゃあ、どうして今日、ＣＩＣの総経理補佐に会うわけ」

リンは、何でも知っている。王烈に会う話は、サムと前島しか知らないはずだった。鷲津がとがめるような眼差しをサムに向けた。熱くなっている二人のやりとりを、ミルクティを片手に傍観していたサムが、肩をすくめた。

「訊ねられたので、お答えしました」

悪びれもせずにそう言われると、鷲津にも反論のしようがなかった。鷲津の暴走を止める時は、リンとサムは同志なのだ。とがめたところで意味がなかった。

仁王立ちして睨んでいるリンに、鷲津は渋々答えた。

「いくら逃げ回ってもストーカーのように追っかけてくるんでね。ならば、いっそ会って、決着を付けた方が早いと考えたわけだ」

「どうだか。いいわ、今日の会談。私も同席するから」

女王陛下の御託宣だ。鷲津は、肩をすくめて受け入れるしかなかった。

窓の外では、夜の灯が闇を侵食していた。だが人工的な光などしょせんまがいものだ。それでもなお街を吸い込もうとする漆黒の闇が、忍び寄っていた。

5

上海

「勝算はある、というのが君の結論なんだね」

寝不足の目を腫らした反町は、ぼうだいな資料とドラフトを開きながら、慶齢に訊ねた。明け方、車で五分程の距離にある自宅に戻り、数時間の仮眠と祖母自慢の漢方茶のお陰で頭がすっきりした彼女は、明快に答えた。

「法律的には、上海赤間汽車に正当性があります」

「この国では、杓子定規な法的根拠だけで、ことは収まらないよ」

英国人のパートナーであるジョージ・シンプソンが、もどかしそうにボールペンでドラフトを叩いた。彼は、ブランディングのエキスパートだった。

「おっしゃる意味が、分かりませんが」

「たとえば、合弁企業とはいえ、上海赤間は日本企業だ。中国の独立系自動車メーカーを日本企業が訴えると、色々厄介な感情問題が出てくる」

シンプソンが言わんとしている意味を、より具体的に質した。

「たとえば反日感情、ですか」

「さらに、企業イメージだな。そうでなくても日本の自動車メーカーは、ヨーロッパ車に比べると中国進出に出遅れた。それを、必死で挽回している最中に、ライバルメーカーを誹謗する行為は、企業イメージを損なうリスクもある」

「しかし、それは当該企業が判断することで、我々ロー・アドバイザーの役割ではないと思いますが」

シンプソンは渋い顔のまま黙り込み、代わりに反町が答えた。

「まあ、そうなんだがね。先様は、一歩踏みこんだアドバイズを求めているんだよ」

実務経験が少ない慶齢には答えようがなかった。彼女は、困ったように反町を見つめていた。

「君にはまだ判断しにくい問題だと思う。しかし、それが中国の企業法務事情であることも知って欲しい」

——あの国には法律がない。いや、そもそも法の精神すらない。そんな国で、何をやるんだね。

ニューヨークで、彼女を面接した上席パートナーの呆れ顔が蘇ってきた。

「よろしければ、反町さんの見解を聞かせていただけますか」

「君が集めてくれた過去の事例を見ていると、確かに法律的に正当性はありそうだ。だが、まだ勝算ありとは言えない。たとえば、最近のホンダと重慶力帆《チョンチンリファン》実業集団の事例だ。裁判では日本メーカーが勝訴しながら、結局、力帆社は賠償金を払わないどころか、改善すら行わなかった。それでも未だになんのおとがめもない。ところが訴えた側はその後、中国メディアに冷遇されていると聞く」

企業名のロゴから外観まで、ほぼホンダのコピーに近いオートバイを製造販売した力帆社は、現在も中国独立系バイクメーカーのトップランナーとして何事もなかったようにビジネスを続けている。

「結局、これが中国だ、と法律関係者も外資系企業も諦めるのが現状だ」

「じゃあ、今度も泣き寝入りですか」

慶齢にしては珍しく、語気が荒くなった。そんなことをしているから、中国はいつまで経っても違法コピー大国と言われるのだ。オリンピック開催国になったからといって、一流の先進国になれるのではない。グローバルスタンダードが当たり前の商習慣になってこそだ。

「まあ、それは先様が決めるだろう。ただ、法的正当性があると君が強く主張したことは、言い添えるよ」

法律は無力だ。以前、ハーバードロースクールで、アフリカ系の友人が嘆いていたのを慶齢は思い出した。

——所詮、法律は、お上品な先進国のためにだけ機能する。それが悔しい。為政者や特権階級の人間が、勝手に法律の解釈を曲げる国に未来はない。

それでも友人は、ロースクールで一生懸命学び母国に帰ると、きっぱり言い切った。

——嘆くのは簡単なことだからね。大げさではなく、命を賭けて法律を守ることが僕の使命だと思っているんだ。

さすがに中国は、アフリカほど政治環境が劣悪なわけではない。しかし法律よりも、コネやカネの方が問題を解決する決め手になる。そこに慶齢は、この国の幼稚さと危うさを感じてしまう。

「それにしても聞きしに勝る実力だね。たった一日で、こんなに事例を集めただけではなく、各事例の問題点を的確に指摘している。こんなレベルの高いドラフトは久しぶりだよ」

反町の褒め言葉も、慶齢の心を晴らしてはくれなかった。

6

東京・大手町

六人に取り囲まれても、ＣＩＣの総経理補佐、王烈は顔色一つ変えずに、悠然と日本茶をすすった。

年の瀬の午後三時、サムライ・キャピタルの本社がある大手町ファーストスクエア・ビルの高層階には、師走の慌ただしさも季節感も感じられなかった。

王は一人でやって来た。ダークグレーのコートのボタンを全て留めて俯き加減で受付に現れ、日本人と変わらないきれいな標準語で来訪を告げた。

受付に取り付けたカメラを通じて、彼の一挙手一投足を見つめていた鷲津は、既に自分たちの視線に晒されているのを王が察知しているように思えた。

応接室ではなく中規模のミーティングルームに通された王は、警備員のボディーチェックを、不快な顔もせずに許した。

それが終わると、全員をフルネームで呼び、握手を求めた。鷲津以外は皆初対面のはずだったが、警備員の名前まで知っていたことに、さすがのサムも眉をひそめた。

今まで、鷲津が対峙したどんな相手とも異なる不気味さとふてぶてしさを、王は隠そうともしなかった。

「この度は、お忙しい中、貴重なお時間を戴き、ありがとうございます」

彼は改めて礼を言うと、早速本題に入った。

「以前申し上げました通り、我々中国投資有限責任公司は、鷲津さんに何としても、ご協力を仰ぎたいと存じ、非礼を顧みず接触を続けさせていただきました」

慇懃無礼で感情のこもらない日本語が、ざらついた緊張感を与えた。さらに、薄ら笑いを浮かべた面のような表情には、得体の知れない不気味さが滲み出ていた。

鷲津は相手のペースに飲まれないように気を引き締めた上で、親しげに応じた。

「大変光栄なお誘いですが王さん、マカオで初めてお会いして以来、私の答えは変わりません」

「よろしければ、理由をお聞かせ願えますか」

「簡単明瞭です。興味がないからです」

「興味がない？　日本を買い叩くと豪語されている鷲津政彦が、一緒に日本を買い叩こうというお誘いに興味がないのですか」

信じられないという驚きを、王は両手を大げさに広げることで示した。

「『日本を買い叩く』などと言ったのは、若気の至りです。忘れてください。いや、万が一、その気があっても、その時は私独りの力でやりたいんです」

「中国人ごときの力は借りたくない、というわけですな」

そうでもあり、そうでもない。鷲津は、的確な言葉を探して沈黙した。隣で臨戦態勢になっているリンが割って入った。

「申し訳ないのですが、王さん。私たちは真っ当にビジネスをやっております。日本を買い叩くだの、中国人の力を借りたくないだのという次元ではなく、もっと地道に、かつ合理的なビジネスを心がけております」

王は怪訝そうに目をすがめて、サムライ・キャピタルの会長を見た。

「ほう、我々のビジネスは、その範疇にないと」

「そうです。グローバルスタンダードでビジネスをおやりになりたいのであれば、礼儀とルールをわきまえて、事業提案をなさってください。スパイ小説まがいの不意打ちや、ストーカーめいた執拗なお電話、さらには鷲津の個人的な傷をえぐるような卑劣なやり方など、いずれをとっても、あなたのやり方はフェアじゃない」

リンは凍るような目で、王を睨み付けていた。だが彼女の気迫すら、王にはさほどの影響を与えなかったようだった。彼は残りわずかになったお茶を飲み干すと、苦笑しながら反論した。

「ラブやフェアは、信じない。大切なのは、パッションだと日頃からおっしゃっているリン・ハットフォードさんのお言葉とは思えませんな。結構です。では、改めて正式なお願いに伺うことに致します」

「いや、その必要はありません。私は、政府系ファンドと一緒に仕事をするつもりはない。それは、サムライ・キャピタルの総意です」

王の挑発に堪忍袋の緒が切れかけたリンを抑えて、鷲津が最後通牒を言い放った。

「カネに色はない。それもあなたの口癖だ。サブプライムの影響で、欧米の投資銀行やヘッジファンドは、軒並み資金難に陥っています。日本のメガバンクに、その代役は到底務まらないでしょう。こんな環境では、メガディールの際にお困りになりますよ」

しばし無言の状態で、睨み合いが続いた。相変わらず何を考えているかがわからない王だったが、眼だけは明らかに挑発していた。

一体この男の目的は何だ。こんなやり方をして、俺がなびくと思っているわけがない。ならば、こんな態度をとって何のメリットがある。王の意図が見えなかった。とはいえ、さっさと切り上げるに越したことはない。

「まっ、カネは天下の回り物と言います。必要になれば、その時は考えますよ」

「その選択肢の一つとして我々のファンドもあると」

「将来のことは分かりません。そんな可能性があるかもしれませんし、ないかもしれない。お世話になる時は、よろしく」

王は立ち上がると、テーブル越しに身を乗り出して右手を差し出した。

「ご連絡をお待ちしています」

王の冷たく乾いた手を、鷲津は渋々握っていた。これだけの人間に険しく睨まれても、この男は汗一つかいていなかった。

王は古いアタッシェケースから、分厚いファイルを取り出した。

「これは、お近づきの印です。参考にしてください」

「なんですか」

王はテーブルの上にファイルをぽんと置きながら、世間話でもするように言った。

「アラン・ウォードさんの死の真相について、我々が調べた報告書と、彼と親しかった美麗、本名は翁藍香《ウエンランシャン》に関する資料です」

思わずファイルをもぎ取りたい衝動をこらえて、鷲津はファイルを押し返した。

「いや、こんなものは受け取れない」

「そうおっしゃらずに、お受け取りください。あなたに貸しを作ろうなどというケチな料簡はありません。今まで不愉快な思いをさせたせめてものお詫びです」

詫びだと。あんたの国の連中は、火を見るよりも明らかな間違いだって、謝ったりはしないだろうが。そんな怒りなど微塵も見せずに、鷲津は苦笑いを返した。

「お詫びとは、却って怖いですな」

「ご存じのように、私は長年にわたって国家安全部で対日工作を担ってきました。その結果、お国の考え方に大変感銘を受けました。日本には、こういう言葉がありますよね。情けは人のためならず。どうぞ、受け取ってください」

やりとりを見守っていたサムに目で問うと、「受け取ればいい」と小さく頷き返した。

そうだ、どうせこの男は思い通りにするのだ。ファイルをやると言ったからには、俺が受け取るまであらゆる手を尽くすだろう。上等じゃないか。毒を食らわば皿まで、だ。

「では、お言葉に甘えて」

「お心遣いに感謝します。では、鷲津さん、改めて我々のファンドのトップより、ご挨拶に伺わせます。その時、もう一度考えてみてください。我々の申し出がいかに真摯でフェアかを」

王は深々と頭を下げた。部屋を出がけに彼は振り返り、リンを見た。

「さきほどは、つい調子に乗って失礼なことを申し上げました。お許しください」

「いえ、無礼だったのは、私の方です」

「それにしても、あなたは素晴らしい方だ。感服致しました」

「いえ、あなたの不気味さには負けますわ」

リンの毒に、王は乾いた笑い声を上げた。

「これは一本とられました。先ほどの失礼のお詫びに一つ、ハットフォードさんに情報提供をさせてください」

「まあ、どんなお話かしら」

「今晩、北京でＣＩＣとゴールドバーグ・コールズのトップ会談が持たれ、弊社はＧＣに対して、約三〇億ドルの融資と、一億ドルの第三者割当増資をお引き受けすることになります」

7

二〇〇七年一二月二九日　伊豆

「ナイスショット」

ティーショットを放った諸星恒平《もろほしこうへい》に、パーティのメンバー全員が賞賛の言葉を送った。

季節はずれではあったが、芝野は曙電機経営陣からゴルフに誘われた。彼の送別会の代わりだった。メンバーは、曙電機社長の諸星以外に、来年から芝野の代わりにCROも兼ねる企画担当専務の仲田《なかだ》征男《いくお》、そして芝野同様に今期限りで退任が決まっている会長の堀嘉彦《ほりよしひこ》だった。

昨日、仕事納めを終えると、そのまま二台の車に分乗して、伊豆までやって来た。その夜は、温泉旅館で遅くまで飲み明かした。

会を取り仕切った仲田は、鷲津にも声をかけたという。だが、「ゴルフクラブを一度も握ったことがないので」と固辞されたらしい。

確かに鷲津のイメージとゴルフは結びつかない。それでも、曙電機を巡る壮絶な買収劇以来、一度も顔を合わせていない彼に、芝野は会いたかった。

「いつ見ても、諸星さんの球はまっすぐ飛びますなあ」

齢《よわい》七一ながら、堀は今なお矍鑠《かくしやく》としていた。彼は眩しそうにボールの行方を眺めながら、感心した。

「まっすぐ遠くに飛ばすのは、僕の数少ない取り柄ですよ。でも、グリーンでの詰めが甘くて、結局スコアを崩す。社長業同様です」

そうは言うが、諸星はこの二年で随分と社長らしい風格が身についてきた。かつてはしょっちゅう流していた涙を見せることもなく、時には非情な決断も迷うことなく下していた。

「どうしてどうして、最近の諸星さんは、芝野さんの分身みたいだって評判ですよ。すっかり押しも押されもせぬ大社長ですよ」

そう言いながら、堀はぞんざいにティーショットを放った。ボールは格好の位置に落ちた。

「いや、堀さんもお見事。何だか、こんな後で打つのは嫌だなあ」

笑いながら言って、芝野はクラブを構えた。銀行マン時代から、接待の必要もあってゴルフは続けてきた。だが精神状態がそのままプレイに出るスポーツなので、時に落ち込みを助長する原因にもなった。しかし、この日は晴れ晴れとした気分がプレイにも表れていた。

風もない晴天の中、芝野は無心でスイングした。

「ナイスショット！」

三人が感嘆したように口を揃えた。ボールは、諸星が飛ばした軌跡よりもさらに美しい弧を描いてフェアウェイ中央に落ちた。

「いつの間に腕を上げたんです、芝野さん」

諸星に言われたが、何より驚いたのは当人だった。

「いやあ、まぐれまぐれ」

彼は頬を赤らめ、額の汗を拭った。

「明鏡止水。心の中で何かが吹っ切れた証拠ですよ、これは」

堀が芝野の肩を叩いて称えると、隣で諸星はしんみりした顔になった。

「それだけ私たちが、ご負担をかけていたってことですね」

「そんなんじゃありませんよ。ただ、私自身も初めての経験ばかりで、空回りしていただけで」

「彼の今の心境はね、諸星さん。大きな仕事をやり遂げられた達成感から来ているんです。いわば、男の醍醐味です」

また、諸星が泣き出すのではないかと心配したが、堀のさりげないフォローに救われた。

ナイスショットが三人続いたプレッシャーで力みすぎた仲田が、大きく右に曲げて林に打ち込み、唸り声を上げた。悔しがる彼を全員で慰め、おのおののボールのもとへと移動を始めた。

「鷲津君から言伝があります」

フェアウェイを芝野に寄り添うように歩く堀が囁いた。堀は鷲津の後見人的役割を果たしており、曙電機の会長職にも、サムライ・キャピタルからのお目付役として就いていた。

芝野は歩く速度を緩めて、彼の話に集中した。

「曙電機のCRO、お疲れ様でした。短期間に、経営陣に改革の意識を植え付けてくださった手腕に感服しています、とのことです」

胸が熱くなった。年下ではあったが、自分よりはるかに大きな人物だと評価している鷲津から、そんな言葉をもらえるとは思っていなかったからだ。

「また、今回の引き際にも感心していました。一番良いタイミングだったのではないか、と。芝野さん、私も同感ですよ。ここから先は、部外者は下がった方が良い。諸星さんら経営者自身が額に汗して、会社をまとめるべきです」

「いや、堀さん。そこまでの見識があった訳じゃありません。ただ、曙にはもう私の居場所がなくなっただけです」

堀は立ち止まると、さも感心したように芝野を見つめた。

「ますますご立派ですよ、芝野さん。多くの人間は、自らが達成した成果に酔うもんです」

「私は何もしていません。私が未熟でなければ、もっと多くの従業員をリストラから守れたかも知れません」

堀はカートから降りると、大きく伸びをした。

「いいですね、その青臭さが。とても五〇過ぎの男の言葉じゃない」

「お恥ずかしい限りです」

「なに、恥じることじゃない。誇るべきことです。あなたといい、鷲津君といい、私はその青臭さに惚れているんです」

芝野は胸がいっぱいになって、雲一つない空を見上げた。

「鷲津君が、もう一言言ってましたよ。大会社の専務の席を捨ててやる仕事が、なにわのエジソンと言われた男の会社の再生とは、芝野さんのクレイジーぶりも相当なもんだと。自分も、負けじとクレイジーな案件に挑んでみたいとね」

彼はそう言うと、6番アイアンを取り出してフェアウエイを歩き出した。背筋を伸ばして歩く堀の姿に、芝野は憧憬を抱いた。

同時に、鷲津の言伝もずっしりと響いた。

次に再会する時、互いが敵になるのか、味方になるのかは分からない。あるいは、もう二度と、彼と相まみえることはないかも知れない。それでも、俺はあの男の行動から目が離せないだろう。

それが自分の闘志の原動力にもなると感じていた。

躊躇なく放った堀の第二打が、グリーン目がけて真っ直ぐに飛んでいくのを眺めながら、回り道ばかりしていた自身の人生の意味を、芝野は改めて考えていた。

8

東京・赤坂

旧知の人間から、どうしても時間を取って欲しいと頭を下げられたため、バカンスをせがむリンを宥《なだ》めて、鷲津は独り赤坂の細い路地を入っていった。

のれんを潜るにはまだ明るい時刻だったが、「ぽん太」と染め抜かれた柿渋色ののれんの奥で馴染みの女将《おかみ》が三つ指をついて迎えてくれた。

「えろう、ご無沙汰どしたなあ、鷲津はん」

ぽっちゃり顔の女将は、愛嬌の中に少し嫌みを込めた。

「ほんまや、ぽん太さん。最近、色々忙しゅうてなあ」

鷲津はわざと大阪弁で答えると、あがりがまちに腰を下ろして靴紐を解いた。

「変わりないかあ」

「へえ、わても亮はんも、おかげさまで」

亮はんとは、この料亭の主であり、鷲津を呼び付けた張本人だった。

「もう、来てんのか」

「まだだす。何でも、挨拶回りが大変や言いはって」

亮はんこと飯島亮介は、第二の再生機構として国が立ち上げたニッポン・ルネッサンス機構（NRO）の総裁を務めていた。メガバンクの一角であるUTB銀行で頭取を務めたとはいえ、赤坂で料亭を持つだけの甲斐性は彼にはない。ある便宜の見返りとして、鷲津が女将ごとプレゼントしたものだった。

「なら、先に上がらしてもろて、久しぶりに女将の三味線聞きながら、ぬる燗でも戴くわ」

「いやあ、嬉しいわあ。ほな、どうぞ」

彼女は店の一番奥まった離れに鷲津を案内すると、酒と三味線の準備のために奥に引っ込んだ。

離れは、一二畳の客間と六畳の控えの間からなる瀟洒な一室だった。新年を迎えるに当たり畳を張り替えたようで、真新しいイグサの薫りが清々しかった。ほどよく暖められた部屋の中央には、大きめの掘りごたつがあった。鷲津は上着を無造作に脱ぎ捨てると、広縁の障子窓を開けた。一〇坪ほどの手入れの行き届いた坪庭があり、午後のやわらかい日差しが、玉砂利と絶妙なコントラストを描き出していた。

船場で生まれ育ちながら、古風な伝統をバカにして学ぼうとしなかった鷲津だったが、独りでぼんやりとたたずんでいると、不思議と心が落ち着いた。

苔むした庭石や、灯籠に艶《つや》やかな色を挿す南天などを眺めていると、不意に、自分が落ち込んだ深淵や迷いがバカらしくなった。

「また、お庭眺めてはるんですなあ」

やんわりと声を掛けながら、ぬる燗と三味線を手に女将が戻ってきた。

「ここの庭はいくら見ても飽きへん」

「そうでっかあ、うちなんかすっかり見慣れてしもて、なんも感じませんで。雪見障子やのにわざわざ開けんでも、閉めはったらどないです。お寒いでっしゃろ」

「しばらくこのままがええ」

「そんなら、お好きに」

ぽん太は、鷲津の前にぬる燗をのせた盆を置くと、にこにこしながら酌をした。飛露喜というとした飲み口と、後に残る甘みが旨かった。

福島の純米酒で、行きつけのすし屋の親父に勧められて以来、好んで飲むようになった。さらりとした飲み口と、後に残る甘みが旨かった。

「何、弾かしてもらいまひょ」

背後に控えるよう正座して、三味線の調子を合わせていたぽん太が訊ねた。

「しんみりしたのが、いいいな」

「おや、珍しい。鷲津はんでも、そんなん聴きたいことがあるんですなぁ」

鷲津は手酌で酒を注ぐと、苦笑した。

「ちょっとお疲れ気味でね、よろしく頼むよ」

ぽん太は、地唄の「雪」を奏で始めた。

きりりと晴れ上がった東京の空を見上げながら、鷲津は哀愁漂う弦の響きをしばし堪能した。

今年は、凪《なぎ》のような一年だった。前年に手がけた買収企業の〝熟成期間〟であり、ビジネス的には焦る必要はなかった。また、彼の知名度のお陰で、複数の企業からＭＢＯ（経営陣買収）や、企業統合の依頼も来ており、年度中には二件ほどの交渉がまとまりそうだった。

急ごしらえで設立したにしては、サムライ・キャピタルの船出は、順風満帆と言える。

だが、ハンターとしては、不完全燃焼の一年となった。

めぼしい案件が国内で見つからなかったのだ。その上、強引な株式取得やＴＯＢで、世間を席巻した二人の異端児が次々と逮捕され、裁判で有罪になったことも企業買収の世界に影を落とした。止めは、世間に買収アレルギーが蔓延し、アクティビストと呼ばれる〝物言う投資家〟が警戒され始めたことだ。その結果、企業が再び株の持ち合いを始めたり、買収防衛策に血道を上げた。しかもそれは政財界公認であり、あろうことか後出しじゃんけんのような防衛策が裁判所で支持される事態まで起きた。

日本の一番悪い気質――すなわち、得体の知れない不安に駆られ、時代の変化に背を向けてしまう風潮が漂い始めていると、鷲津は感じていた。

一方、アメリカに端を発したサブプライムローン問題の嵐は、未だに実体すら掴めず、世界中の金融界を大きく揺るがしている。欧米の〝巨人たち〟が喘ぐのを横目で見ながら、ＳＷＦという新しいタイプの巨大ファンドが先進国以外から出現して、世界のカネの流れを支配し始めている。

こんな時に、肩をすくめて震えていても何も解決しない。

「そろそろ、ひと暴れする時かもしれんなあ」

思わず独り言を漏らしたが、察しの良いぽん太は、黙って三味線を弾き続けた。

実際、面白そうな案件の芽が出始めている。中国の若き買収王に翻弄されて意外な弱さを見せるアカマ自動車、あるいは、サブプライムローン問題で瀕死のゴールドバーグ・コールズ。獲りに行くとなるとタフなメガディールになるだろうが、勝算がゼロではなさそうだった。

リンの帰国と王烈との会談で、社内に臨戦態勢のような緊張感が生まれている。年末休暇なのに大半の社員が出社しているのも、その証左だった。

「獲物を襲う方法を忘れたか、ハゲタカ」

「何を忘れたんや」

ガラの悪そうな大阪弁に邪魔されて、鷲津の思案は終わりを告げた。

「あら、亮はん。いつのまに」

「今や。玄関あがったら、おまえの三味が聞こえたよってにな。勝手にズンズンやって来た」

目尻を下げてぽん太に話しかける小柄な男を見上げて、鷲津は正座し直すと、頭を下げた。

「これは、飯島総裁。ご無沙汰しております」

「何が、飯島総裁や。ぽん太のええ三味の音聞きながら乙にすましていた色男に、そんな挨拶されたら、むずがゆいわ」

言葉とは裏腹に嬉しそうな飯島は、鷲津の細い肩を叩くと、上座に誘った。

「ええんや、今日はおまえさんが、お客やさかいな」

鷲津は押し出されるように上座にすわらされた。

「それにしても、ジャーナルの一件は、災難やったなあ」

障子戸を締めネクタイを緩めるなり、鷲津のぬる燗を断りもせずに飲み始めた飯島は、同情したように呟いた。仕立ての良いダークスーツを着てはいるが、どう見ても国営再生機構の総裁には見えなかった。

そもそもこんな野卑な男が、どうして名門銀行のトップにまで上り詰めたのかと、金融界では今でも七不思議の一つのように言われていた。

だが、それは飯島の偽悪趣味に過ぎない。下品な態度ときつい大阪弁は、彼の素顔を隠すためのポーズだった。本当は、長い年月にわたり、銀行の暗部を守り続け、銀行の命運を左右する重要な決定を下してきた賢者だった。しかも、何度も破滅の危機に瀕しながら、自らの才覚で生き残ってきた猛者《もさ》でもある。

その彼が、親しげな言葉をかけてきた時から、鷲津の中で警報が鳴り響いていた。

「なに、よくある話です。私は、昔から嫌われていますから」

「あほな、おまえさんは、メディア使いが上手な男やないか」

「そういうのが、お堅い裁判所のようなところには、不愉快なんじゃないですか」

気持ちよさげに酒を空ける飯島に酌をしながら、鷲津は自嘲した。

「このままやったら、負けるぞ。何か手は打ったんか」

「別に何も。今回は、正々堂々と闘って散りますよ」

猪口を口元に運んでいた飯島の手が止まった。

「正々堂々と散るやと。どないしたんや、宗旨替えか」

「そういう訳ではありません。しかし、姑息な手を使って、堂本さんに迷惑をかけたくない」

「おまえ、時々青臭いこと言うなあ。あんな戦争記者崩れのために、そこまで義理立てすることはないやろ」

飯島らしい発想だった。人間関係は、自分の都合の良い時に、都合の良い部分だけ利用するものだ。そううそぶきながら、鵺《ぬえ》のように生き残ってきた男だった。

「主義の違いですね。いずれにしても、無茶な防衛策を推し進めたせいで、ジャーナル本体の財務はボロボロです。堂本さんと従業員持株会が改めてＥＢＯをかけたら、今度は勝てます」

「肉を斬らせて骨を断つわけか。まあ、ええわ。それは」

飯島はカキの塩辛を、口に放り込んだ。

「今日、おまえさんを呼んだんは、会わせたい男がいるからや」

料理には手を付けず酒をなめながら、鷲津は視線だけ上げた。

「富岡隼人《とみおかはやと》という議員を、知ってるか」

北海道選出の衆議院議員だと記憶している。元フィナンシャルニュースの記者で、金融通で知られる若手議員の一人と言われていた。

「いえ、よくは知りませんね」

「ほうか、まあええわ。その男を紹介する」

「飯島さんこそ、宗旨替えですか。あれほど政治家を嫌っていたのに」

「政治家は嫌いや。けど、この男はおもろいんや。こいつな、日本版ソブリン・ファンドを創ろうと画策しとるんや」

また、ＳＷＦか……。

鷲津の疎ましげな目を、飯島は見逃さなかった。

「何や、そんな嫌そうな顔して。おもろい奴やし、ええ話やないか。国のカネ使うて、企業を買い漁れんねんから」

ＳＷＦから俺は逃れられないのかも知れない。

そう諦めた時、坪庭の隅にある遣り水の鹿威《ししおど》しが鳴った。それは、これから始まるであろう新しい格闘を告げる柝《き》の音《ね》に思えた。

9

二〇〇七年一二月三一日　山口・赤間

年末年始休暇のために全ての操業が停まっている工場内は、静寂に包まれていた。巡回する警備員が事故を起こさないように必要最小限の灯りはともっていたが、普段は常に二一度に保たれている空調も停まっていた。外に残る雪のせいもあって底冷えがこたえたが、大内は久しぶりに作業着を着て、現場を歩く喜びに浸っていた。

現職に就いてから、工場内で過ごす時間がめっきり減ってしまった大内にとって、休暇中の工場散策は密かな楽しみだった。

彼は今、本社ビルと同じ敷地内にある工場にいた。同工場では、アカマの主力車であるハイブリッドカーの〝レイチェル〟と、大衆車の〝ポップ〟が生産されていた。視察に訪れる多くの賓客を案内する本社工場であり、長年、大内自身が陣頭指揮を執った愛着ある場所でもあった。

時価総額二〇兆円余り、従業員数はグループ全体では、三四万人にも及ぶ大企業ではあったが、その原点は現場だった。

〝アカマの魂は、常に工場にある〟という創業者の言葉通り、世界に冠たる自動車メーカーとなった今でも、現場第一主義を貫き、技術者たちの創意工夫とアイディアを元に新車を生み出してきた。

今年一年で生産した台数は、世界全体で総数約八〇〇万台に及ぶ。その一台一台は、多くの従業員の手を経て、ユーザーのもとに届く。

工場で働き始めてからは、街でアカマのAとMをあしらったロゴマークの車を見る度に、大内の心は弾んだ。自分たちの汗と努力の結晶が、街に活気を与えていると思えるからだ。

今日も、誰かの役に立っているという手応えが、彼の原動力だった。今や自家用車は、屋外における家族団欒の場になり得るし、日本人の豊かな生活を支えていると、大内は自負している。

だが排ガスや交通事故死の多発など、自動車がなければ起きない問題を引き起こしているのも事実だった。だからこそアカマは、安全で地球に優しい車づくりに日夜心血を注いでいるのだ。

大内は組立工程のラインで足を止めた。ここでは七メートルおきに組立工が立ち、ユーザーのオーダーをぶら下げた〝バッヂ〟と呼ばれる仕様書を見ながら、一台当たり三四秒で作業を行っている。

チャップリンが『モダン・タイムス』で揶揄した通りの、人間性を奪う絶望工場がそこにある。かつてアカマの工場に組立工として潜入取材した、あるノンフィクション作家がそう非難したことがある。

だが、誰一人そんな言葉を気にする社員はいなかった。確かに、工場ラインの作業は楽な仕事ではない。しかし近年、他の製造業で問題となっている〝偽装請負〟や製造業派遣を、アカマは禁じていた。ラインに就いているのは正社員か期間社員だ。期間社員に対する待遇も、正社員の年齢給と同額だったし、正社員登用にも積極的だった。

現場では正社員も区別なく一丸となって、作業に汗を流している。そこから強い連帯感が生まれる。そして、世界で一番安全で信頼できる車を創っているんだ、というプライドが、他者の誹謗中傷をことごとく打ち負かしてきた。

大内は工具を撫でながら、アカマとは何かを今改めて自問自答しなければならない時を迎えていると考えていた。

鷲津政彦の言葉が蘇った。

――猜疑心を植え付けることは、一枚岩の相手には非常に有効です。さらに、もう一つ。自分が投げた石に対して、御社がどう動くかを実際にチェックすることもできる。

鷲津と会談した翌日、社長の厳命で、財務部と合同による徹底した株主動向調査をさっそく行った。その結果、一部株主から苦情や動揺の声が寄せられた。

〝何か隠しているのではないか〟〝中国人投資家に、買収される危険性を感じているのではないか〟などという危惧だった。その上、賀一華の沈黙で、明らかに経営陣の一部は浮き足立っていた。

「今は、動揺している時じゃないっちゃ。逆に、今こそアカマ魂で団結する時なんじゃけぇ」

大内の低音の声が、無人の工場に響き渡り、反響した。それが、大内の心をより強く揺さぶった。

——とにかくアカマファンをたくさんおつくりになることです。……株主や従業員、さらには取引先だけではなく、ドライバーや一般消費者に至るまで、誰からもアカマはいいよねと言ってもらえる努力です。M&Aの勝敗は時に、世論が決める場合があります。

その言葉の意味は重い。社長も同様のことを考え、年始の挨拶に合わせて、アカマファン倍増プロジェクトを立ち上げるようIR&PRチームに指示を出していた。

「俺たちゃあ、みやすうは負けんちゃ。わしら長州もんを舐めんこっちゃ。わしらを怒らしたら、ぶち怖いけぇのう」

負け惜しみではない。山口県人は情熱的な理想主義者だと言われている。また、普段なら、県民性などと言ってひとくくりにされるのを嫌うが、危急存亡の秋《とき》には、個人のこだわりをかなぐり捨てて、一致団結するお国柄だった。

〝わしらの理想と情熱は、カネなんかで買えんちゃ〟

その時、まるで大内を挑発するように、携帯電話が鳴った。上海の支社長からだった。

「実は今、上海の新聞社から、上海投資公司の賀一華氏が、ウチをTOBにかけてでも手に入れると発表したという情報が飛び込んできました」

血液が一瞬で沸騰したように、全身が熱くなった。

だが大内の唇はわななくばかりで、麻痺したように動かなかった。

「もしもし、大内さん？　聞こえていますか」

「それは信憑性の高い情報ですか」

「八方手を尽くして調べています。ただ、複数のメディアから問い合わせが来ていますから、その可能性が高いと思われます」

体が燃えるように火照っていた。物音一つしない無人の工場を見つめながら、この聖域を誰にも渡さないと大内は決めた。

「分かりました。こちらでも調べてみます。ただし、本社は年末休暇に入っていますので、そちらからの情報に期待しています」

上等じゃ、わしらのアカマ魂を、たっぷり見せちゃるけぇ。

心の中でほえながら、大内は駆け出していた。

第二部　パンドラの筐《はこ》

第一章　思惑と現実

1

二〇〇八年四月一四日　東大阪・高井田

オオカミ少年と化した上海の買収王
脅威より、不気味と関係者困惑

新聞の見出しに惹かれて記事を読み出した芝野は、曙電機時代の苦労を思い出していた。

アカマ自動車に対する上海の買収王・賀一華《ホーイーファ》の買収提案は、本人が「来週こそＴＯＢをかける」とマスコミにリークしながら、一度も実行に移されないまま、既に四ヵ月が経過していた。

しかしその間、賀が何もしていなかったというわけではなかった。中国国内の独立系自動車メーカー八社を手中に収めたのを皮切りに、中国撤退を検討していたフランスとアメリカ系の合弁会社も呑み込んでいた。さらに、カナダの総合部品メーカーとの間で、合弁会社を設立するなど、自動車産業への意欲的な投資が続いていた。

そうした買収や投資を発表する度に賀は、「これはアカマさんと一緒にビジネスをやるための基礎体力づくり」と繰り返していた。

賀の動きについて様々な憶測が飛んでいるが、確実な情報はなく、結局は道楽息子の単なるお遊びではないかと、記事は締めくくっていた。

だが、芝野にはそうは思えなかった。この男は見た目ほどバカじゃない。いや、バカなふりをしているんだ。何か企んでいる——。

「いややなあ、芝野はん。もう、ホームシックでっかあ」

浅子のからかうような声が頭上から降ってきて、芝野は顔を上げた。

「まさか。気になる記事があったので、集中していただけですよ」

薄暗い事務所で、老眼鏡を外した彼は目を細めた。組合の寄り合いから戻ってきた浅子が事務服を羽織りながら、本当は図星だろうと言うように目を剝いた。

マジテック本社は工場の二階にあるのだが、フロアの大半は、試作品や設計図、資料の保管スペースになっているので、デスク四つと応接セットを置くともう足の踏み場すらなくなった。浅子は何事にも大雑把な性格で、書類などもろくに確かめもせず捨ててしまう。ところが、こと藤村が遺した物だけは、メモ書き一枚捨てずに丁寧に保管していた。

彼女は二人分のお茶を用意すると、一つを芝野のデスクに置いた。

「今、読んではったんて、アカマ自動車の話でっしゃろ。何でも、中国のバカぼんに振り回されて往生しているとか」

「みたいですね。だけどそれで、どうして私がホームシックになるんです」

「アカマみたいな大企業で仕事したいんとちゃいますのん」

芝野は乾いた笑い声をあげた。

「呼ばれもしないのにですか。あり得ませんよ」

「ほな、呼ばれたらどないしはるんです」

いつになくくどいだけでなく、執拗な目だった。

「どうもしませんよ。私は、マジテックの再生担当専務なんですよ」

芝野は、二月一日から晴れてマジテックの専務になった。上場はしていないが株式会社であるマジテックに、芝野は個人資産から一〇〇〇万円を増資分として投入した。

現実問題として、マジテックが運転資金に困っていたのと、芝野自身の決意表明だった。マジテックは、自分の会社でもある。だからこそ再生に全身全霊を捧げる。その覚悟を自他共に示すためにも、必要な投資だった。

故・藤村登喜男の〝遺産〟のおかげで、事業そのものは、向こう半年は維持できる。だが、そこから先をどうするか。芝野の最初の使命は、その展望を示すことだった。

彼はこの日、ある決断を持って出社した。そして浅子の不在の間に、もう一人の当事者と話を終えて、彼女の帰りを待ちながら新聞を読んでいたのだ。

不意に浅子が深々と頭を下げた。

「すんまへん、うち、アホなこと言いましたな。堪忍やで」

「よしてください、浅子さん。別に謝ってもらうような話じゃない。それより、組合の話って何だったんですか」

「つまらん、与太話ですわ」

彼女は手近にあった回転椅子を芝野のデスクの前まで引きずってきて、腰を下ろした。

「用件は二つでした。一つは、鉄の材料費値上げ反対を組合として訴えようという話」

世界的な原材料費高の上に、年明けから始まった円高の影響で、あらゆるコストが値上げされた。その一方で中小企業に対しては、納入価格を引き下げよという圧力もかかった。一個数十銭にしかならないような製品を作っているところも多い中小零細企業にとって、この〝二重苦〟は、即、死活問題になる。

「それはまた、大層な話ですね」

「理由があるんです。知ってはりますか。大日本製鐵《だいにほんせいてつ》とアカマ自動車が、裏取引してるという噂」

芝野は白湯《さゆ》のような番茶をすすりながら、首を横に振った。

「去年の秋頃でした。アカマが、大日鐵から仕入れる鋼材の値上げを承認したという記事が、出ましたやろ」

その話ならよく覚えていた。当時、専務を務めていた総合電機メーカーでも、対応策が検討されたからだ。

「あれは、日本中のメーカーにとって打撃でしたね。アカマが値上げを承認してしまうと、日本中のメーカーが値上げを呑まざるを得なくなりますから」

〝ものづくり大国〟と言われる中で、アカマ自動車はその象徴的な存在だった。それゆえにプライスリーダーとなり、「アカマの方針は日本の方針」とまで言われていた。

「ずる賢いやり方でんなあ」

口寂しくなったのか、浅子は立ち上がると部屋の隅にある食器棚から、せんべいの袋を取り出してきた。芝野も勧められたが、手をつける前に裏取引の詳細を質した。

「大日鐵はんが、日本中の取引先に値上げを頼みにいちいち行かんでええように、アカマに頼んだ。その見返りに、アカマだけは従来通りの金額で取引を続けるという密約があった、というんです」

大判の草加せんべいをかじる浅子に向き合いながら、芝野は噂の真偽を吟味していた。

「どない思います」

「にわかには、信じがたい話ですね。もし本当だったら、大日鐵とアカマはマスコミを巻き込んで詐欺行為を働いたわけですから」

こうした噂話は、〝大手の横暴〟として、芝野も何度か耳にしたことがある。実際は、噂通りの〝詐欺行為〟が行われている例は少ない。ただし大手に対してのみ〝特別な配慮〟がなされることは少なくない。それが噂の元になり、尾ひれがつくのだ。

「私は、ない話やないと思いますよ。どっちもえげつない会社ですから」

草加せんべいのかけらを口から飛ばしながら、彼女は断言した。

「えげつないって。昔取引があったんですか」

「大日鐵さんと直《じか》のおつきあいは、ないですよ。けど、ウチも金型造ったり、製造機械を開発してますから、鉄屋はんとは結構、繋がりはありますねん」

確かにその通りだ。

「でね、まあ、博士は、あんな人やし、使う鉄にも色々注文をつけますねん。そのたんびに、文句ばっかりグダグダ言うたあげく、とんでもない金額をふっかけてきますねん」

芝野には鉄の知識はない。だが、特殊鋼や合金には、それ相応の金はかかるものだ。

「もちろんね、特注で造ってもらうねんから、高いのは当たり前ですわ。けど、博士の試算からしたら絶対あり得へん額を、平気でふっかけてきよるんです。それで、お客さんに頼んで代わりに交渉してもろたら、すんなり半額ですわ。ほんま、アイツら、中小企業をなめてます」

芝野にも耳の痛い話だった。大手金融機関や、大手企業に籍を置いた時間が長いだけに、彼女が説明したようなケースで恩恵を被った経験が、何度もあったからだ。

「噂が本当だったとしても、裁判では勝てませんよ」

「せやから私も言いましてん。そんな無駄な抵抗やめまひょってね。長いもんには巻かれといたらよろし。ほんで、連中が何か困って泣きついてきた時、復讐したったらええんです」

彼女は強気でうそぶくと、二枚目のせんべいにとりかかった。

このしたたかさこそが、中小企業のど根性なのだろう。マジテックで働き始めて二ヵ月余りではあったが、彼女たちの雑草のようなしぶとさに、芝野はいつも驚かされていた。

「で、組合のもう一つの話っていうのは」

「ああ、それね」

お茶でせんべいを流し込んだ彼女は、再びまくし立てた。

「来月、組合から中国へ視察旅行にでかけようかって話がありますねん」

初めて聞く話だった。

「前から聞いてたんですけど、ここの組合って風呂屋の息子みたいな奴ばっかりの集まりやから、話半分やと思て、芝野さんには言いませんでしてん」

「何です、風呂屋の息子って」

「知りません？　〝湯《ゆ》うばっかり〟って意味ですわ」

うまいことを言う。駄洒落に感心している芝野に構わず、浅子は喋り続けた。

「どうも、業者から全部金が出るとかでね」

「全部って、渡航費やホテル代ってことですか」

今時、豪勢な話だ。

「らしいんです。でも、それはおいしすぎでっしゃろ。何でやと聞いたら、どうやら向こうの工業団地にウチらを誘致するという下心があるらしいんです」

「誘致というと、中国に工場を造って欲しいってことですか」

「もっと厚かましい話です。会社ごと、移ってこいと」

「会社ごとですって。しかしあの国は、ＷＴＯに加盟はしたものの法整備もまだで、日本人が企業を興すのは大変ですよ」

近年、積極的な外資誘致は続いているが、トラブルは絶えない。

「全部面倒見てくれはる、言うんですわ」

怪しい話だ。

「そんな胡散臭い話に、誰も乗るはずないと思うやないですか。けどね、一〇社ぐらい行く気になってます」

「一〇社もですか」

「みんな藁にもすがる想いなんでしょうね」

彼女は見下すように、突き放した。景気回復、ものづくり大国復活と浮かれていた日本に再び暗雲が垂れこめている。

原因は、国外で起きた〝サブプライムローンによるバブル崩壊〟のせいだ。年明けから株価が急落し円高になり、景気は一気に冷え込んだ。

かつて銀行マン時代に海外勤務も経験した芝野にしてみれば、新世紀に入ってから続いている日本の株式市場の上昇気運は、二〇世紀のそれとは似て非なるものだった。

もう少しで四万円に届くところまで市場が膨張した一九八九年頃は、投資家の大半は日本人だった。つまり当時のバブルとは、日本経済の膨張の象徴だった。

一方、昨年までの株価を下支えしたのは、投資総額の半分近くを占める外国人投資家だった。

彼らはポートフォリオの一つとして、比較的堅調な日本市場に投資していたに過ぎない。

今回のサブプライムローン問題で、多くの外国機関投資家は損失を出していた。その結果、彼らは保有資産を売却してカネに換える必要に迫られている。

そんな世界市場の変動のツケをもろに被ったのが、日本の中小零細企業だった。技術力は世界一と言われながらも、人件費などの製造コストが高いため、中国やベトナムなどに受注の大半を奪われ、廃業する会社が東大阪でも後を絶たない。

三葉で、M&Aや不良債権問題を担当した芝野は、日本の産業構造の状態を示すバロメーターは、中小企業の健全度にあると考えていた。

大手なら、大ナタを振るう気になりさえすれば、数字的な改善を図ることもたやすい。だが、その安易な応急処置が、ものづくりのクオリティを支える中小企業を圧迫し、破滅に追いやる。この構造を続けているうちは、ものづくり大国と胸を張るのは、本来はおこがましい話なのだ。

「あと、もう一つ、こんな話も出てましたわ」

浅子の言葉に、芝野は我に返った。彼女はお茶を注ぎ足して話を続けた。

「最近、中国では、後継者のいない日本の中小企業を買い取る人が増えてるんやそうです」

湯飲みを両手で抱えていた芝野は、怪訝そうに浅子を見た。

「息子には跡を継がせたない、せやけど金は欲しい。それで会社を丸ごと売っ払う甲斐性なしが、世間にはぎょうさんいてるみたいですよ」

底なしのコストカットのせいで、後継者問題がさらに複雑化しているのは事実だった。

父や祖父が創り上げた企業を、子孫が継ぎたがらなかったり、あるいは継いでも、結局会社を潰してしまうというケースは以前から多かった。だが最近は、親が継がせたがらないという事態が起きている。

マジテックの場合は、浅子が、長男に戻ってきて欲しいと頼み続けているようだったが、こういう例は珍しくなってきた。こんな辛い想いを息子や孫にはさせられない、と考える経営者が増えつつある。

「いるんですか、手を挙げる人が」

「さすがに仲間の前で手を挙げるのは恥ずかしいらしく、その場で手を挙げたもんはおりませなんだけれど、寄り合いの後、何人か残ってなんや相談してましたわ」

「その場合、従業員も一緒に引き受けるんですか」

「そうみたいでっせ。というか、中国人からしたら、一番欲しいのはウチの桶本はんみたいな熟練工でっしゃろ。けど、桶本はんが、中国の田舎まで会社と一緒について行くとは思えまへん」

一種のクラウン・ジュエルのようなものか……。敵対的買収を受けた際、企業防衛のために企業の基幹となる事業を売却したり、人材を他社に預ける防衛策をそう呼ぶ。王冠から宝石を抜くという意味で、そんな名がついたのだ。

芝野は腕組みして考え込んでしまった。

「中国って厄介な国でんなあ。今や、あの国がなかったら、安い食料やら服やらがなくなって、家計が苦しなります。せやけど会社やってる立場から言わせてもらえば、ほんま迷惑やわ」

彼女のぼやきは、おそらく日本のトップ企業から零細まで共通の悩みだろう。

中国通に言わせると、日本が東京オリンピックを開催した頃と今の中国は似ているという。あの頃の日本は高度経済成長の真っ只中で、世界の仲間入りをするのに必死だった。一方で、戦後の貧しさからようやく抜け出せたという手応えもあった。

そういう面では、中国も同じかもしれない。ただ、新興国というだけでは説明がつかない傍若無人さや独善的な傲慢を、中国から芝野は感じていた。それが、世界中で中国が嫌われている理由にも思えた。

「オリンピックの聖火リレーまで邪魔されるって変でっせ。やっぱりあの国、何か大事なもんが抜け落ちてます」

浅子の言う通りだと思った。だからといって嫌だから付き合わないでは、すまされない時代でもあるのだ。彼らと上手に付き合うことが、日本の命運を左右するのではないか。

「あかんわ、芝野はん。すっかり話、脱線しましたわ。で、お話って何です」

そう言われて、芝野は姿勢を正して座り直した。前夜から彼女に時間をつくるよう頼んでいたのだ。事務所には幸い、芝野と浅子の二人しかいなかった。

「実はね、次の一手を打つ時が来たと思っているんです」

「どんな手ですのん?」

「現在、受注している仕事は、あと半年もすれば終わってしまいますよね。その先を、そろそろ考えておくべきです」

「何か、妙案でもあるんですか」

それまであっけらかんと話していた浅子の声に力がなくなった。

マジテックの事業は、大きく分けて二つある。一つは、会社の売上を支えてきた金型の製作で、当分は、細々とやって行ける見通しだった。ただ、受注が先細りしているだけに、これだけでは近い将来に立ち往生するのは目に見えていた。

もう一つは、藤村が得意とした製作機械の製造開発、あるいは製作工程における技術革新だった。時間と費用はかかるが当たると大きい事業で、マジテック最大の武器だった。しかしこのビジネスの肝となる藤村が亡くなってしまった今、新規の受注は絶望的だった。

「マジテックが現有する技術を有効利用してくれる先を探したいんです。それで営業活動をやろうと思います」

「営業活動って、そんな人、雇えまへんで」

芝野は白い歯を見せて、答えた。

「雇う必要はありません。私がやります」

「芝野はんが、ウチのために営業を。あきまへん、そんなん」

「どうしてです。私は、マジテックの再生のためにやってきたんですよ。ここが元気になるためなら、何でもやります」

「せやけど……」

浅子は言葉を詰まらせた。

「以前、藤村さんから言われたことがあります。世の中で一番大事なのは諦めないことだ、と。どんなに金に困っても、仕事がなくても諦めたら負けや、仕事がないなら、創ればいい、とね。実はこれは再生の基本でもあるんです。私には博士のような、技術者としての才能はない。でも、仕事を取ってくるための営業活動ならできます。それなりの人脈もあります。ならば、やるべきです」

芝野には、浅子の遠慮が苦しかった。無意識ではあるだろうが、浅子は芝野に対しては、必要以上に気を使う。一流企業の専務であった芝野が、その肩書きを捨ててまで、ここを選んだということに責任を感じているらしい。だが、そんなことは気にしないで欲しいと思う。余計な気遣いを取り払って、全員が一蓮托生の覚悟を持たなければ、この先、中国にでも身売りするぐらいしか、生き残る道はない。

「私がやろうとしていることは、根本的な打開策にはなりませんよ。博士の遺産だけではいつまでも食えませんから。でも、生き残るためには、資金的な余裕がもう少し必要です。新規受注を獲得できれば、国金や銀行からも融資が受けやすくなります。せめて二年、いや一年は遺産で食いつなぎながら、本当の意味での次の一手を考えなければならないんです」

「理屈は分かります。せやからと言うて、芝野はんに営業やってもらうやなんて、博士が怒って化けて出てきます」

芝野は身を乗り出し、浅子の逞しい二の腕を軽く叩いた。

「私は、お飾りじゃないんですよ」

まっすぐに彼女を見つめて、芝野は熱意を訴えた。浅子が申し訳なさそうに頷いた。

「分かりました。そこまでおっしゃるんやったら、何も言いまへん。ほんま、迷惑ばっかりかけてすんまへん」

「謝らないでくださいよ。マジテックは、私の会社でもあるんですから」

途端に浅子の唇が歪み、目が潤んだ。芝野は努めて明るく頷いた。

「それでご相談というのはね、将来のために営業マンを一人養成したいと思ってるんです」

「営業マンを養成するって、一体誰を養成するんだっか」

「望君に、やってもらおうかと思ってまして」

聞いた途端、浅子は別人のような形相で「あきまへん！」と叫んだ。どうも彼女は、次男に対して必要以上に厳しい評価をしているようだ。

「あの子に営業やなんて、絶対に、無理です。第一、金髪にピアスやなんやとちゃらちゃらしてるクソガキが、営業になんぞ行ったら、取れる仕事も取れまへんよ」

芝野は苦笑すると、デスクの前の内線電話で当の本人を呼び出した。

数分もするとドアがノックされて、一人の青年が入ってきた。

「あれ、望、あんた」

ノックの音で反射的に振り向いた浅子が、唖然として立ち上がった。

生来の黒髪に戻し、さらに短く刈り上げ、装飾品を全て外した望が、スーツ姿で立っていた。

2

二〇〇八年四月一三日　ニューヨーク

久しぶりに眺める自由の女神が、遠い存在に感じられた。

ザ・リッツ・カールトンニューヨーク・バッテリーパークのスイートルームで、ブルックリン・ビールを片手に窓の外を眺める鷲津は、喪失感に苛《さいな》まれていた。懐かしい街のはずなのに、見知らぬ街に思えてならない。自分の居場所を失ったような淋しさがこみ上げてきた。

二年ぶりのニューヨークだった。だがあの時は、こんな風に思わなかった。もっともヒルトンホテルに一泊しただけで、翌日にはボストンへ移動したため、まともに街を眺める暇がなかったせいかも知れない。

二〇代はじめの頃、自由の女神を見物しようと、マンハッタンの南端にあるバッテリーパークを初めて訪れた時のことを今も鮮明に憶えている。

若かった鷲津は、女神が鎮座するリバティ島が意外と遠く離れていることに驚いた。それでも、なぜか自由の女神を遠い存在とは感じなかった。それどころか、自分の前途を祝してくれていると確信したほどだった。

だが今、夕暮れに溶け込もうとしている女神からは、あの時のようなものが感じられなかった。

それだけ俺が年を取り、アメリカンドリームを信じられなくなったからか。と胸の内でつぶやくと、窓辺に据えられたピアノの前に座った。そして、アルペッジョで指を慣らした後、不意に思い出した曲を弾き始めた。

ア・タイム・フォー・ラヴ――。今の気持ちにぴったりというわけではなかったが、なぜかその旋律が恋しかったのだ。哀しみでも切なさでもなく、あてどなくさまよう心を表した旋律は、今の鷲津の心境にふさわしかった。

鍵盤に指を走らせている内に、自問自答が始まった。

俺は、なぜ、この街に来ているんだ。ジャズピアニストを目指し希望に燃えた青年は、もういない。ハゲタカファンドの道を歩み始めたころの野心も、既に薄れている。

疲れ果てた中年になり下った男が、弱肉強食のこの街から何を得ようというんだ。

もちろんこの街に来る目的はあった。世界屈指の投資銀行ゴールドバーグ・コールズを、我が手にしようというリンの提案を無下に却下することもできず、話をするぐらいはいいだろうと思ったのだ。手回しのいいリンは、既にレバレッジド・ファイナンス先の見当もつけてある。後は交渉次第で、久々のメガディールになるはずなのだ。普段なら万全の臨戦態勢を整えて、気を引き締めていなければならない時だった。

だが、意気揚々というには程遠い気分だった。どちらかというと、リンの熱意に気圧《けお》されて、今ここにいるという方が正しかった。

常に変わらないリン。パッションをエネルギー源に、狙った獲物は絶対に逃さない。彼女の人生において燃え尽きるという現象は、一生起きそうになかった。

それに引きかえ、俺は日々何もかもが嫌になっている。企業買収も、日本を買い叩くことにも、情熱が湧かない。

それどころかアランの死の真相を解くと言っておきながら、どこまで本気なのか自分でも分からなくなっていた。

ただ、漂うように流れの中に浮遊している。

「政彦、おまえ何がやりたいねん」

ひとり呟き、力のないため息をつきながらもう一度、〝女神〟を見やった時だった。あり得ない話だが、彼女と目が合った気がしたのだ。

雷に打たれでもしたような衝撃が、体を貫いた。「愚かな男、自虐的な迷いは破滅を招くだけじゃない」――そう〝彼女〟に冷笑されたようだった。

ピアノを弾く手が止まった。そのまましばらく鍵盤の黒と白の行列を眺めていた。そしてもう一度、頭から弾き直すことにした。そこから先は、夢中だった。一体、何をどう弾いているのかも分からなかった。弾けば弾くほど、胸の奥底で灯った小さな火が大きく燃え上がるように感じた。

部屋の片隅から、拍手が鳴った。バスローブ姿のリンが立っていた。

「ブラボー、政彦。久々にあたし、泣いちゃったわ」

彼女はそう言って彼に抱きつき、甘えるようにしなだれかかった。鷲津も、それに応じた。その瞬間、リンと自由の女神が重なったように思えて、鷲津は手を緩めた。憑物が落ちたように、体が軽くなっていた。

鼻を鳴らして体を離したリンは、ミニバーからシャンパンを取り出して開けた。

「久々のジャズピアニスト政彦に、乾杯しましょ」

不気味なぐらいあっさり矛を収めた恋人を訝りながら、鷲津はシャンパングラスを受け取った。

「聞くところでは、あの曲、昔、日光のクソ女をたらし込んだ時に弾いたそうだけど、まさか彼女を懐かしんだわけじゃないでしょうね」

古い話をけっして忘れないのも、リンの怖いところだった。

「とんでもねえ。そんな娘っこがいだことすら、おら、覚えでねえ」

きついテキサス訛りで返した鷲津は、彼女のグラスに自分のグラスを合わせた。

「女神の化身に、乾杯」

「嘘つきの政彦に、乾杯」

探るような目つきでリンがやり返してきた。鷲津は彼女の視線から逃れるように、再びピアノの前に戻った。

「ねえ、政彦、どうしてニューヨークに来たの」

アームチェアに腰を下ろしたリンが、鷲津の不意を突いた。

「GCを獲るためだ」

「何のために」

「そりゃあ、リンのためだよ」

彼はごまかすように、鍵盤に指を走らせた。

「ウソ、あなたは私情ではもう動かない」

おどけたメロディを弾いた鷲津の腕を、立ち上がったリンが摑んだ。

「茶化さないで。あなた、私が恨みを晴らしたいから、GCにご執心だと思っている。だから、GC買収に消極的だった。なのに急にニューヨークに行こうって言い出した。買う気もないのにGCの話を聞こうじゃないかとまで言ってね」

ピアノの蓋を閉じて、リンを見上げた。

「リン」

その先を言う前に、きれいに手入れされた細い指が、鷲津の唇に押しつけられた。

「曙電機のディール以来、あなたは、ずっと腑抜けだった。まあ、あれだけのタフディールだったから、しょうがないと思ってた。それにもう、会社をがむしゃらに買い漁る歳でもないしね」

鷲津は同意するように、彼女の肩を抱いた。

「でも、あなた、ジャパン・ジャーナルに手を出してから、変になっちゃったわ」

「変とは、どういう意味だ」

「冷酷なまでにドライな男が、急に演歌歌手になったみたい」

「演歌は、いいぞ。心に染みる」

リンが容赦なく、鷲津の頬をつねった。

「言ったはずよ、茶化さないでって」

鷲津はつねられたまま頷いた。

「私が気になったのは、あの時、初めて人助けのために買収をかけたってことよ」

反論しかけた鷲津の唇は、またリンの指に封殺された。

「反論は、まだよ。元々あなたは、情にもろい。日光の一件を、蒸し返さなくてもね。でも、最近のあなたは、それ以上にビジネスを忘れている。そこが嫌なの」

「喋って、いいか」

「いいわ。でも、警告を無視したら、頭からシャンパンぶっかけるわよ」

彼女は長い足を伸ばして立ち上がると、二人のグラスにシャンパンを注いだ。

「正直に言うと、俺自身、戸惑っている」

「そう」

強気だったリンの表情が翳った。

「一体、俺はどうしちゃったんだとね。もしかして、燃え尽きてしまったかもしれん」

「それは、違うわ」

「えらく即答するねえ」

「だって、分かるから。あなたのことなら。過去に何度も、この男、もう燃え尽きたかなって思ったことがあったわ。その時は、二人で瀬戸内海の島でも買って、子作りに励もうと思ったこともある」

「何で、瀬戸内海で子作りなんだ」

「あたしの夢なのよ」

リンが珍しく恥じらいを浮かべた。

「知らなかった」

「そりゃあ、そうでしょ。言ったことないし、第一あなた、自分のことしか考えられない無神経な男だからね」

「そりゃあ、否定しない。けど、なぜ燃え尽き症候群じゃないと言えるんだ」

「燃え尽きるとね、感情も希薄になるのよ。それにアッチもね」

無駄な抵抗をしたらまた頬をつねられると思い、鷲津は沈黙を守った。

「あなた、今まで以上に激しくなってる。それに何よりさっきのピアノ。まさにあなたの今の心境を言い尽くしていた」

「ピアノが言い尽くしていただと」

「あなたの心境そのものの音だった。虚無感が滲んでいたわ。でも、それ以上に燃えない自分にも我慢できない。その鬱屈が溜まり過ぎて、自分をコントロールできなくなっている」

リンは何でも知っている。

長いつき合いの中で、何度そう思ったか。鷲津は息苦しさをごまかすように立ち上がり、窓辺に立った。

「さっき、自由の女神を眺めたら、何だかとても遠い存在に思えたんだ」

「今は、どう」

「〝ア・タイム・フォー・ラヴ〟を弾いている時、一瞬、彼女と目が合ったようだった。その時だよ、久々に夢中になってピアノを弾き始めたのは」

気がつくと、彼女が寄り添っていた。

「可哀想な、政彦。あなたのその迷いと鬱屈は、どうすれば晴れるのかしら」

「それを知るために、この街に来たのかもな」

「怒らないで、聞いてくれる」

「俺がいつ、リンに怒ったことがある」

また頬をつねられた。だが彼女はすぐに同じ指で鷲津の頬を撫でながら、話を切り出した。

「あなた、日本を救えない自分に、無力感を抱いているんじゃないかしら」

「よしてくれ。俺がいつ日本を救うなんて言った」

「言ってないけれど、あなたがやってきたことは、いつも日本を救いたいという想いに裏打ちされていたわよ。それぐらい自覚していたと思うけど」

ありえ得ない。鷲津は目でリンに伝えた。だが、彼女は無視して続けた。

「普通の人と違って、あなたのやり方は、逆説的でとても乱暴だけどね。確かにあなたは、日本に新しい風を吹き込んだ。だからこそジャーナルの裁判や、その後の日本の閉鎖的な動きがたまらないんじゃないの」

鷲津は彼女から離れると、シャンパンをあおった。無数の反論が湧きあがってきた。だが、最後に頭に浮かんだ言葉だけを口にした。

「俺は別に日本を救おうなんて思ってないぞ。それに、もうあの国には、ほとほと愛想が尽きた」

そんな目をするな、リン。

「そう。じゃあ、CICの申し出を受けて、日本を買い叩いてみたら。手始めにアカマ自動車を買ってみなさいよ。上海の狼少年にあれだけ振り回された今なら、買い時よ」

鷲津はそれ以上リンを正視できず、彼女に背を向けて窓の外を見た。

リバティ島の女神が、暗闇の中で悄然《しょうぜん》と立っているように見えた。

どうするの、政彦。

女神からも同じ問いをぶつけられている気がして、鷲津は途方に暮れ、夜空を見上げてしまった。

背中からピアノの音がした。流れるような指さばきで、リンがオールディーズを弾いていた。

「どう、政彦。あなたもこういう心境になってみたら」

鍵盤から顔を上げたリンが、悪戯っぽく挑発しながら歌い出した。

「Que serā, serā, Whatever will be, will be; The future's not ours to see
(ケセラセラ　なるようになる　未来の事なんて誰にも分かりゃしないわ)」

3

二〇〇八年四月一四日　東京・向島
待たされることに慣れてはいたが、この日だけは、一秒一秒が大内には苦痛だった。

待ち人は、既に三〇分以上遅れていた。女将に何度も、「先生からは、ビールでも飲んでもらってお待ちいただくようにと言われておりますから」と促されても、お茶以外は結構、と断った。

大内と常務取締役東京支社長の佐伯鶴男《さえきつるお》、さらに急遽上京した古屋の三人は、所在なげにそれぞれが想いに耽っていた。

待ち人とは、経済産業大臣の湯浅博郁《ひろふみ》だった。上海の若き買収王、賀一華からの買収提案を退ける、決定打となるであろう政治的判断が下されるのを待っていたのだ。

政府は二〇〇七年九月、大型企業買収時代が到来したという認識の下、外国為替及び外国貿易法（外為法《がいためほう》）を政省令告示によって改正した。

安全保障など日本の国益の根幹に大きな影響を与える業種に限り、外国投資家が一〇％以上の株式を取得する際には、事前に関係省庁から許可を受けなければならない。その規制枠を広げた。

経産省によると、規制強化の理由は、①新興国の国営企業やファンドによるM&A拡大②国際テロ組織の脅威③OECD（経済協力開発機構）主要国が投資規制強化に向かっている動向などを挙げている。

規制対象が拡大されたのは、いずれも安全保障関連業種で、従来の原子力や航空機、防衛産業、宇宙開発、火薬類などに加えて、炭素繊維やチタン合金、光学レンズ等が追加された。

当初、せめて一部上場企業全部を対象にしてくれという強い要望が財界から出たのだが、外資規制については、自由貿易維持を前提としているOECDの「資本移動自由化コード」に抵触するため却下された。

ただ、この規定には曖昧な部分があった。たとえば製鉄業でも、ミサイルのボディを製作する新神戸特殊鋼は対象になるが、新神戸特殊鋼に粗鋼を納入している大日鐵は対象外だった。

そんな中、同年に日本の独立系電力卸売会社である電源開発（Jパワー）に対して、英国系投資ファンドのザ・チルドレンズ・インベストメント・ファンド（TCI）が、二〇%の株式取得を目指すと発表したため、経産省は対応に苦慮していた。発電事業は、外為法の規制業種のため、政府はTCIの二〇%取得を認めない方針だが、TCI側の抵抗が強く、決着が難航していた。

こうした事態が起きるのも、政府の規制に具体性が欠けるからだと考える古屋は、ガイドラインを策定し、具体的な企業名を例示して欲しいと、経団連を通じて財務・経産両大臣に要望書を提出していた。

その一方で、アカマ自動車は外為法の規制枠内にあるというお墨付きを得られるよう、経産大臣に求めていたのだ。アカマが改正外為法の枠内に潜りこめれば、賀がどんな買収工作を仕掛けてきたとしても〝母家〟まで取られる心配はなくなる。企業イメージとしては防衛産業に本格参入するのは得策ではない。しかしもはやきれいごとを言っている余裕はなかった。

実際、子会社の日の丸自動車が、自衛隊の隊員搬送用のトラックを独占的に納入しているし、砂漠でも使用可能の特別作戦車と呼ばれる四輪駆動車を、防衛メーカーと共同で開発生産している。完全な防衛産業ではないが、日本の安全保障に充分関与しているのは間違いない。古屋らは、それを勘案せよと迫ったのだ。

そのためには根回しも必要だった。もともとアカマ自動車は、地元選出の与党議員を支援はしていたが、彼らに便宜を求めたり、ロビー活動を強いるスタンスを取らなかった。それが、現会長の曾我部《そがべ》篤郎《あつろう》が社長を務めた頃から、財界活動を積極化するのと同時に、政治に対しても積極的なアプローチを行うようになった。

湯浅に会うのも背に腹は替えられない事態を迎え、手段を選ばず大願成就せよと、古屋から厳命されていたからだ。だが大内にとっては辛い仕事だった。アカママンがそんな姑息なことをしなければならないことが情けなかった。何よりも古屋をそういう場に立ち合わせるのが、我慢ならなかった。企業が円滑に活動するために、時と場合によっては裏工作や政治家との密約も必要だろう。しかし社長は常にクリーンであるべきだと、大内は考えていた。

今日を迎えるまでに大内は、財界や政治家とのパイプを持つ東京支社長と共に、経産、財務、さらには防衛省の大臣以下、次官、審議官から担当部署の中間管理職に至るまで、接待と請願を続けてきた。〝道義〟より〝大義〟と自分に言い聞かせながらの大内の行脚が、ようやく実った会談だった。

現経産大臣は、偶然にも山口県選出だった。赤間市は四区に当たるので、会社自体としては、一区選出の湯浅を直接に支援しているわけではない。だが、赤間周平《あかましゅうへい》最高顧問が、湯浅の父親の高校大学時代の同級生だったよしみで、後援会の名誉会長を務めていた。

その湯浅大臣が、約束の時間に遅れているのだ。

「遅いですなあ」

大臣の贔屓《ひいき》だという料亭の庭を眺める古屋を気遣うように、佐伯が時計を見た。仕事とはいえ、長年、東京で財界や政治家の動向を探っている佐伯には、どこかずる賢さを感じてしまう。大内は彼が苦手だった。

「電話してみましょうか」

誰よりも焦れているのを誤魔化すように、大内は古屋に尋ねた。

「いや、その必要はない。待てば海路の日和《ひより》ありだよ。こちらが急かせば、相手に足下を見られるだけだ」

そういう古屋本人も、落ち着いているようにはとても見えなかった。元々、古屋は政治家や財界とのつきあいが苦手だった。銀座遊びもやらないし、スポーツとしてのゴルフは好きだったが、接待の道具にするのをよしとしなかった。そんな気質だけに、湯浅ともウマが合うわけではなかった。

湯浅家は江戸時代から続く名家で、大臣の父も、山口県知事を四期務めた。国政より、地域振興こそ我が使命と言い続けた父親の偉業は、今でも高く評価されている。だが、五二歳で経産大臣の座を手に入れた次男の博郁は、権力の亡者だった。

今回の交渉の際に大内が後悔したのは、昨秋、経営危機に陥ったアメリカのビッグスリーを救済して欲しいという湯浅の依頼を断ったことだ。巨額な赤字という事実だけでなく、企業風土が全く異なる企業の救済は非現実的だという経済合理性に適った判断だった。

その交渉を大臣としての成果にしたかった湯浅は、あの時、あからさまに不快な顔をしていた。

「お見えになりました」

小走りにやってきた女将の言葉に、古屋は縁側に放り投げてあったスーツを慌てて羽織り、下座で正座した。

「いやあ、お待たせしました」

悪びれもせずに顔を見せた湯浅は、この席に古屋がいるのを認めて、表情を強ばらせた。

その反応を見ただけで、大内は「負け」を覚悟した。

「この度は、色々無理を申しまして」

古屋が畳に額を押しつけんばかりにしたのを見て、大内も慌てて合わせた。

「いやあ、古屋社長までおいでとは、恐縮です。佐伯君、人が悪いなあ、古屋さんがいらっしゃるなら、ちゃんと言ってくれないと」

湯浅から嫌みを言われた佐伯は、まったく動じることもなくとぼけた。

「これは不調法で、申し訳ありません」

「顔を上げてください、古屋社長。それに、あなたがあちらに座ってくださらないと」

湯浅は強引に古屋を上座に誘おうとしたが、古屋が固辞して頭を上げなかったので、渋々自分が着いた。

「なんだ、女将、ビールもお出ししてないのか」

「何度もお勧めしたのですが、どうしても先生をお待ちするとおっしゃって」

湯浅は不機嫌そうに聞き流すと、ビールを持ってくるように告げた。

古屋は一切、本題に触れようとはしなかった。政局の話や、地元の当たり障りのない世間話を穏やかに語り続けた。

結局、湯浅の方が焦れたように切り出した。

「さて、ご懸案の件なんですがね」

アカマの三人は、居住まいを正した。

「残念ながら、ご期待に添えませんでした」

やっぱり。大内は肩を落としたが、古屋は恬淡《てんたん》と座っていた。彼の無言の圧力のせいか、湯浅の額に玉のような汗が噴き出た。彼は沈黙を嫌うように古屋に酌をし、詫び言を並べ始めた。

「本当に面目ない。しかし、現状では、具体的なガイドラインを出すのは難しいの一点張りでして」

「では、アカマが、拒否されたわけではないんですね」

思わず大内は、問い質していた。

「うん、そういうことになるかな」

まだ、望みがあるのか。

「大臣、他人行儀は止してください。その歯切れの悪さの理由は何です」

古屋は容赦しなかった。湯浅の汗はさらにひどくなり、彼はおしぼりでしきりに額を拭い始めた。すかさず佐伯が空になった湯浅のグラスにビールを注いだ。湯浅は、ビールを一気にあおってから古屋を見た。

「拡大解釈は、あまりしない方がいいというのが、関係者の意見です」

「では、我々は厳しいと」

「何とも言えないと逃げられてしまったんですがねえ。ただ財務省は、狭い意味での国防関係企業に限定することになるだろうと」

「しかし、我々は、実際に防衛省とお取引しています。十分、国防関係企業では」

「僕もそう思うんだよ。でもね、融通が利かない連中の見解では、自動車・家電メーカーは含まないと言うんだ」

「家電メーカーでも曙電機は、規制内なんですよね」

主力ではなかったが、曙電機は、防衛省からレーダー技術の開発を委託されていた。

「どうかなあ、でも、そうなんじゃないですか」

古屋の我慢が限界を越えたようだ。いきなり座卓に手のひらを叩きつけ、その衝撃で器が派手な音を立てた。湯浅は古屋の迫力に驚いて、体を反らした。

「な、何ですか、急に」

「失礼しました。しかし、湯浅先生。あなたは、経産大臣という立場にいらして、アカマや大日鐵が外資の手に落ちても、何の気にもならないんですか」

「そんなはずは、ないじゃないですか。だからこそ、私だって一生懸命汗をかいているわけで」

「汗は、結果を出すためにかくもんです。あなたは、ただ財務省官僚の言い分を聞いてきただけに過ぎない」

その言葉に、湯浅が気色ばんだ。

「もう少し、言葉に気をつけて欲しいですなあ、古屋さん。あなた、私に喧嘩を売る気ですか」

「それでアカマが救われるなら、私は総理にでも喧嘩を売るでしょう」

「社長、いくら何でも」

佐伯が慌てて取りなそうとしたが、古屋の一瞥で口をつぐんだ。既に彼は鬼の形相だった。追い詰められた湯浅は、そっぽを向いてしまった。これ以上古屋に暴言を吐かせるのは得策ではないと判断した大内が口を挟んだ。

「湯浅大臣、社長の言動に失礼があったことを、お詫びいたします。大臣が、お国の産業振興にひとかたならぬ熱意を注いでくださっているのは、我々も存じ上げております。しかし、アカマ自動車が外資による買収の危機に晒されるかも知れないというゆゆしき事態を、重大問題として受け止めて戴ければと思います」

「受け止めてますよ、僕はね。でもね、他の連中は、杞憂にすぎないんじゃないかって言うんだな」

湯浅は不機嫌そうに答えた。

「と、おっしゃいますと」

大内はビール瓶を手に訊ねた。

「上海のホリエモンはハナからアカマを買う気なんてないんじゃないかっていうのがもっぱらの話だよ。彼は、単にアカマを、おちょくっているだけじゃないか。そう言われると、僕も言い返せなくてねえ」

膝の上に置かれていた古屋の手に力がこもるのを認めながら、大内は努めて穏便に続けた。

「杞憂であれば、何よりです。しかし、常にまさかの時に備えるべきだというのが、我々の考え方でして」

「アカマスピリッツって奴ですな。それは、僕も知っていますよ。でも、御社の中でも大騒ぎしているのは、あなたと古屋さんだけだという話じゃないですか」

我慢しきれなくなった古屋が、声を振り絞った。

「じゃあ、伺いますが、もし、賀が本気で買収を仕掛けてきた時は、あなたは腹を切ってくれますか」

さすがの大内も、古屋の時代がかった言葉に驚いた。

「社長、言葉が過ぎます」

小声で諫言したが、古屋は聞く耳を持たなかった。

「湯浅さん、私は命を賭してお願いしているんだ。アカマが守れなかったら、私は腹を切るつもりです。あなたにも、それぐらいの覚悟がおありなのかとお聞きしたい」

湯浅は顔をゆがめて無理矢理笑おうとしたが、完全に古屋の迫力に圧倒されて、声が上ずっていた。

「冗談は、よしてくださいよ。腹を切るってあなた……」

「私は、それぐらい本気なんです。どうか、お願いします。何とか、アカマを外為法の網の中に入れてください」

なりふり構わず叫んだ古屋は、土下座して額を畳に押しつけた。大内と佐伯も慌てて続いた。

一体、俺たちは何をやってるんだ。

仄かなイグサの匂いを嗅ぎながら、情けなさで涙が出そうだった。ただひたすらに車づくりに精進し、日本の経済成長に貢献してきたはずなのに、なぜ、足下がこんなに脆いのか。大内は悔しくてたまらなかった。

ニューヨーク

4

「ミスター鷲津、あなたは本気で、そんな提案をされているんですか」

タイムズスクエアに近い高層ビルの瀟洒な一室で、鷲津の提案を聞いていた男は、侮蔑を隠そうともしなかった。

相手は、ゴールドバーグ・コールズのCEOマシュー・キッドマンだった。リンのかつての上司であり、伝説的なM&Aのアドバイザーだった。投資銀行のトップというより、外務官僚のような印象を与えるが、鷲津に向けられる目は言葉以上に冷たかった。

だが、鷲津は動じることなく、おどけ顔で返した。

「冗談を言いに、はるばる日本からやって来ませんよ。強がりはなしにしましょうよ、マシュー。おたくの傷み具合は、公表されているより遥かに酷い」

サブプライムローン問題での損失を、GCは当初数億ドル程度と発表した。それが、既に二度にわたり下方修正されている。半年前に一〇億ドル余りに膨らみ、今月三日には、三〇億ドル以上になっていた。サムライ・キャピタルは、損失は一〇〇億ドルを超えているのではないかと見込んでいる。

だが、キッドマンは眉一つ動かさなかった。

「大きなお世話だよ、ミスター鷲津。落ちぶれても、君らハゲタカの助けは借りん」

「赤い旗の国の怪しいカネは、借りるのにですか」

「カネに、赤も白もない」

「ごもっとも。ならば、我々にGCを託されてはどうです。御社を再生できるのは、我々以外にない。もちろんあなたの地位もお約束する」

何やら書き込んでいた革張りのノートを閉じると、キッドマンは突き放すように立ち上がった。

「私も安く見られたもんだ。君も、ゴールデンイーグルなどと粋がっているんだ。本当にGCが欲しければ、市場で勝負することだ」

鷲津の隣でずっと沈黙を守っていたリンが口を開いた。

「そのかたくなな態度の理由は、私情ですか」

既に部屋を出ようとしていたキッドマンの足が止まった。

「何だって」

「あなたが、いつになく感情的に拒絶するのは、私への面当てじゃないんですかと、伺ったの」

キッドマンは、くだらないと言いたげに鼻を鳴らした。

「相変わらず傲慢な女だね、リン。私がなぜ、君への面当てをしなければならない」

「私があなたを捨てて、政彦に走ったから」

豪華なインテリアをのんきに眺めていた鷲津も驚いて、パートナーを見た。

「何を言い出すんだ」

キッドマンは、明らかに動揺していた。

「変な意味じゃないわよ。あなたから一緒に独立しようって誘われたのを蹴って、サムライ・キャピタルを立ち上げた時の話よ」

それも初めて聞く話だった。

「リン！」

「あら、失礼。この部屋、盗聴されてたんでしたっけ。まあ、いいじゃない。もう二年も前の話なんだから」

顔を真っ赤にしたキッドマンがリンに詰め寄ろうとした時、会談を打ち切ることに決めた鷲津は静かに立ち上がった。

「やっぱり止めようか、リン」

キッドマンだけでなく、リンまでもが呆気に取られていた。

「マシュー、御社を買収する話、馬鹿馬鹿しい気がしてきたので、止めることにします」

「馬鹿馬鹿しいとは、失礼が過ぎるぞ」

すっかり冷静さを失ってしまった怒れるＣＥＯは、小柄な鷲津を見下ろしていた。

「そうですね、確かに失礼でした。大体、私はもともと銀行に興味なんてないんです。だが、愛するリンが、コレクションにどうしても欲しいと言うので、その気になってのこのこやって来たんですが、あなたと話をしていて思い出しました」

「何をだ」

「分相応、という言葉をです」

それを聞いてキッドマンはようやく我に返ったようだった。照れ隠しのような咳払いをしてから、スーツの乱れを神経質に直した。

「殊勝な心がけだ」

「勘違いしないでくださいよ。おたくが立派すぎたなんて言っているわけじゃない」

鷲津はそこで一呼吸置いて、満面に笑みを浮かべて言い放った。

「最近の私は潰れかけの会社を買うのは、もうよそうって思ってたんです。それをあなたの言葉で思い出しました。いや、マシュー、感謝します。そして、健闘を祈ります。くれぐれも赤い国の連中の言葉を信じないことです。かのニーチェの名言通り、言葉が発せられた途端に嘘が始まる。そういう国です」

鷲津はことさら慇懃に頭を下げると、一人で先に部屋を出た。呆然と立ち尽くしていたリンが、慌てて追いかけてきた。

役員会議室のドアを閉めるなり、彼女は鷲津に抱きついた。

「さすが、政彦。胸がスッとした。序盤戦は、圧勝ね」

受付を通り過ぎ、エレベーターホールまで辿り着いたとき、鷲津は真顔でリンに告げた。

「序盤戦も何もないぞ。このディールは、これで終わりだ。俺は、GCを買わない」

5

東京・向島

「次の手を打つべきだな」

通夜のような会食を終えた後、マーヴェルに乗り込むなり古屋が呟いた。佐伯に後をまかせて、二人は一足先に車に乗り込んでいた。

運転席との間にガラスの間仕切りがあるため、デリケートな話でも古屋は遠慮しなかった。

大内は、どう返すべきか逡巡していた。

「何だ、遠慮なく言え」

長いつきあいだけに、二人っきりになると、大内が遠慮するのを古屋は嫌った。

「はあ、ちょっと時期尚早かと思いまして」

「だが、株主総会の議題には挙げてあるじゃないか」

湯浅との交渉が失敗した場合は、防衛産業を立ち上げるつもりだった。

六月に予定されている定期株主総会の議案書には、「新規事業について」という簡単な議題だけに止めていた。株主に議題を提案する期限を考えて、念のために保険を掛けてあったのだ。新規事業の立ち上げを株主総会にかける義務はなかったが、まさかの時に、株主やＯＢから非難されないためのリスクヘッジだった。

「次の手」を打つ必要がなければ、他の新規事業案に差し替えればいい。

自動車産業は、ＩＴの粋を結集した先端産業だ。兵器転用できる技術はいくらでもある。そこで装甲車のボディと足回り、さらに劣悪な環境にも対応できるエンジン開発を軸にした新事業を考えていた。

まさかとは、考えない人間の逃げ口上、というアカマの社訓がある。

湯浅に指摘されるまでもなく、賀一華の気まぐれではないかという疑惑は、アカマ経営陣の間でも、言われている。だが、そんな楽観的観測に縋っていたら、攻められた時にひとたまりもない。そこで年明けから取り組んでいるアカマ向上計画の裏側で、社長室は危機対策について検討を重ねてきた。防衛産業の事業化もその一環だった。

とはいえ、そう簡単にいかない社内事情があった。

バブル期、赤間一族の御曹司の一人が、社内で防衛産業事業を立ち上げようとしたことがあった。その際、社内から一斉に反対の声が上がった。さらに、当時の会長だった故・赤間惣一朗《そういちろう》翁が激怒し、御曹司は会社から放逐されてしまった。

自動車産業を通じて、世界のさらなる発展と平和に寄与することこそ、アカマ最大の使命であるにもかかわらず、防衛産業を傘下に持つなど、言語道断。

それが理由だった。無論、古屋自身も、大反対の旗頭の一人だった。

その古屋が、断腸の想いで決断したのだ。

――なにも、本気で製品化する必要はない。事業部を立ち上げ、設備投資にも力を入れ、製品化に邁進しているフリをすればいい。国が守らないというんだ。対外資防衛のための保険を掛けると考えればいい。

だが、石橋を叩いても渡らない社風のアカマがプランBを実行するには、とてつもなく高いハードルを越える必要があった。湯浅の懐柔に失敗したくらいで、軽はずみにプランBを選ぶわけにはいかないのだ。

すっかり頭に血が上っている古屋に、どう切り出すべきかを悩んだ挙げ句、大内は正直に全部ぶちまける決心をした。

「最近、社内に不穏な動きがあるそうです」

「穏やかじゃないね」

「一部の役員が、副社長を担ぎ上げて、あなたの追い出しを画策しているとか」

「そんな画策しなくても、この問題が解決すれば俺は辞める」

やはり、覚悟をしていたのか。

大臣相手に、「腹を切れ」と迫ったのだ、それぐらいの覚悟は当然だとも思っていたが、直接口にされるとさすがにショックだった。

「当たり前だろ。いくら相手が気まぐれだったとしても、買収提案をされてしまった社長は、ガバナンス能力がないということだ。潔く辞めるべきだ」

車は首都高に入ると、小石川にある社長用の東京社宅を目指した。

「お辞めになる件については、改めてじっくりご相談させてください。今、問題なのは、不穏な動きの方です」

古屋は、大内から目を逸らした。大内は続けた。

「連中は今すぐ、あなたを排除しようとしているようです」

ゆっくりと振り返った古屋の目には、感情がなかった。

「私と共に賀を駆逐する妙案があるなら、喜んで排除されるよ」

「あなたが、騒ぎすぎだと。中国人の若僧に何ができるか。俺たちは世界のアカマだと。賀なんて、黙殺すればいいんだと、連中はいきまいています」

怒り出すかと思った古屋の顔に浮かんだのは、シニカルな笑みだった。

「世界のアカマね。太一郎さんの口癖だな。自負心を持つのは正しい。しかし、それで傲慢になったら、足下をすくわれる」

許されるならば大内も、〝わしらは世界のアカマじゃ〟と啖呵を切りたい気分だった。だが賀や鷲津のような海千山千の連中を見ていると、そんなプライドは食うか食われるかの世界では邪魔なだけだとも思い始めていた。

「道理が分からん連中もおります」

「それと、新規事業の話とどう繋がる」

「提案すれば、連中に錦の御旗を掲げるチャンスを与えてしまいます。社長は、故・惣一朗翁の戒めを破った逆賊だと糾弾される」

古屋の笑みがしぼみ、翳りが宿った。

嫌な役回りだった。命を賭けて社を守ろうと奔走している人間に、冷水をぶっかける。社長というだけではなく、人間としても敬愛する人物を苦しめる自分に嫌気が差した。

「決断するまでに、三日悩んでいただけませんか」

大内は、再び窓の外を見やっている古屋に進言した。

「決断に悩む時は、三日悩むといい。最初の一日は、自分の考えを肯定して悩み、二日目は、徹底的に否定してみる。そして、最後の日は、その二つをぶつける。そこまで悩んだ決断には、結果が自ずとついてくるものだ、だったな」

古屋は車窓を流れる夜の東京に向かって、赤間惣一朗の格言をそらんじてみせた。

「いかがでしょう」

「そうだな、そうするよ。最近の俺は、熱くなり過ぎだからな」

窓を照らすネオンの極彩色に染まりながら沈黙する社長に敬意を込めて、大内は頭を下げた。

この人を孤立に追いやってはならない。何とか、打開策を見いださなければ……。

大内自身も三日掛けて打開策を考えようと心に決めた。

6

二〇〇八年四月二四日　栃木・宇都宮

「よろしくお願いします」

芝野の隣で、望がこの日、八回目の頭を下げていた。下げられた相手は困った顔で、望ではなく芝野を見た。

「他ならぬ芝野さんのお願いです。我々も、やれることはお手伝いさせてもらいますよ」

「ほんまですか！」

驚きと喜びが混ざった顔で、望が大声を上げた。

彼をマジテックの営業マンに任命して一〇日余り、二人は栃木県宇都宮市にまで足を伸ばしていた。

最初の一週間は大阪の知り合いを渡り歩いたのだが、どこに行っても「おたくの技術の高さは分かりま。せやけど問題は、値段や」とまともに相手にされなかった。

望はあっさり音を上げた。それを叱り飛ばしたのは、最後まで望が営業担当になることに反対した浅子だった。

――あんた、生まれて初めて人に期待してもろたんや。それを一週間で裏切んのか。そんな奴、息子とちゃうわ、出て行き！

頭ごなしに怒鳴られた望は、母に殴りかからんばかりだったが、それを芝野が制した。

――そんな恩義は感じなくてもいい。もう少し粘ってみよう。

そこで芝野は、関東を攻めることにしたのだ。関東にも優秀な金型メーカーはあるが、関西の方が価格的に安い。しかも藤村が遺した仕事ノートを繙《ひもと》くと、彼の信奉者は圧倒的に東日本に多かった。

関東なら芝野の無理を聞いてくれそうな先もあった。とはいえ実際に回り始めてみると、三日経っても色良い返事はもらえなかった。

ようやく苦労が実を結んで喜ぶ望を見て、神経質そうな総務課長は慌てて望の早合点を正した。モスグリーンの制服の胸ポケットに刺繍された恵比寿の笑顔の方が、着ている本人よりも元気そうだった。

今や北関東圏では、随一の規模と売上を誇る中堅スーパー恵比寿屋本舗は、芝野が最初に企業再生を手がけた会社だった。

総務課長が、「他ならぬ芝野さんのお願いですから」と一言添えたのも、そうした理由からだった。

「いや、まだ、何も決まった訳じゃないですよ。ただ、試しに頼んでみるだけで、実際に使わせてもらうかどうかは、試作品を拝見しての判断なんで」

「それで、充分です。精一杯やらせてもらいます」

望はもう一度声を張り上げて、ぺこりと頭を下げていた。

「あと、予算的な問題もありますからね」

芝野は「特別扱いは無用」と言ったが、恵比寿屋からすれば、それは無理な相談だった。芝野と彼の後を継いだ宮部《みやべ》みどりがいなければ、今の恵比寿屋本舗はない。

宮部は二年前、突然社を辞して、アメリカに移住していた。彼女については、芝野には複雑な想いもあったのだが、逆に現社長に代替わりしていたから却って頼みやすかった。その社長に相談したところ、いくつかお願いしたいことがあるという返事をもらえたのが、一週間前だった。

恵比寿屋本舗に生まれ変わってから三代目となる現社長は、従業員の中から選ばれた。これも宮部が考えたシステムで、役員と管理職のみならず、パート社員に至るまでの投票で選出された。立場によって持ち点が違うのだが、従業員が社長を選ぶという画期的なシステムは、導入当時大きな話題になった。

二人を迎えた総務課長は、既に注文希望リストまで用意していた。リストには、マジテックに試作依頼を検討しているものが三つあった。提示された予算内で工賃と輸送費を考えても、わずかながらではあったが利ざやも出そうだった。

スーパーえびす屋は、一部の郊外型大規模店を除くと、店内の通路が狭いため、既製の買い物カゴやカートが使いにくい。そこで、特別仕様のカゴとカートを頼みたいというのだ。さらに顧客サービスの一環として、えびすのキーホルダーや携帯ストラップをプレゼントしていたのだが、そのリニューアルも求められていた。

マジテックは、関西に点在する恵比寿神社から、恵比寿や七福神のキーホルダー製作を受注し、評判を取っていた。そのため、恵比寿屋の依頼は、お手の物だった。

最初から、何らかの仕事を出してくれるのを承知で、芝野は望を連れてきた。無論、関東でも苦労を味わってもらった後にだが。

望にとって大切なのは、一つの小さな成功だった。それを演出したのだ。

「期限は、どうしましょうか」

「そちらのご都合に合わせて、やらしてもらいます」

望の言葉に、総務課長は苦笑を浮かべた。

「そうですか。じゃあ、二週間でどうです」

「おまかせください！」

望は即答した。

「いや藤村、製作現場のことは我々では判断できない。一度持ち帰って製造本部長に相談してから、お返事したらどうだね」

製造本部長とは、職人の桶本の最近の肩書きだった。断固として嫌がる桶本を口説き落として、渋々、納得させたのだ。

そう注意されても望は「大丈夫ですよ、二週間もあれば、充分」と言い張った。

そこに総務課長が苦笑いを浮かべたまま割って入った。

「我々は急ぎませんよ。それより自信作を頼みます。いくら芝野さんの御依頼でも、粗悪な物は使えませんから」

望は芝野を見た上で、頷いた。

「任せてください。ほな、持ち帰って大至急製造本部長に相談してから、お電話さしてもらいます」

総務課長は、何度も頭を下げる望の肩を一つ叩いて励ますと、芝野に訊ねた。

「今晩のお泊まりは」

「宇都宮のビジネスホテルに泊まります」

「よければ、社長がお食事をご一緒したいと、申しているんですが」

最初に連絡を入れた日も、社長から直々に食事に誘われていたが、芝野は固辞した。久しぶりに恵比寿屋の話をじっくり聞いてみたいという気持ちはあったものの、今は、できるだけ望と一緒に行動したかった。

「芝野さん、俺のことやったらええですよ。飯ぐらい適当に一人で食えますから」

「いや、よろしければ、藤村さんも、ぜひ」

望はまんざらでもなさそうだったが、彼には接待などという甘い汁を吸わせたくなかったので、芝野は改めて固辞した。

「我が社の製品が晴れて採用された暁には、ぜひ」

まだ未練がありそうだったが、総務課長も引き下がった。

芝野と望は、玄関先まで見送ってくれた総務課長に一礼して、車に乗り込んだ。〝なにわの発明王があったらいいなをかなえます〟という謳い文句と並べてマジテックの社名を大書したワンボックスカーで、遠路はるばる東大阪から来たのだ。

これは望の発案で、安上がりなのと、実際に営業先に、マジテックの商品の実物を見せたいからだと言う。一〇年落ちの薄汚れたワンボックスカーは、乗り心地が良いとはとても言い難かったが、それでも楽しい旅だった。

「ありがとうございます」

車を発進させるなり、望が礼を言った。

「おまえさんに、お礼を言われるようなことを、何かしたか」

「恵比寿屋で受注できたんは、芝野さんのお陰です。俺だけやったらあの人ら、会うてもくれませんでした」

「そうかな。私は、望君の熱意だと思うな」

「そんなはずないです。だって、さっきの課長さん、ずっと芝野さんの方ばっかり見て話してはりましたもん。俺は、透明人間みたいやった」

望は時々、鋭い言葉を吐いた。事実、余り強く否定できるものでもなかった。むしろ望が落ち着いて、相手を観察していたことを芝野は評価した。

「いつか、相手が、君しか見ないようになってほしいな」

「そんなこと、できるようになりますかねえ」

「そのためには、簡単に安請け合いしない。そして、相手の話を聞く姿勢が必要だな」

「そうですね。俺、焦るとついおしゃべりになってしまいます」

「だれでもそうだよ。私だって、昔は君のようだった。俺は何をやってもダメと思わないで、落ち着くことだ」

望は黙って頷いた。車はビジネスホテルを目指して、宇都宮市街をゆっくり南に向かっていた。夕刻の渋滞が始まっていた。

「一つ良いですか」

ひどい渋滞で流れが止まった時、あらたまって望が聞いてきた。

「組合で行くっちゅう、中国視察旅行に、俺、行ったらあきませんか」

「中国で営業でもするのかい」

――あの子は、いちいちこすいんです。ちょっとでも得する話や、楽できる話があったら、何でもやりたがる。

そう愚痴る浅子の姿が浮かんだが、芝野は理由を質した。

「オヤジの夢、知ってます?」

「博士の夢? さあ、聞いたことないなあ」

「空気を汚さんエンジンの開発ですわ」

「空気を汚さないエンジンって、ハイブリッドってことかい」

「あれは、結構ガソリン使《つこ》てますよ。違います。ディーゼルエンジンです」

それが中国と、どう繋がるのか、芝野には思いつけなかった。

「オヤジはね、本田《ほんだ》宗一郎《そういちろう》さんに憧れとったんやそうです。あの人みたいに自分でエンジンつくって、それでレースに出るんやと言うてたんです」

初めて聞く話だった。だが、ロマンを持ち続けた人物だったから、ありそうだった。

「人間は、もっと地球に感謝して生きなあかん。それも、オヤジの口癖でした」

「それで、空気を汚さんエンジンか」

「自動車雑誌で読んだんですけど、最近のヨーロッパ車ってハイブリッドやなくて、クリーンディーゼルエンジンが主流やそうです」

「私は、車は詳しくないんだ」

やっと渋滞を抜けて、車はホテルを目指し始めた。

「もうすぐ、アカマやトヨタのハイブリッドカーは、ディーゼルに取って代わられるって書いてました」

「でも私の知る限り、ディーゼルエンジンの方が、地球環境に悪いんじゃなかったっけ」

「そうです。けど、ディーゼルで問題になってるのは、二酸化炭素やなく、窒素酸化物の方なんです。最新鋭のクリーンディーゼルエンジンは、窒素酸化物の量を減らすのに成功したとか、成功しそうとかでね」

ついこの間まで、金髪にピアス姿だったパンク少年の口から思わぬ知識が飛び出して、芝野は面食らっていた。

「俺、変ですか」

母親譲りの察しの良さで、望は芝野の反応を質した。

「いや、凄い話を知っているなあって、感心してたんだ」

「俺、音楽は二〇代で辞めて、その後は、オヤジと一緒に、夢のクリーンディーゼルエンジンを造ろうって、男同士の約束をしてたんです」

——夢ばっかり言いくさる、アホです、あれは。そんな似んでもええとこだけ、博士に似よりましたんや。

浅子の嘆きが、再びよぎった。

「それで、その話が、中国への視察旅行とどう繋がるんだい」

「すんません。あの、これも雑誌で読んだんですけど、中国って、星の数ほど自動車メーカーがあって、中には、マジで手作りで車つくってるとこもあるって」

「そうみたいだね。でも、なかなかうまくいってないようだ」

三〇万円カーというのが、独立系の中国メーカーから発売されたそうだが、坂道でエンコしたり、走行中にラジエーターが壊れたりと散々という噂も聞いていた。

「だからね、俺、中国で、勝負してみたいんです」

少年よ、大志を抱け。そう言ってやりたかったが、正直なところ現状では、望の夢は画に描いた餅ですらない気がした。

「なるほど。そのためには望君、まず君が技術者として腕を磨く必要があるんじゃないか」

「筋としてはそうなんですけど。でも俺、不器用で。だから、俺は経営者になって、同じ夢持っている奴と一緒に、やってみたいんです」

流れていたラジオのニュースに芝野は気を取られた。彼は、望に断ってボリュームを上げた。

〝上海の若き買収王と呼ばれる、賀一華氏は、昨年秋から、アカマ自動車の大株主となり、経営参加を求めていました。今回の賀氏のジャパン・パーツ買収は、アカマ自動車への圧力になるのではと、関係者は見ています〟

ジャパン・パーツと言えば、鷲津政彦と、死んだ彼の右腕が中心になって、日本の有力自動車部品メーカーを買い集めて再編し、話題になった巨大部品メーカーのはずだった。

鷲津がホライズン・キャピタルにいた頃の遺産ではあったが、芝野には、賀による今回の買収が、鷲津への挑発行為のように思えた。

「芝野さん、着きましたよ」

考え込んでいる間に、車はホテル専用のタワー駐車場の前に辿り着いていた。

「おっ、悪い。運転お疲れ様。さっきの話、ちょっと考えさせてくれ」

彼はそう言って車を降りると、よりによってこのニュースを栃木で聞く皮肉を感じながら、ゴールデンイーグルと呼ばれた男を思い出していた。

第二章　企みと戦略

1

二〇〇八年六月二日　東京・永田町

「外貨準備高世界一の中国が始めたから、第二位の日本も続くというのは、情けない話ですね」

主体性のない議論に苛立ちを込めて、鷲津は政治家を挑発した。この日、衆議院金融特別委員会の公聴会で、現実味を帯び始めた日本版国家ファンド設立の可能性について彼は意見を求められていた。

いつ来ても落ち着かない場所だった。しかも、聴衆の大半は、他人の話をまともに聞けない連中と来ている。のこのこ出てきたおのれを呪いながら、騒然となった委員会室のメンバーに薄笑いを返した。

「情けないとは何だ」

後方の席から野次を飛ばされると、余計に馬鹿馬鹿しくなって嘲笑が出た。

「賢明なる先生がたには釈迦に説法でしょうが、敢えて申し上げます。中国と日本の外貨準備高は、似て非なるものです。中国は世界の工場として成長し、外貨はその貿易黒字によって積み上がったのです。日本にもそういう側面はありますが、それ以上に円高抑制のための政策という意味合いが強い」

説明の間も、委員会室のざわめきはやまなかった。どうやら出席者の委員の大半にとって、理解できない話のようだった。

鷲津を呼んだ張本人である与党の富岡隼人が、質問を変えた。

「その点は、我々も理解しているつもりです。我々が当面、日本版SWFの原資として考えているのは、外貨準備高で購入している米国債の利息収入三兆五〇〇〇億円の一部と、霞ヶ関に眠る埋蔵金です。従って、何も中国の真似をしているわけではないと思うのですが」

「霞ヶ関に眠る埋蔵金」という言葉に、全員が反応した。

前年、与党の元幹事長が、一般会計に計上されない特別会計の積立金を〝埋蔵金〟と称し、「霞ヶ関には五〇兆円の〝埋蔵金〟が眠っている。増税する前に、有効活用すべき」と発言した。以来、その真偽と活用方法が議論されてきた。ただ、批判はあるものの各省庁で所管する特別会計は、各会計に必要なもので、決して余剰金というわけではなかった。

「なるほど、確かに原資はいろいろありそうですね。ただ一点、多くのSWFは失っても痛くない資金を流用していますが、それらの原資もそう考えていいんでしょうか」

思いもよらない答えだったようで、日本版国家ファンド設立の急先鋒である富岡は明らかに動揺していた。

年の瀬に、飯島から紹介された時の富岡の様子が、鷲津の脳裏に蘇ってきた。

どうしても会ってやってくれと引かない飯島の顔を立てて会ってはみた。しかし一目見るなり、「薄っぺらい野心家」と、鷲津は内心で斬り捨てた。富岡の全身から自信が滲み出ていた。聡明な若手政治家を演じていたが、口にする憂国の憤懣は、二流役者以下だった。

なぜこんな男を、百戦錬磨の飯島が自分に押しつけようとするのか。鷲津の興味はむしろそちらに移ったものだ。

そんなことを思い出しながら、鷲津は、もう一歩、彼を追い込んだ。

「中国の場合、人民元の引き上げ論議を抑制するためにもどうしても外貨準備高を減らしたいという事情もあります。そうした事情から、ＣＩＣは儲けすぎないように、中国政府から釘を刺されています。彼らは投資に失敗しても、叱られるどころか、褒めてもらえるわけです」

「鷲津公述人、そんな話は聞いたことがない。裏付けのある話ですか」

必死で抗おうとする富岡の額に汗が浮かんでいた。鷲津はゆっくりと公述人席に歩み寄った。

「中国高官情報です」

実際は、最近、サムライ・キャピタルが契約した中国国家発展改革委員会の、元金融担当から聞いた話だった。だが、手持ちのカードを全てさらけ出すような愚行を犯す気など、鷲津にはなかった。

「実名を挙げて下さい」

富岡はけんか腰で詰め寄ってきた。

「差し障りがあるので申し上げられません」

「おい、何だ、その態度は」

一斉に浴びせられた野次に呆れながら、鷲津は説明を続けた。

「あくまでも私見ですが、他の主要ＳＷＦも同様だと思われた方が、よろしいですよ。もう一度、ＳＷＦのリストをご覧になってください。オイルマネーが有り余って困っている国ばかりです。だからこそ、彼らはハイリスクが取れるのです。あるいはシンガポールのように、外貨準備高を使ってでも、金儲けをしなければならないという事情の国もある。日本版ＳＷＦは、ハイリスクが取れるんでしょうか」

「だが、鷲津公述人は、政府は貯め込んでいる資金を、もっと有効に使うべきだと以前から発言されているじゃないですか」

富岡は血走った目で同意を求めていた。だが、鷲津は容赦しなかった。

「若干誤解があるようです。私は、政府の予算を有効に使うべきだと申し上げたことはありますし、外貨準備高で米国債しか買わないのは、リスクが高いとも考えています。しかし、それがイコール日本版国家ファンド歓迎には繋りません」

返す言葉が見つからないようで、富岡は立ち尽くしてしまった。鷲津は涼しい顔で、後方で挙がった手を見ていた。挙手した議員が指名されると、富岡は悔しそうに引き下がった。質問に立ったのは、野党の田代早紀《たしろさき》議員だった。

「日本版国家ファンドを歓迎されない理由は何でしょう」

「政府資金の本来の役割は、カネを増やすことではなく、有効にお使いになることだと考えているからです」

元外資系投資銀行に所属していた田代は、落ち着いた態度で「立派なお考えです」と一旦持ち上げてから、持論をぶつけてきた。

「しかし、国は大きな負債を抱えています。言ってみれば、日本は今、巨額の不良債権を抱えた破綻懸念先だと言えます。ならば、眠っている資金を活用して、少しでも借金返済に充てるというのも、有効な使い道だと思うのですが」

笑止千万な理屈だった。だが、これ以上委員会をバカにしても詮《せん》ないと考えて、彼は肩をすくめた。

「もし、ハイリスクな投資が出来るような資金があるのなら、不良債権解消にお使いになるべきでしょう。九〇年代後半に次々と倒産した企業の多くは、田代先生と同じ発想で、最後の〝虎の子〟の蓄えで投機的な投資をした挙げ句に、傷口を広げてしまいました。先ほどの話の続きで恐縮ですが、世界に三〇強あるＳＷＦで、それなりの成果を上げているのは、実はノルウェーだけだと言われています。それ以外は軒並み元本割れするような損失を出しています。金儲けにうまい話はありません」

だが彼女は表情一つ変えずに、質問を続けた。

「同感です。しかし、金庫にしまっておくだけでは、カネが増えないのも事実ではないでしょうか。流通してこそ意味があります。ならば、埋蔵金などの眠っている資金を有効活用して、国も投資をするのは悪いことではないのでは」

完全に堂々巡りだった。そもそもの議論が嚙み合っていないのだ。彼は不毛の議論を避けようと、話の角度を変えた。

「敢えて誤解を恐れずに申し上げますが、日本版SWFを創設するということは、日本が先進国ではないと宣言するのと同様です。おそらく、来年以降G8から外され、サミットにも呼ばれることはなくなりますよ」

初めて田代がたじろいだ。

「おっしゃっている意味が分かりませんが」

「田代先生、先進国の中でSWFを持っている国はゼロです。なぜなら、彼らは国家の予算や余剰金をもっと有効に使っているからです。さらに、国家が財テクに走る愚かさを自覚しているとも言えます」

日本版国家ファンドについては、金融通を自任する議員が、超党派でスクラムを組んで実現を目指している。しかし、財務省や厚労省など、特別会計を所管している政府機関は、創設に及び腰だった。鷲津が呼ばれた公聴会は、創設推進グループが仕掛けていた。切り札の一人として頼りにされたようだが、鷲津からすればお門違いだった。

後方席のブレインと相談し始めた田代を見て、鷲津は言葉を足した。

「ハゲタカと呼ばれる業界に長い間身を置いた人間として、もう一言言わせていただきます。企業が破綻する原因には、いくつかの共通するパターンがありました。本業で貯めた資産で財テクに走り、結果的に大きな負債を抱え込んだケースが多かった。現況で、我が国がＳＷＦを設立するならば、それと似たケースにならないかと懸念しております」

これにて、お役目終了――。そう心で呟いて深々と頭を下げた鷲津に、罵声が浴びせられた。

「日本を破綻した企業になぞらえるとは、何事だ！」

「売国奴は、アメリカに帰れ」

鷲津は不敵な笑みを浮かべて顔を上げた。

「ハゲタカからのご忠告です。本業以外のビジネスに手を出した企業は、必ず潰れます。国家の本業とは何ですか。もう一度思い出してください」

再び騒然とした委員会室で、鷲津はほとほとこの国が嫌になっていた。政治に興味はない。だが、経済行為や市場原理が、政治によって大きく歪んでしまうのも事実だ。また個人や一企業の努力だけでは変わりそうにない社会構造を変革するためには、政府のリーダーシップと英断が必要だった。

しかし、目の前でわめき散らす連中からは、国を統べるために必要な使命感も責任感も、まったく感じられなかった。

政治家がこの国を変えられないのであれば、別の方法を考える必要があった。

本気でこの国を買い叩くしかないのか……。嘆息まじりで自問していると、性懲りもなく富岡が、再び立ち上がった。

「日本版ＳＷＦが創設されたという仮定に立った場合、成功の鍵を握るのは、プロのファンドマネージャーだと言われています。あなたを指名したら、お受けになりますか」

「いえ、絶対にお受けしません」

話が違うというような険しい視線を向けられた。そこでようやく、年末の会合で、富岡が「日本版ＳＷＦを立ち上げた暁には是非ご協力いただきたい」と頭を下げていたのを思い出した。

「なぜです」

ため息と勘違いされそうな深呼吸をした鷲津は、委員会室を隅から隅まで見渡した後、冷たく答えた。

「私は、素人とは仕事をしないからです」

「素人とは、失礼な。我々は精鋭のアナリストで組織する諮問機関からの推薦で、あなたを選ぶんだ」

ついに富岡の口調が、尊大になった。演台の両端を持つ鷲津の手に、力がこもった。

「いつからアナリストの仕事が、人材紹介業になったんです。私がいうプロとは、私を数値的かつ論理的に評価した上で、オファーを出せる者を指します」

「偉そうなことを言うな。あんただって、カネがたくさんあれば、仕事がしやすいだろう」

本来答える必要のない野次に、鷲津は反応した。

「私はカネがあるから、企業を買収するのではありません。買収するためにカネが必要になれば集めるだけです。日本にＳＷＦが創設されて、我々の条件でご融資願えるなら、喜んでお借りす

ると は思いますが」

最後まで好戦的な態度を崩さないまま、鷲津は委員会室を後にした。

廊下に出るなり、強烈なテレビライトに晒された。廊下で控えていた前島と私設ＳＰが、鷲津の前でガードの壁を作った。

「鷲津さん、あなたが、ＣＩＣの最高買収責任者（ＣＢＯ＝Chief Buyout Officer）に就任したと、新華社が伝えているんですが」

人垣の向こうから声を張り上げた記者の一言で、鷲津の足が停まった。すかさず、前島が一枚の文書を手渡した。

記事のコピーだった。ご丁寧に、鷲津とＣＩＣの総経理補佐王烈《ワンリエ》とのツーショットの写真まで載せられていた。怒りが込み上げてきたが、顔には出さず受け流した。

「誤報ですね。そんなご大層な役をお受けした記憶はまったくありません」

「しかし、この王烈という人物は、新華社の記事を否定していないようですよ」

別の記者が、たたみ掛けてきた。

そりゃそうだろ。ネタの情報源は、奴に違いないんだから。

「だが、私は否定しますよ。そんな事実はない」

2

山口・赤間

トップを走るベンツのテールに迫ったアカマ３０００は、カーブで一瞬膨らんだ前方車の隙を見逃さず、内側に切り込むと一瞬で抜き去った。

「よし！」

スタジアムの中央で立ち上がって観戦していた古屋と大内は、同時に叫んでいた。興奮するのも無理はない。アカマ３０００のハンドルを握るドライバーは、七五歳とは思えないほど華麗な疾走を続けているからだ。参加しているドライバーは大半が二〇代だったが、赤間周平のエネルギーも技術も、彼らに負けていなかった。

バックストレートで一気にベンツに差をつけた真っ赤なレーシングカーの勇姿に、大内は目を細めながら、古屋に声を掛けた。

「あと二周です。このまま行きそうですね」

「さすがだな、あの切れ味は。まったく、いやになるほど、鮮やかだ」

感心しながらも、古屋は隣の席に掛けてあった上着を手にした。

二人は、アカマ自動車が保有しているサーキットに来ていた。まもなくトップでチェッカーフラッグを受けるであろう〝レーサー〟赤間周平を訪ねるためだ。

軽やかな足取りで階段を駆け下りた古屋は、ゴールが見える最前列に急いだ。残り一周を示す電光掲示の前を、アカマ３０００が一瞬で走り去った。

「どうやったら、あんなに集中力が続くんでしょうか」

最前列に陣取っていたアカマ３０００のチーム監督に古屋が訊ねると、白髪頭の老人が目尻に皺を寄せた。

「好きこそものの上手なれだよ。理屈じゃない。それにしてもオヤジらしいレース運びだな。ラスト三周まで、ひたすら先頭車の後ろに着けてプレッシャーをかけ続ける。結局、先頭車は苛つくんだな。そこを容赦なく突く。オヤジの十八番だね」

チーム監督はル・マン二四時間耐久レースを制したこともあるアカマ３０００の設計者であり、副社長も務めた大先輩だった。

彼らのやりとりを聞きながら、大内は周平翁の勝利に胸をなで下ろしていた。これから深刻な相談を周平翁に持ち込むのだ。上機嫌であってくれた方が、協力を取りつけられる可能性も高くなる。

そんな話を、わざわざレース直後にする必要はない、と大内は強硬に反対したのだが、古屋は譲らなかった。「勝っても負けても、オヤジはレースの後が、一番機嫌がいいんだ」というのが、彼の言い分だった。

この日のレースはマンデーレースという、アカマ自動車が若いドライバー養成のために毎月第一月曜に開いている定期戦だった。今週末に開催される国際大会のシニア部門に出場予定の周平翁は、腕試しを兼ねて出場していた。

「よし、じゃあピットでお迎えするぞ」

古屋の言葉で我に返った大内は、ネクタイを締め直して社長に続いた。

ピットには既に、大勢の関係者が集まっていた。アカマの象徴である周平のレースなのだから当然だったが、大内にはこの取り巻き連中が疎ましかった。彼らはレースになど関心のかけらもない。ただ、周平翁のご機嫌取りのためだけに、平日の午後にわざわざ足を運んでいるのだ。しかも大半が、アカマや関連企業の役員連中だった。こんなところで、保身のために時間を無駄にするな、そう言いたかった。

内心で憤りながら取り巻きを眺めていた大内は、ある人物を見つけて声を上げそうになった。

「太一郎さんが、いらしてます」

相手に気取られないように、古屋に耳打ちした。大内の視線の先を追って、派手なネクタイを締めた副社長を認めると、機嫌の良かった古屋の顔が歪んだ。

「彼は、東京じゃなかったのか」

できれば太一郎には、周平翁との相談を知られたくなかった。事前に彼のスケジュールを調べた時には、三日前から東京支社に出張して、明後日まで戻らないはずだった。

「どうしましょう。今日は、見送りますか」

「いや、そんな余裕はない。別に悪いことをしているわけじゃない。いいじゃないか」

古屋は御曹司と目が合うと、軽く会釈をした。

「珍しいじゃないですか、太一郎さんが、サーキットにいらっしゃるなんて」

太一郎が一瞬嫌な顔をしたのを、大内は見逃さなかった。

「ちょっと、近くまで寄ったんでね。たまには、伯父さんの勇姿も見なくちゃと思ったわけです。それより、古屋さんこそ、伯父に相談事でも」

「いや、私はよく来るんですよ。昔からオヤジさんのレースを見るのが、好きでしてねぇ」

屈託のない古屋の態度に、副社長は今度は露骨に不快感を示した。気まずい空気になった時に、チャンピオンが帰還した。

歓声に応えるようにヘルメットを掲げた周平翁が車から降りると、若い秘書がスポーツドリンクとタオルを手渡した。どこからともなく拍手が巻き起こり、周平翁は誰彼となく笑顔をふりまいた。

「おお、太一郎、珍しいのお」

関係者の中でからかわれた太一郎は、顔を真っ赤にした。

「伯父さんの勇姿を一目見ようと思って」

「まあ、死ぬる前に、よう見とかんと、わやじゃけんのう」

豪快に笑う翁に、周囲も慌てて追従した。焦り顔の太一郎だけが、近づく伯父から逃れるように後ずさりながら手を振った。

「そんなつもりじゃないですよ」

「じゃったら、そねぇ焦らんでも、ええじゃろう」

額に玉のような汗をかいていた甥の肩に手をやると、周平は「おまえも、一度走ってみたらどうっちゃ。ぶち気持ちええよ」と満面の笑みを見せた。

「伯父さん、僕はレースはちょっと……いや、お邪魔しました。次の予定がありますので、失礼します」

まるで逃げるように太一郎は去っていった。その後ろ姿を眺めた後、周平翁が赤間弁で役立たずを意味する「びったれが」と寂しげに吐き捨てたのを、大内は聞いた。

しばらくお祝いの言葉に応えていた周平は、それが一段落してようやく二人の前に立った。

「しろしいのに、たぇーがてぇーのお」

「とんでもないです。久しぶりに、オヤジさんの美技を拝見できて、嬉しかったです」

「ほおか。まあ、そう言うてくれたら、なによりっちゃ。成《しげ》ちゃんもご苦労さんじゃのお」

労いの言葉に恐縮しながら、大内は会釈した。

「滅相もない。相変わらずのハンドルさばきに、見とれておりました」

周平は子供のような笑顔で、大内の肩を叩いた。

「シャワーを浴びたら、話、聞かせてもらうわ。貴賓室でええかいの」

大内が頷くと老レーサーは、再び取り巻きの中に戻っていった。

三〇分ほどで、ポロシャツと麻のスーツに着替えた周平翁が、貴賓室に来た。彼はマネージャーにシャンパンを頼むと、すぐに用向きを訊ねた。

シャンパンを一口舐めただけで、古屋は本題に入った。

「実は、一つどうしてもご承認いただきたいことが出来て、参上しました」

「おいおい古屋君、君は社長でしょ。私ごとき死に損ないに、気遣いは無用です」

周平はレーススーツの時とは別人の上品な標準語で、やんわりと諌めた。

「失礼しました。では、言い方を変えます。今回は、ぜひアカマ自動車最高顧問の赤間周平氏にご助力いただきたいことがあって、参上いたしました」

古屋の改まった言い方に、周平は黙って先を促した。

「ご存じのようにアカマは、得体の知れない中国人投資家から、断続的に買収提案を受けています。現在のところは、株式を大量取得したという情報はありませんが動きは不気味で、我々が弱るのを虎視眈々と待っている気もいたします」

「賀一華のことだね」

周平翁のシャンパングラスが空になっているのに気づいた大内が注ぎ足すと、古屋は続けた。

「役員の中には、こけおどしに過ぎないという者もおります。しかし、アカマの社長としては、『まさかとは、考えない人間の逃げ口上』という社訓の通り、賀が本気で買収工作を仕掛けてきた場合を想定して準備を進めております」

至極当然と言わんばかりに周平は深く頷いた。それに勇気づけられたように、古屋の口調が早くなった。

「敵対的買収から企業を守る方法について色々検討したのですが、いわゆるポイズン・ピルと呼ばれている企業防衛策だけでは心許なく、より決定的に排除できる方法を模索しておりました」

アカマを外為法の規制範囲内にするように、湯浅経産相に頼んだことなどを古屋は説明した。

「あの男は、本当に役立たずですね。僕も以前、高速道路の無料化を促進するために、国交大臣と話を詰める努力をするように言ったんですが、結局は無視されましたよ」

高速道路を無料化し、モータリゼーション社会を活性化させるというのは、周平の宿願だった。それすら一顧だにしなかったという湯浅に、大内は改めて怒りを覚えた。

「そこで、第二の方法を選択せざるを得なくなりました」

「聞いて嬉しい話では、ないようですね。まあ、いいでしょう。おっしゃいなさい」

シャンパンの泡を眺めたまま、周平が口元を歪めた。

「アカマに防衛産業部門を作らせてください」

古屋は頭を下げるのではなく、まっすぐに周平を見つめて懇願した。周平は空を見上げた。

「僕は認めたくないなあ」

「しかし」

追いすがる古屋の言葉を、周平は冷たく封じた。

「アカマ自動車の最大の使命は何です」

「自動車産業を通じて、世界のさらなる発展と平和に寄与すること、です」

古屋は新兵のように背筋を伸ばして、社是をそらんじた。

「でしょ。そんなアカマが、軍用車を作るなどありえない」

「しかし、これしか方法がないんです」

「あるはずです。というか、そもそもなぜこんな話をしに来るんです。私は、代表権もない単なる隠居ですよ。僕がダメだと言っても、常務会、株主総会で通るのであれば、私の反対など気にする必要もない」

アカマ自動車の総帥という割に、周平は自らの地位にこだわらない。この執着心の薄さこそが上に立つ者に必要な血ではないかと、大内などはいつも思う。

アカマ自動車は、昭和三（一九二八）年に創業した。創業者の赤間惣右衛門《そうえもん》は豪農の息子でアメリカに留学し、苦学の末、当時アメリカで始まったばかりの自動車工業技術を学んだ。フォードの工場ラインで働き、やがてエンジン開発にも携わった。その後、山口県下で盛り上がっていた「長州に自動車産業を！」というかけ声の下、地元の名士によって集められた資金で、長州自動車科学を設立。地元の自動織機製造工場を拠点として、国産自動車づくりに取り組んだ。

アカマ自動車となったのは戦後で、惣右衛門の長男・惣一朗がトップに就いてから、トヨタ、日産と肩を並べる日本自動車産業の雄としての道を歩み始める。

それまでは赤間家による同族経営が続いていたが、惣一朗が引退する時に「世界企業を目指すためには、経営者にふさわしい社員が、トップになるべき」として、以降三代は、一族出身ではない社長が続いた。

最高顧問を務める周平は、久しぶりに赤間家出身の社長だった。だが、それも周平がずば抜けた逸材だったからに過ぎない。

周平は惣一朗の甥だが、中学生時代から技術開発室に入り浸るなどクルマに夢中で、惣一朗自身が「父の生まれ変わり」とまで言って可愛がった期待の星だった。

惣一朗から数えて五代目の社長に就いた周平は、「走る機械《マシーン》から、くつろぎの空間《シーン》としての自動車づくり」を掲げ、自家用車としての居住性や安全性、さらには環境問題にもいち早く取り組み、アカマブランドの向上に努めた。

何より大内が感心したのは、周平が社長を二期四年で辞したことだ。実績と年齢を考えれば早すぎる退任だったが、「やるべき仕事はした」と経営の一線から退いた。その後も、社の経営方針に嘴《くちばし》を挟むことはなく、好きな自動車レースに情熱を注いでいた。

そういう経緯からしても、本来は防衛産業を立ち上げるに当たって、周平にわざわざ許しを乞う必要はなかったのだ。

「常務会で、勝てそうにないんでしょ。だから、私という錦の御旗が欲しい。なあ古屋君、それはあざといんじゃないかね」

周平は、全てお見通しのようだった。古屋は悔しそうに肩を震わせていた。

「なんで、そこまでやるんかね」

背もたれに体を預けて、周平が赤間弁で呟いた。

「会社なんて、しょせん売り物じゃろ。買われる時は、どんなことしても買われるもんじゃ。それで、ええじゃないか。それがアカマの運命じゃけ」

「しかし、アカマはもはや一民間企業ではありません。日本を代表する自動車メーカーとして」

古屋が言い終わらないうちに、周平翁が遮った。

「そのお国に、アカマを守る気がないんじゃろ。アカマはそれだけの会社っちゅうことじゃ。それなら、高う買《たこ》うてもろうて、そこで生きていけばええんじゃ」

それが達観なのだろうか。

大内には、分かりかねた。だが、今まで考えもしなかった第三の選択を突きつけられて、呆然としてしまった。

「その賀なにがしに買うてもらえと言うちょるんじゃない。あんたらは精一杯励んで、会社の価値を上げ、多くのアカマファンを作ってきたんじゃけえ。それでも守れんちゅうなら、無駄ながきゃあ、やめりゃあええ、言《ちゅ》うちょるんじゃあ」

周平翁は立ち上がると、慰めるように古屋の肩に触れた。

「それより、辞めなさんなよ、古屋君」

棒を飲んだように硬直していた古屋が、呪縛から解けたように力を抜いた。

「こねぇなつまらん一件で、辞めたら、いけんちゃ。ええか、一部では太一郎を担ごうと考えちょる輩もおるようじゃけど、あねぇびったれを社長にしちゃあいけん」

「しかし、太一郎さんにも経営者としての自覚が芽生えてきたことですし、私は、買収提案をかけられてアカマに泥を塗りましたから」

「なにが、泥かぁ。狂犬に噛まれたようなもんじゃろうが。君に責任はない。それどころか、太一郎の取り巻き連中の太平楽の方が、ずっと罪じゃ。ええな、辞めたらいけん」

古屋は唇を嚙みしめてうなだれた。

「成ちゃん、あんたが絶対守るんじゃ。これから当分、アカマも大変じゃ。そんな大変な時を乗り越えられるのは、古屋君だけじゃけえね」

大内が強く頷くのを見て、周平が嬉しそうに笑った。

「もう創業者一族が社長になるような時代やない。太一郎は、社長どころか副社長の器ですらない。〝大政奉還〟などとぬかして太一郎を社長にすることはなかろうて」

彼はそう言い残すと、部屋を出て行った。これから、レース仲間と打ち上げがあるのだという。

椅子にへたり込んでしまった古屋にかける言葉もなく、大内は周平翁を見送るため、慌てて廊下に出た。

「僕は運命や宿命を信じる方だから、余計にそう思うんだけどね。今、アカマの社長が古屋君であるというのも運命だろうね。そして、君がいることも。アカマは強運だよ」

「もったいないお言葉です」

周平翁が歩みを停めて、大内を振り返った。

「古屋君に、これ以上無理をさせてはいかん。あれは、頑張りすぎると暴走してしまう癖がある。これからも一意専心、良い車をつくり続ければ、アカマは生き残れる。僕は、そう思っている。能天気かもしれないけれどね」

周平翁の言うとおりであってほしい。本業に一生懸命なだけでは、どうして生き残れないのか、大内自身も不思議で仕方がないのだ。そういう時代だと言われても、納得できるものではなかった。

「とにかく辞めさせちゃならんよ。彼は、まだまだアカマに必要だ。あのびったれの件は、僕から曾我部君に言っておく」

引退後、経営には一切口出ししなかった周平が、社長人事について会長に意見するというのは異例なことだった。

「ありがとうございます。最高顧問のご厚情こそが、社長の何よりの励みになっています」

「それは言い過ぎですよ。僕は単なる道楽者に過ぎませんから。じゃあ、頼みましたよ」

それ以上の見送りを固辞し、再び颯爽とした道楽者に戻って翁は立ち去った。その姿が見えなくなると、大内は肩で大きく深呼吸した。

ああは言っても、このまま手をこまねいて賀が攻めてくるのを待つわけにはいかない。株主総会までひと月を切った。周平翁の忠告を無視してでも、防衛産業部門を立ち上げる算段は続けるべきだった。

こうなれば、正攻法しかない。常務会で過半数を獲る方法を考えるのだ。

彼は思い出したように携帯電話を取り出すと、着信履歴とメールを確認した。社長室の藤金悦子から気になるメールが来ていた。

〝鷲津氏がＣＩＣのＣＢＯ、最高買収責任者に就任したと、新華社が伝えています。本人は否定していそうです。念のため現地に確認中です〟

ありえない。反射的にそう思った。だが、あの男なら、何をやらかしても不思議ではない。

大内の頭に、あるアイデアが閃いた。うまくやれれば、これで常務会の過半数が獲れるかも知れない。

「なるほど。それは面白いかも知れないっちゃ」

携帯電話をポケットに押し込むと、古屋が待つ貴賓室へと足早に戻った。

3

東京・羽田

「アカマに、防衛産業部門を立ち上げようという動きがあるそうです」

マスコミの追跡をまいて羽田に向かっている時、サムがついでのように呟いた。彼は早くもアカマ社内や取引先に複数の情報源を確保していた。もちろん、全ての情報は必ずウラを取り、サム自身が認めたものだけが鷲津に報告されている。

「そんなものをつくって、どうするんだ」

開いていたファイルを閉じると、鷲津は目を細めた。

「外資系投資家からの買収防衛策ではないかと」

「外為法か」

何で、そんな姑息な真似を。

「どうして、皆、目に見えない敵に怯え、必要もない防衛策に走るのかねえ」

「見えない敵ほど怖いものはないからじゃないですか」

一理ある。

「それに、恐怖という奴は厄介で、一度取り憑かれると、どんどん負のスパイラルがかかります。その結果、自滅してしまう」

「人間の性《さが》か」

「性というより、守るべきものをたくさん持っている者の防衛本能でしょうね」

なるほど、だから俺には理解できないわけだ。俺には守るべきものはなにもない。

「どうすれば、拭えるんだろう」

しばらくサムは考え込むように、鷲津から視線を逸らした。

人間とは、不思議な生き物だ。単なる物体や事象すら時に恐怖の対象となり、時に希望のシンボルとなる。結局は気の持ちようだが、身に降りかかったものを当事者自身が客観的に見つめるのは無理な話なのだ。

この一年、日本を覆い尽くしている得体の知れない不安も、過ぎてしまえば枯れ尾花におののいていただけだと気づくかもしれない。だが、恐怖に取り憑かれた結果、日本は、かけがえのないものを次々と失おうとしている気がしてならなかった。

「恐怖の正体を見つめる勇気を、持つことだと思いますね」

サムが導き出した答えは、正鵠《せいこく》を射ている気がした。

「なかなか難しいぞ。恐怖の正体を見つめるってのは」

「確かに。でも、得体が知れないから怖いんです。ならば、正体を暴く勇気を持って対抗するしかないです」

サムは強い男だ。何事にも動じないし、価値観や主義がぶれない。この男は、恐怖で竦む前に、全てのものの正体を明らかにするだろう。俺も、かつてはそうだった。

「今の俺には、それが欠けているんだろうか」

「ついこの間まではそうでした」

そんなにあっさりと同意されるとは思わなかった。いつものように感情を表さない目でサムが見つめ返してきた。

「どう変わったんだ」

「敢えて言うなら、腹でしょうか」

「意外な言葉だな」

「腹が据わってきたんです。不意を突かれても、軽く身を躱《かわ》す余裕ができました」

思わず窓ガラスに映る自分の顔を覗き込んだ。

「あなたは、常に斜に構えている。人や世の中をちょっと小馬鹿にしたようにね。その態度に、人は戸惑うんです。つまりあなた自身が、得体の知れない存在だった」

言ってくれる。確かに今まで、自分が何者かを相手に分からせないよう〝とらえどころのない男〟を演出してきた。

「あなたの薄笑いに多くの人が身構えました。そして、何もかもを見通したようなその瞳に見つめられると、たまらなく不安になるんですよ」

「何だか、人間じゃないようだな」

サムとリンにはかなわない。俺以上に鷲津政彦のことを知り尽くし、その変化も心の内も見抜いている。

「何を根拠にしている?」

サムは笑っているが、鷲津自身には今ひとつ自覚がなかった。

「あなたが、マカオで、賀一華に会う気になったのが、その証です」

「たいしたことじゃない。単なる好奇心だ」

「その好奇心を、あなたは随分長い間忘れていたんですよ、政彦」

正直に言えば、深く考えた上での行動だったわけではない。世界のエクセレントカンパニー、アカマ自動車をここまで翻弄しながら、涼しい顔をしている賀一華という男に会ってみたかった。それにジャパン・パーツが、賀に買収されたと聞いて、彼からのメッセージだと理解した。

ならば、誘いに乗ってみるのも悪くない。それだけのことだった。

「ようやく憑き物が落ちたのかも知れんな」

「何です、それは」

助手席で二人のやりとりを聞いていた前島が、我慢できなくなったように振り向いた。

「日本を買い叩く」

鷲津の答えにサムが珍しく頬を緩めた。前島は独り首を傾げた。

——あなたがやってきたことは、いつも日本を救いたいという想いに裏打ちされていたわよ。

それぐらい自覚していたと思うけど。

ニューヨークで自覚した憑き物の正体を、今ようやく理解した。

「つまり、鷲津さんが日本を買い叩くって言い続けてきたのは、日本を救うっていう意味だったってことですか」

答える気も起きなかった。公聴会で、政治家どもの妄言を聞く内に、全てがアホらしく思えてきたのだ。

「日本なんて、どうなってもいいさ。滅びるなら、滅びればいい」

羽田空港が見えてきた。これからチャーター機で、マカオに飛ぶ。

どうやら、原点に戻った気がする。なぜ会社を買うのかと問われれば、欲しいからだ。

ならばしばらく俺の欲望に正直になってやろう。

何が起きるかわからないからこそ、人生は楽しい。リンがニューヨークで口ずさんでいた曲を、いつの間にか鷲津はハミングしていた。

4

山口・赤間

「鷲津を餌に使うだと、一体、何を考えている」

周平翁との面談で、すっかり落ち込んだ古屋を、赤間市内にあるなじみの小料理屋に誘った。奥座敷に落ち着き、「あかまんま」の大吟醸で乾杯した後に、大内はアイデアを口にした。

「鷲津氏が中国の国家ファンドＣＩＣのＣＢＯ、最高買収責任者に就任したと、新華社通信が伝えたそうです」

古屋は安酒でも飲むように杯をあおった。

「本当の話なのか」

「おそらくガセネタでしょう。ＣＩＣのファンドマネージャーに前ＦＲＢ議長グリーンスパン就任かという記事を読んだこともありますから」

心なしか古屋が安堵したように見えた。

「問題は、ことの真偽ではありません。おそらくこの手の話は、鷲津氏が否定すればするほど、信憑性が高まるものです」

古屋は黙ってグラスを見つめているが、会話には反応していると見た大内は、説明を続けた。

「おそらく、これから一、二ヵ月、この噂は亡霊のように現れては消えるはずです。鷲津氏は今日の公聴会でも、日本版国家ファンド設立の可能性について相当懐疑的な発言をして、物議を醸しました。ですからなおのこと、ＣＩＣのＣＢＯ話は、信憑性を帯びてきます」

「それが、プランＢの常務会突破とどう絡むんだね」

大内がグラスの酒をゆっくり空けるのを、古屋は辛抱強く待っていた。

「賀は、ダミーかも知れない。以前、鷲津氏が暗にほのめかしたのを覚えていらっしゃいますか」

「もちろん。だからこそ、私も必死なんだ」

「賀がダミーなら、黒幕はＣＩＣじゃないでしょうか。その企業買収の責任者に、世界屈指の企業買収者が就任するなんて聞いたら、お気楽な役員連中でも度肝を抜かれよるんじゃないかと」

フェアプレイの姿勢を貫いてきた古屋のやり方ではない。だが、もはやそんな悠長なことを言っている場合ではなかった。

「ここはちょっとハッタリをきかせてみるべきじゃないかと思います。泥は私がかぶります。古屋さんは、私から報告を受けたとだけ、常務会で認めてください。そこから先は私が大演説をぶちますから」

「おい成行、俺を見損なってもらっては困る。おまえだけに、そんな汚い役回りを押しつけるわけにはいかない」

首を横に振りながら言う古屋を見ているうちに、大内の中で何かが弾けた。考える間もなく、

「古さん！」と怒鳴っていた。

「なに、青臭いことを言うちょるんです。それぞれに役割があるんです。古さんが泥にまみれては、まとまる話も壊れるだけっちゃ。もっと大人になってくれんですか」

大内の怒りに気圧されたように、古屋は目を瞠《みは》っていた。

「それぞれが職責を全うしてこそ、組織ですっちゃ。古さんは、社長として常にアカマの将来を指し示す。私は、その土台づくりに邁進する」

古屋がうなだれてしまった。そして別人のような小さな声で「すまん」と呟いた。

「よしてください。私は、古さんに謝ってもらういわれは、ないですけえ」

「いや、ある。おまえ、オヤジさんに因果を含められただろう。捨て身で俺を守れと」

「なに、バカ言っちょるんですか。あの周平翁が、そんなつまらんことを言うと思っちょるんですか。私は社長室長としてやるべきことをするだけですっちゃ」

大内の覇気が古屋に染《うつ》ったようだ。古屋がようやく顔を上げた。

「北京支社から、鷲津氏、ＣＩＣのＣＢＯ就任確実という情報を流させます。その上で、プランＢを常務会にかける。つまり、敵は賀なんていう小僧ではなく、中国の国家ファンドと日本最強のハゲタカだと。どんなことをしてもアカマを守る手だてがいるんだと。念のために、Ｍ＆Ａの専門家一人に賀ダミー説をコメントさせて、信憑性を高めます」

大内は赤間弁を引っ込めて、計画を説明した。古屋は一つ一つ噛んで飲み込むように頷いていた。

「あと、一つ。この議案は、私と新規事業開発室長の連名で提出します。社長は、最初は反対してください。アカマが、防衛産業に乗り出すなど、言語道断だと」

「そこまで芝居がかる必要はないだろう」

「ありますとも。頭の固い超保守的な連中を引っ張り込む必要があるんです。社長とは一切無関係の体を装わなければ、提案の中身など見もせず反対するバカも出てきます」

四面楚歌の状態である以上、正論に固執している場合ではないのが古屋にも分かったようだ。

卓上には、天然鮎の塩焼きや湯葉の刺身などが並んでいたのだが、まったく箸がつけられないままだった。大内はそのことに気づくと料理に箸をつけ、古屋にも食べるよう促した。しばらくの間、互いに食べることだけに集中した。酒を飲むついでのように、古屋が会話を再開した。

「鷲津氏が、CICのCBOに就任するという可能性は、本当にないんだろうか」

急に料理がまずくなったように感じた。大内は箸を置くと、居住まいを正した。

「ないとは言えないと思います。私はあの男を信用しとりません」

鷲津がアカマを買いにきたら、俺たちは守りきれるだろうか。

「古さん、わしらの常識がなんでこうも通用せんのじゃろうかねぇ」

体に何かの澱《おり》が沈殿しているように重かった。久しぶりに明日、走ってみようと大内は決めた。今、必要なのは、まだ起きていない事態に怯えることじゃない。無心になることだ。

5

二〇〇八年六月四日　上海

さっきまで快調に走っていた車が坂道の途中から急に喘ぎ始め、坂を登り切る手前で遂に動かなくなってしまった。

「あら、まただわ」

祖母が、ため息混じりにハンドルを叩いた。後続車が苛立たしげにクラクションを鳴らしていた。激しい雨で視界は最悪だ。後続のドライバーの顔すら見えないのは、むしろ幸いだった。謝《シェ》慶齢《チンリン》は、軽く祖母の肩に触れて何が起きたのか訊ねた。

「エンコしちゃったみたいね。この子、平らな道は気持ちよく走るんだけど、坂道が苦手なの」

まるで我が子の不始末を庇うように、祖母は情けない顔になった。

坂道でエンストして動かなくなる車なんて、慶齢には理解できなかった。しかも、買ったばかりの新車なのだ。二万元カーとして話題の小型自動車〝88《ラッキーエイト》〟を祖父母が購入したのは、半年前だった。足が悪くなった祖父を病院に送るために、なけなしのお金をはたいて買ったと聞いていた。

ラッキーエイトは、イタリア人がデザインした流線型の可愛らしいモデルだった。これが二万元で買えると聞いて、慶齢も驚いた。だが、乗ってみるとなんとなく乗心地が悪い。安定感が悪いのか、全体の作りが雑なのか分からないが、助手席に乗っていると車酔いしそうになるのだ。

その挙げ句が、この始末だ。慶齢は、弱り切っている祖母に訊ねた。

「どうすれば、この子は、動くのかしら」

「押せばね、走ると思うのよ。いつも、そうなのよ」

だが、外は土砂降りの雨だった。そして、オフィスに向かう途中の慶齢は、スーツ姿だった。だからと言って、祖母に代わりを押しつけるわけにはいかない。

「分かった。じゃあ、私が押すわ」

「だめよ、そんなの。今、修理屋さんを呼ぶから」

それでは約束の時刻に遅れてしまう。来週から、正式にスミス&ウィルソン上海事務所のアソシエートとして働くことになっていた。その挨拶と、仕事についてレクチャーを受けるために、浦東《プードン》に向かっていたのだ。

「平気よ、ちょっと濡れるだけだから」

上着を後部座席に置くと、思い切ってドアを開けた。激しい雨が吹き込んできた。何とか外に出ると、あっという間にブラウスがびしょ濡れになった。それにも構わずに慶齢はトランク部分に手を置くと、渾身の力を振り絞って車を押した。

ビクともしなかった。

彼女は大きく息を吸い込むと、全体重を車にかけて動かそうとした。

「慶齢、もういいわよ。タクシーを拾って頂戴。私は何とかするから！」

窓を開けて祖母が声を張り上げていた。

土砂降りの中、祖母を独り残して行くなんてできない。彼女は、もう一度息を吸い込むと車を押した。

ああ、やっぱりダメ、と思った瞬間、車が動き始めた。

隣で薄汚れた雨合羽姿の男が、一緒に押してくれていた。続いて警官や、そばにいた通行人が、次々と加勢した。

「ありがとう！」

嬉しくて泣きそうだった。慶齢は何度も「ありがとう」を繰り返し、車を押した。

「お嬢ちゃん、あんたは助手席に乗ってなさい。もうすぐ坂のてっぺんだ。車が動き出したら、おいてきぼりを食うよ」

車を押してくれた男に言われて、慶齢は素直に頷いた。非力な自分が押したところで、さほど役には立つまい。

彼女がドアを閉めた直後に、ラッキーエイトは坂を上りきった。

後方から誰かが叫んだ。

「さあ、エンジンかけて！」

祖母がイグニッションキーを回した。だが、うんともすんともいわなかった。下り坂になると、車はゆるゆると動き始めた。

「おばあちゃま、もう一度」

慶齢の言葉に励まされるように祖母がキーをひねると、ラッキーエイトは喘ぐような音を何度か吐いて、遂にエンジンがかかった。

「やった！」

必死になって前方を睨み付けている祖母に抱きついた後、慶齢は窓を開けて手を振った。

「ありがとう！　ありがとう！」

男たちが車から離れて、互いに肩をたたき合っているのが見えた。

嬉しかった。苦境を救ってもらえたこともだが、それ以上に、見知らぬ人の親切が嬉しかった。

これこそ上海だ。高層ビルが建ち並び、都会の便利さと共に、他人に関わるのを避ける人も増えてはいるが、まだこんな人情も残っている。最近は帰るたびにニューヨークと似たドライさを感じていただけに、心底嬉しかった。

「ごめんね、慶齢、そんな服じゃお仕事に行けないわね」

情けない声で詫びる祖母に、慶齢は明るく返した。

「大丈夫よ、どこかで買うから」

「そうかい。地下鉄で行くっていうおまえを無理矢理車に乗せなけりゃ、こんなことにならなかったと思うと、申し訳なくて」

「気にしないで。それよりも、こうしておばあちゃまとドライブできて、私、本当に嬉しいのよ。おまけに、この街の親切にも出会えたわ」

彼女のはしゃぎぶりに、祖母も釣られて微笑んだ。

「本当に、おまえは純情な子だねえ。人の善意を見つけては、大喜びする。昔からそうだったよ」

「だって、すごいことよ。お金、お金って言い出した中国で、当たり前のように親切にしてもらえるって」

雨はさらに激しさを増していた。今にもちぎれそうな騒々しさで動くワイパーを眺めながら、慶齢は先入観だけで人や物事を判断するのはやめようと、自分に強く言い聞かせていた。

6

マカオ

海から眺めるマカオの街は、靄にかすむテーマパークのようだった。ギトギトした欲望の街に煙を吹き付けてから、鷲津はタバコを海に放り投げた。

賀一華が所有する大型クルーザーのデッキにいた。もうすぐ彼との会食が始まる。

「あの岬の突端にあるのが、賀が建設している豪華ホテルだそうです」

サムが指差した先に、ライトアップされた古城があった。コロアン島の南西端で、夜を徹して工事をしているのだという。

「遺跡か何かを、改造しているのか」

「ドイツの古城をそのまま移築しているそうです」

サムが吐き捨てるように説明した。

「いかにも彼らしいじゃないか」

「一番安い部屋が、一泊三〇〇〇ドルだそうです」

「香港ドルか」

サムの口元が歪んだのを見て米ドルだと気づき、鷲津は口笛を吹いた。

「豪勢なこった」

「ものは言いようですね」

「何だ、サム、やけに感情的だな」

リンからミスター・マシーンなどと呼ばれているサムが、珍しく嫌悪感を隠そうとしなかった。

「私も歳を取ったってことでしょう。場違いなものを見せびらかす輩を見ると、どうも血が騒ぐんです」

「血が騒ぐってのは、若い印だぞ」

「あら、お二人そろって、またここで密談？」

両手にシャンパングラスを持ったリンが、二人の間に割り込んだ。

「どうせ、飲まないでしょ、サムは」

「ご厚意だけいただいておきます」

彼はそう言い残して、二人から離れた。

「どうもお気遣いいただいて」

リンがサムの背中に嫌みを投げたが、彼は振り向きもせずに船内に消えた。

「ねえ政彦、船っていいわね」

モスグリーンのチャイナドレスに身を包んだリンは、マカオに来てからずっと上機嫌だった。

「そうか」

「だって、誰にも邪魔されないし、これで携帯とパソコンを海にぶん投げられたら最高よ！」

鷲津にグラスを手渡しながら、リンは無邪気にはしゃいでいた。

「だが、俺はプライベートジェットも豪華クルーザーも買わないよ」

「サムライは、爪楊枝だけあればいいんだもんね。あなたは嫌な奴だけれど、富を見せびらかさないというのは、数少ない美徳だわ」

「いや、俺には見せびらかす富がないだけだ」

リンは体を鷲津にぶつけて、からかった。

「そうやってずっと、しょった台詞だけ吐いてなさい。で、どういう印象？」

「何の話だ」

「一華坊ちゃんよ」

「船に乗る時に、ちょっと挨拶しただけだぞ」

「ゴールデンイーグルには、それで十分でしょう」

マカオという街は、人のタガを外すようだ。サムは感情的になり、リンはハイになっている。

「したたかな、小僧だな」

「あら、ダメよ。そんな酷い言い方をしたら。どうせ、船内中に盗聴器が仕込まれていて、オタク坊ちゃんは、私たちのペッティングの音まで聞いてるんだから」

「リン」

鷲津は、自分に寄り添うように立っていたリンの肩を抱いた。普段よりも挑発的な香水の香りがした。

「何よ」

「悪い薬でも打ったか」

「やぁね。ただ、この街が嫌いなだけよ」

「俺はこの混沌が好きだがな。人の欲望をとことん駆り立てるカジノ街のすぐそばに、古い教会がある。まさに聖俗の共存だよ。ニューヨークなんかより落ち着く」

「若いお姉ちゃんたちが、シナを作って誘ってくれるからじゃないの」

鷲津は思わず苦笑いをして、リンの焼き餅を聞き流した。

「で、先ほどの女王陛下のご質問だけれど」

いきなりリンの指が、鷲津の唇に触れた。

「それはまた改めて聞かせてもらうわ。何も、坊やにそんなおいしい話を聞かせてあげる必要はないから」

衝動的に鷲津はリンに口づけしていた。どこかで彼らの一挙手一投足に聞き耳を立てている〝オタク坊ちゃん〟に聞かせるように、リンはいつもより激しく喘いだ。

鷲津の蝶ネクタイの歪みをリンが整えて、二人はディナールームに向かった。

過剰なまでに飾り立てたメインダイニングだった。鼻で笑いたい衝動をこらえて、鷲津はさも感心したように部屋を眺めた。

「やあやあ、鷲津先生、本当に、お越しいただいてありがとうございます」

賀がニヤつきながら近づいてきた。メディアで見る限り、もっと大柄な印象があったのだが、実際は鷲津と変わらない小柄で華奢な男だった。だが、同性でも見とれるほどの美形だった。

「こちらこそ、こんなご歓待を受けて感激です」

改めて握手を交わした。冷たい手だった。

賀の後ろで控える中国人の一人が険しい視線を投げてきた時、鷲津はその男にどこかで会ったような気がした。

「失礼ですが、あなたは確かプラザ・グループにいらしたジョン・リーさんでは」

「覚えていてくださって光栄です。改めてよろしくお願いいたします」

「奇縁ですなあ。どうぞ、今後ともお手柔らかに」

冷酷無比に任務を遂行する〝お庭番〟という印象は変わっていない。

「では、まずは乾杯と行きましょうよ」

賀が言うと、ボーイがドン・ペリニヨンの栓を抜いた。

「最も尊敬し、敬愛する鷲津先生にようやくお会いできた記念すべき日に！」

賀が興奮気味な口調と共にグラスを掲げた。

「あいつ、私たちを盗聴したのを思い出してんじゃないの」

リンが耳元で下品なジョークを囁いた。

食事中、賀はずっとしゃべり続けていた。鷲津が今まで手がけてきた案件をいちいち話題にし、裏話を聞きたいとせがんだ。

賀の記憶力は凄まじかった。案件の金額のみならず、関係者の名前、その後の推移まで全て記憶していた。

「ねえ政彦、賀さんをサムライ・キャピタルの生き字引担当役員としてお迎えしたらどうかしら。そうしたら、あなたも同じ過ちを繰り返さなくてすむわよ」

リンの辛辣な皮肉も、賀には褒め言葉にしか聞こえないようで、大喜びで手を叩いた。

「ぜひ、末席に加えてください。僕は、あなたに鍛えて欲しいって、ずっと思っていたんです。よろしくお願いします」

「いや、あなたにお教えすることなんてないですよ。それどころか、私こそ、あのアカマをきりきり舞いさせているあなたに、弟子入りしたいぐらいで」

「ほんとですか！　いやあ、嬉しいです。ぜひ、僕の弟子になってください。いや、弟子じゃないな、家庭教師だな。僕、鷲津さんと仕事するのが夢なんですから」

何を言っても、我田引水な話にすり替える賀に、鷲津は呆れていた。同時に、アカマの二人が語っていた賀の印象を思い出した。

彼は人たらしなのだ。憎めないキャラクターとこの容貌で、多くの人間が警戒心を緩めてしまう。

「さて、鷲津先生、僕から改めてお訊ねしていいですか」

デザートになると、賀が表情を引き締めた。

「何なりと」

「今回、私に会いたいと思われた理由をお聞きしたい」

賀が身を乗り出して構えたが、鷲津は食後酒を頼んだ。

「単なる好奇心です」

「好奇心？」

「そうです。世界中の企業を買収し、アカマを翻弄する、今までに会ったことのないタイプの買収者《オリジネーター》の、ご尊顔を拝みたくなっただけです」

不意にワイングラスを手にして、賀が立ち上がった。

「光栄です、鷲津先生に褒めていただいたことに乾杯！」

グラスに半分以上残っていたワインを、彼は一気に飲み干した。取り巻きが一斉に立ち上がり、主に倣った。

「それで、実際の僕はどうでしたか」

「想像以上にしたたかな男だと感じましたよ」

賀は子供のように照れた。

「そして、あなたのその無邪気そうな仮面の裏側に、一体どんな顔が隠れているのか。それがとても気になりました」

「そんなもの、何にもありませんよ。僕は単なるお調子者です。そう、鷲津先生がお生まれになった大阪で言うところのイチビリって奴です。あなたが会いたいと思ってくださったことに、ただ浮かれているだけです」

おまえの言葉など、一言も信じない。そう伝えるために、鷲津は口元だけで嘲笑した。

「お会いしましょうと申し上げたのは私の方だが、そうせざるを得ない状況を強引に作ったのは、賀さん、あなたの方だ」

「ああ、ジャパン・パーツの件ですね。あれは、今日のこととは無関係ですよ。憧れの鷲津先生、そしてアラン・ウォードさんが心血を注がれた会社って、どんなものか知りたかったんです」

いちいち嫌みな男だ。

「で、どうでした」

賀が膝に置いていたナプキンをテーブルの上に放り投げた。

「買い損でした」

隣でリンが色めき立ったが、鷲津は彼女の手を優しく叩いて宥めた。賀は毒々しいほど派手な色のケーキを頰張りながら続けた。

「何もかもが中途半端。その上、各部品メーカーを一つに合わせたことで、企業としての緊張感を緩めてしまった。結局、新しい技術開発を怠り、今じゃ、価値のないボロ会社ですよ」

「手厳しいですな。では、あなたが買われたのと同額で、私が買い戻しましょう」

初めて口にしたことだったが、鷲津の側近は眉一つ動かさなかった。

「倍ですね」

至極当然のように賀は、即答した。

「ほお、価値のないボロ会社を、倍で買い戻せと」

「そうです。僕にとっては無価値なお荷物会社ですが、あなたには違うでしょう?」

彼は新しいナプキンで指先を神経質なまでに拭きながら、鷲津を睨んだ。

「なぜそんなボロ会社に、大枚をはたかなければならないんです」

「だって、あなたが買いたいのは、死んだアランさんとの想い出だからですよ」

リンが我慢しきれず、乱暴に立ち上がった。鷲津は彼女を制して、穏やかな口調で答えた。

「賀さん、あなたは一体私の何を調べたんです。悪いが、私は想い出などという無価値なものに、金を払うような酔狂じゃない」

「そうかな。じゃあ、一つ言い忘れていたことを付け足します。ジャパン・パーツを買ってくださるのなら、あなたが、もっと欲しいものを付けて差し上げます」

本人は駆け引きと思っているらしいが、鷲津は無視した。賀は辛抱強く沈黙を守っていたが、やがて根負けして肩をすくめた。

「あなたが、世界で一番会いたい女を紹介します」

「いや、私はもう女には懲りてるんでね」

「翁藍香《ウエンランシヤン》、あなたには美麗《メイリ》と言った方が、分かりやすいかもしれませんね」

アランの死の謎を解く女の名が、思いも寄らない相手から飛び出してきた。

「CICの王烈さんのファイルは、役に立たなかったでしょう。なぜなら、彼はあまり藍香のことを知らないから。でも、僕は彼のようないい加減なことは言いません。僕の願いを聞いてくださるなら、明日、本人をお連れしますよ」

「坊や、冗談もほどほどになさいよ」

ついにリンが怒りをぶちまけた。賀は全く怯まず、笑いながら言った。

「冗談やウソじゃないです。美麗とは、ジャズピアニストとしての芸名です。彼女は日本の音楽大学に留学してクラシックを学びながら、バーでピアノ弾きのアルバイトをしていた。そこで、アランさんと出会ったんです」

その通りだった。王烈のファイルはろくでもないカス情報だったが、それを元に、そこまではサムが摑んでいた。

「ところが、アランさんが死んだ直後、美麗は忽然と姿を消した」

「悪いが、今の話は我々でさえ知っている。君が翁藍香を知っているという証拠にはならない」

鷲津は冷たく突き放した。

「だから言ってるんです。明日、あなた方がお泊まりのウェスティン・ホテルのバーに来てください。彼女にピアノを弾かせますから」

「ちょっと、あんた、いい加減なこと言わないでよ！」

リンが必死で涙をこらえていた。

「ハットフォードさん、僕の無神経な言い方を許してください。でも、僕にはできるんですよ。彼女に会わせることが」

賀は大根役者のようにいかにもわざとらしく、言葉を切った。

「なぜなら、藍香は、僕の祖父が、愛人に生ませた娘、つまり年下の叔母だからです」

7

東大阪・高井田

午後八時を回っていたが、作業場内で過ごしていると時間の感覚がなくなった。芝野は、汗まみれになりながら金型の研磨を行う見習い工の田丸学《まなぶ》を見守っていた。製造本部長の桶本が厳しい顔で、学の手元を覗き込んでいた。

桶本は中学を卒業してから四〇年以上、金型工として働き続け、今やマイスター級の職人として業界でも名が通っていた。

本来、彼がマジテックの社長となり、看板になるべきだった。だが、職人気質の桶本は、社長どころか専務すら固辞した。すったもんだに揉めた結果が、製造本部長という肩書きだった。自分の才能を高く評価してくれた故人へ恩返しをしたいという想いはあっても、職人としての生き方を変えるつもりは、桶本にはないようだった。

製造本部長としての最大の使命は、後継者の育成だ。芝野がこの街に来てからでも、町内で五軒の事業所が廃業し、二〇人以上の職人が仕事を失っていた。その多くは五〇代半ばを過ぎ、再就職は困難だった。

芝野は腕の良い者を桶本に選ばせて、人材をキープしようと努力していた。若い世代の技能継承者が必要なのは間違いなかった。しかし、低賃金の上に職場環境も劣悪な職人の希望者など、なかなか見つからなかった。

現状では、金型工場を転々と渡り歩いている日系南米人を雇い入れるか、中国人研修生で急場を凌ぐほかはなかった。だが彼らも少し使えるようになると、転職や帰国をされてしまうために、技能継承者にはなりえなかった。

しかし、マジテックには、希望の星が一人いた。望の友人、田丸だ。

田丸は高校一年で引きこもりになり、博士と望が家から引っ張り出すまで、プラモデル作りとテレビゲーム漬けの日々を送っていた。ただでさえ肥満体の上に人見知りも激しいために、人前に出ると滝のような汗を流し、時には過呼吸にすら陥る気弱さも、その一因だった。ところが、藤村に説得されて見習工として入ったマジテックでは、そんな気配も見せずに、桶本の下で熱心に修業していた。

芝野に引きこもりの心理を理解できるわけではなかったが、機械いじりをしながらものづくりができる楽しみが、田丸の性に合っていたのだろう。

今、彼が取り組んでいるのは、キーホルダーの金型製作だった。

恵比寿屋から依頼された、顧客サービス用のえびすのキーホルダーが大変好評で、遂に商品として売り出されることになった。そのため、さまざまなバリエーションのえびすと、七福神全ての商品も追加注文されたのだ。

金型技術の中では、プラスチック製人形の成型は、さほど難しい技術ではない。鯛焼きを焼くのと同じような要領で、高温で液状のプラスチックを金型に流し込めばいい。だが「易しい物ほど難しい」と言う桶本は、繊細な模様と美しい曲線を持つ金型を、田丸に要求した。

田丸は五日間で十数枚の金型を造っていたが、いずれも桶本の眼鏡にかなわず突き返された。全長三センチほどの人形の髪の毛や目尻の皺まで金型に刻むように指示されていたのだが、いくら細かい描線を金型に刻んでも、成型された人形には反映されなかった。

「何べん言うたら、分かるねん。おまえのは、金型やのうて、彫刻や。材料流路の発想がないんや」

材料流路とは、液状のプラスチックが流れる溝を指す。金型に樹脂を流し込むと、金属の温度で樹脂が固まり始め、そこに圧力を掛けることで成型する。そのため、型全体に瞬時に樹脂を行き渡らせる必要がある。そうしなければ、中に空気が溜まったり、形が中途半端な欠陥品になる。

　子供時代からプラモデル作りで鍛えた田丸の腕は確かだったが、金型独特の経験則の理解に甘さがあるというのが、桶本の見立てだった。

　失格と判定された人形を見ても、十分、商品として価値があるように芝野には見えるが、桶本に言わせると、表面に空気ムラがあったり、細工の最先端部分で樹脂の量が足りなかったり、逆に多すぎたりして、繊細な細工が表現し切れていないらしい。

「でも、ＣＡＥ《キャエ》のシミュレーションでは、これでうまくいくはずなんです」

　ＣＡＥとはコンピュータによる事前検証のことで、樹脂の流れもシミュレーションできた。唯々諾々と指示を守るだけでなく、田丸なりに試行錯誤と研究を続けているらしい。

「いくはず言うても、いかへん。それが金型や。コンピュータが何でも正しいと思うのもやめ、て言うたやろ」

　田丸は夜学で、ＣＡＤ《キャド》やＣＡＥなどを用いた計算機援用工学を学んでいた。もともとコンピュータプログラミングまでこなせるだけに、覚えは早いと桶本も感心していた。だが、弟子の前では、そんな甘い顔は絶対に見せない。

「すんません。あの、桶本さん。教えてください。何があかんのでしょう」

「これだけ小《ちい》そうて繊細なものを成型するには、先端部分に細かい樹脂の逃げ道を造るべきなんや」

「けど、先端部分にそんなんつけたら、変なバリが残りますやん」

金型の合わせた部分から薄くはみ出した余分のことだ。桶本が手本の技をゆっくりと見せた。

「ええか、最後に加圧するんや。それから逃げ道をすぼめて、加圧した時だけ、そこに流れ込むようにするんや。先がすぼめられているから、バリにならんと本体からちぎれる」

門外漢の芝野には詳細までは理解できなかったが、桶本の鮮やかな手際を見ていると、田丸との差を歴然と感じた。

「すぼめる半径ってなんぼぐらいです」

「あほ、それは自分で試行錯誤せんかい」

田丸が泣きそうな顔になった。

「明日が、期限やぞ。でけへんかったら、望くんに、おまえが詫び入れ」

捨て台詞のように言い残すと、桶本はそばから離れた。

「お待たせしました。行きまひょか」

励ましの言葉を田丸にかけようかと芝野は逡巡したが、結局、適当な文句が見つけられず桶本に続いた。

田丸に必要なのは、時間と自信、そして苦難に立ち向かう勇気だと、桶本から聞いていた。ならば、とやかく言う時ではなかった。

芝野は事務所に戻るとネクタイをはずし、スーツの上着もロッカーにしまい、ブリーフケースだけを手にした。これから桶本と近くの焼鳥屋で、相談することになっていた。

作業場に降りると、私服に着替えた桶本が再び田丸をかまっていた。厳しく突き放すだけが、修業じゃない。桶本は、生前の藤村から教わったのだという。

——単なる徒弟制度では、今の時代、弟子は育たん。大事なんは、弟子に対する愛情や。

芝野は、しばし作業場のドアの陰で、二人のやりとりを眺めていた。

芝野には、味わったことのない世界だった。金融の世界に師弟関係など存在しなかった。そもそも伝承される技も経験もない無機質な世界だった。

最後に、桶本が田丸の丸坊主の頭を撫でた。

芝野に気づいた桶本は、午後一一時には作業を終えて帰るようにと言い添えた。夢中になると時間を忘れて、朝まで作業場に居続けることが、以前から何度もあったためだ。

頑張れよ、田丸君。みんな期待しているんだ。

芝野は心の中でエールを送り、桶本と連れ立った。

近鉄・布施駅前にある焼鳥屋の片隅で、芝野は生ビールを、桶本は店にキープしてある焼酎と梅を頼んだ。

「お疲れのところ、すみませんね」

桶本の顔に疲れが見て取れて、芝野は詫び言を口にせずにはいられなかった。

「なに、疲れるんは、年のせいですから。それより専務から酒に誘ってもらえるなんて、光栄ですわ」

いくら言っても桶本は、芝野と言わずに〝専務〟と呼ぶ。それは嫌みでも拒絶でもなく、職人としての桶本のルールのようだった。

「そう言ってもらえると助かりますよ。それにしても、田丸君は、根気強くなったじゃないですか」

以前の田丸は、叱られたりうまくいかないとすぐに音を上げていた。それが最近、ずいぶんと我慢強くなった。

「そうでんなあ、久しぶりですわ。鍛えれば鍛えるほど強うなる子は」

あまり人を褒めない桶本が、珍しく田丸を認めた。

「マジテックにとっては、明るい材料だね」

「まだまだですよ。確かに筋もええし、腕もある。何より辛抱強うなってきたんが、よろしいわ。けど、一人前の金型職人になるには、最低でも一〇年ぐらいはかかります」

気の長い話だった。

恵比寿屋本舗からの追加注文は、マジテックにとってさほど大きな利益にならない。それでもようやく、営業の交渉を覚え始めた望と、さらに腕を磨く必要がある田丸のために、芝野は追加注文を受けた。

この方針には、桶本も賛成してくれた。

「じゃあ桶本さんには、まだまだ頑張ってもらわないとだめですね」

芝野はネギマをかじりながら、桶本の顔色を窺った。この三ヵ月は口にしなくなったが、それまで何度も退職を願い出ていた。

「あきまへんで、専務。そうやってわしを引き留めようとすんの。わしは、持って三年。できたら、この年末あたりで、終わりにして欲しいんでっさかいに」

体力の衰えと、藤村を失った喪失感が、桶本の退職理由のようだった。

「まあ、そう言わず、ずっと我々を助けてくださいよ」

芝野はお代わりをつくってやりながら、桶本の情に訴えた。

「なんか、変な気分でんなあ。来て半年も経ってへん専務に、そんな風に言われるのは」

「そうですよ。逆に、私こそあと半年も、持たないかも知れませんよ」

「いや、あんたはようやってはりますよ。わしは、三月《みつき》持ったら焼酎一本おごったるって浅子はんと賭けたんでっせ」

笑えない話だったが、なぜか芝野は嬉しかった。

芝野はそんなに長くは続かないと誰もが思っていたはずだ。おそらく自分自身も。それが、気がつくと四ヵ月が経っていたのだ。

「すんまへん。けど、エリート街道まっしぐらの人に、こんな仕事できるなんて誰も思いまへん」

桶本は正直な男だった。芝野は苦笑いを浮かべ、生ビールのお代わりを頼んだ。

「正直なところ、私自身が一番驚いているんです。でもね、桶本さんと田丸君の様子を見ていると、何だか胸が熱くなってね。ここで仕事できて良かったってしみじみ思いましたよ」

「けったいな人や。まあ、そのおかげで、浅子はんも気張ってはるし、望ちゃんも張り切ってる。おかげでわしも簡単に、辞めさしてくれと言えんようになってしまいましたわ」

「ぜひ、あと一汗も、二汗もかいてくださいよ。私は、もう一度、東大阪にマジテックありって言われるようにしたいんです」

「ほんま、けったいな人や」

桶本は言葉とは裏腹な笑顔になって、名物のモツ煮込みを追加した。

「で、話って何です」

芝野は二杯目のビールの泡をなめると、改まって話し始めた。

「二つあります。まず一つは、桶本さんの技術をどう継承するかについての相談です」

「わしに、そんな大層な技術なんておまへんで。それに、いくら専務や浅子はんがよいしょしても、わしの腕は、年々歳々落ちてます。目も悪うなったし、腰や背中も悲鳴上げてます」

「謙遜しないでください。マジテックの商売は、桶本さんの腕あっての話です。ですが、それを継承する後継者がいない」

桶本は運ばれてきたモツ煮込みに七味を振って、芝野の話を待った。

「まだ十年は修業が必要だとおっしゃった田丸君は、いつ頃から戦力になるでしょう?」

「それなりに仕事ができるまで、最低でもあと三年。ほんまの技を伝えるんは、それからでんな」

分かってはいたが、桶本にはっきり言われると、芝野の気持ちが萎えた。

「他社の職人の中で、これという人は」

場合によっては、引き抜きをすることも芝野は考えていた。

「三〇代で頑張っているもんは、何人かはいます。けど、その連中は、会社が放しまへん。その上、つまらんもんばっかり造って、腕を落としてますわ。このままやったら、ほんま、わしらはトキになりそうでんな」

長年の酷使で体からすっかり脂気の抜けた〝トキ〟が、七味で真っ赤になった煮込みをつつきながら自嘲した。

「実は今、政府が金型技術を守るプロジェクトの一環として、熟練工の腕をロボットに記憶させようとしているんですよ」

ＩＴマイスタープロジェクトと題された事業で、まさに絶滅の危機にある熟練工の技を残すために、ようやく政府も重い腰を上げたのだ。

「鉄腕アトムの時代がやってきたってことでっか」

「まあ、簡単に言うとそうです。ただ、実際のところは、熟練工の極意まで、ロボットが学び取るのは難しいようなんです。とはいえ、熟練工の高齢化と廃業の多さを考えると、残された時間はほとんどありません」

プロジェクトでは、特殊な装置を熟練工の腕に装着し、人工知能ロボットに彼らの動きを記憶させるというプログラムを立ち上げていた。さらに細工や加工のコツを職人自身が語る映像資料の製作も行っているらしい。

桶本は箸を運ぶ手を休めて、芝野の話を聞いていた。

「桶本さんさえよければ、ウチもエントリーしようと思うんです」

エントリーすると、国からの補助金もある。

「まあ、好きにしてください。わしみたいなんが、お国のプロジェクトの役に立つのかどうかは分かりまへんけど、それで何か残るんやったら、ええですよ」

箸を皿の上で動かしながら、桶本は呟いた。

絶対に断わられると思っていただけに、芝野は念を押した。

「本当にいいんですか。私としては無理強いしたくないんだが」

それまでずっと俯いていた桶本が、顔を上げた。厳しい目だった。

「補助金が、もらえるんでっしゃろ。それで、また皆の給料が払えるんやったら、使ってやってください」

フルセットでエントリーすると、数百万円単位の補助金が出る。浅子は、その金をマジテックの運転資金に使いたいようだったが、それは桶本がもらうべき金だった。

「いや、桶本さん。その金は、会社がもらうもんじゃない」

「わしはね、五年前にかみさん亡くしてますし、娘二人も片付いてくれました。金があってもしゃあないんですよ。ずっと博士にはようしてもろて、この街の職人の中では、もらいすぎなほどもろてきました。せやから、会社でとってください。専務の役目は、若いもんが頑張ったら報われる会社にすることとちゃいまんのか」

言葉がなかった。

思わず芝野は、両手をテーブルについて頭を下げていた。

「あきまへんって、芝野はん。あんたが、頭下げることやあらしまへんて。そもそもは、わしや博士が、もっと経営のことに心を砕くべきやったんです。せやから余計な気遣いは無用でっせ」

桶本が、自分を名前で呼んでくれたのが嬉しかった。

「どうです、一杯。この焼酎の梅割いけまっせ」

「ありがとうございます。戴きます」

氷と焼酎、さらに大きな紀州梅を一つまるごとグラスに放り込んで、桶本が酒をつくるのを眺めながら、芝野は人情や意地の意味を今、初めて知った気がしていた。

「ほな、鉄腕アトム君に乾杯しまひょ」

芝野はどう応えればいいのか分からないままに乾杯した。美味い焼酎だった。

「ここはね、梅がええんです。ここの店の女将はんが紀州の出身で、実家から送ってもらった梅を、自分ちで漬けてるんですわ。どうも漬け方にコツがあるそうでね。何やったら、ここの女将はんの技も、アトム君に伝承させたらどうです」

こんなに楽しそうな桶本を初めて見た。

「で、もう一つの相談って何ですねん」

芝野は頭を切り換えて、望から聞いた話を、桶本にぶつけた。

「ああ、望ちゃん、あの話、あんたにしたんですか」

クリーンディーゼルエンジンの自動車を造るという藤村の夢を、桶本も知っているようだった。

「けど、まあかなり与太話ですからなあ」

「そうなんですか」

「そりゃあそうでっせ。芝野はん、ご存じかどうか知りまへんけど、今の自動車って、最先端技術のデパートみたいなもんです。町工場のオヤジが、手作りで出来る時代やない」

自動車産業やクリーンディーゼルエンジンについて、芝野も自分なりに調べてみた。ガソリンエンジンとディーゼルエンジンの違いの説明を読むだけでめまいがするほど、自動車は高度なハイテク製品だった。

「博士は、その研究をしてたんですよね」

「やってましたよ。けど、クリーンディーゼルエンジンの仕組みを理解できるもんが、ウチには誰もおりまへんわ。そういうのは全部、博士が一人でやってましてん。まあ、望ちゃんが博士の遺志を継ぎたい気持ちは分かりますけど、知識を身につけるのは、田丸君が一人前の職人になるより時間がかかるかも知れまへんで」

そこに突破口が開けるのではないかという淡い期待が、芝野にはあった。だが、桶本の反応を見る限り、とてつもなく無謀なようだ。だからと言って、簡単には諦められなかった。その上、組合の中国視察旅行に参加した望は「絶対、中国でものづくりをやるべきです。中国やったら夢のクリーンカーもやれそうです！」とことあるごとに熱く語るようになっていた。そのためのとっかかりとしても、クリーンディーゼルエンジンの話をカタチにしたかった。

「博士の研究開発を継ぐ人間がいたら、それを実現できるでしょうか」

桶本はまた、箸で皿の上をなぞった後、答えた。

「何とも言えまへんなあ。ただ、芝野はん、町工場がロケット造ったり、クリーンディーゼルエンジンを独自で開発したりという発想は、捨てはった方がええなあ。わしらにできんのは、その中の限られた部品一個をきっちり造ることだけですわ。ただ、それがなかったら、ロケットは宇宙に行けへんし、エンジンはクリーンな排気ガスが出せへんような部品でっけどな」

そういう部品があれば、マジテック再生のための打ち出の小槌になるかも知れないということだ。

彼は、逸る気持ちを抑えるように梅割を一口飲んで、桶本に訊ねた。

「その発想は、博士にもあったんじゃないだろうか」

「何の発想です」

「つまり、クリーンディーゼルエンジンの決め手になる部品を、まず一個作るという発想ですよ」

「どうかなあ、何か言うてはった気もしますけど、覚えてまへんなあ」

藤村が遺した膨大な資料の中に、お宝が眠っているかも知れない。今まで萎えていた気分が一気に吹き飛んで、芝野は腰を上げた。

「どないしはったんです」

「いや、申し訳ない。ちょっと会社に忘れ物したのを思い出しました」

桶本は呆れ顔で見上げていたが、止めなかった。

「色々ありがとうございました、桶本さん。ここの支払いは、私がしておきますから、好きなだけ呑んでください」

彼はそう言うと、戸口で梅干し名人の女将に、一万円札を渡して店を出た。

湿っぽい六月の風が芝野の頬を撫でた。だが今夜は、それが爽快に思われた。

第三章　深謀と遠慮

1

二〇〇八年六月五日　マカオ

「アカマ自動車を、戴くことにした」

そこにいる全員が、食事の手を止めた。コロアン島にあるマカオ・ゴルフ&カントリー・クラブのクラブハウス特別室で、鷲津らは遅い昼食を取っていた。日本ではゴルフをやらない鷲津だったが、島ののどかさに気分を良くして、朝から一ラウンド回っていた。つい先程までは快晴だったのに、シャワーのようなスコールが降り始めていた。

鷲津自身がアカマ買収に乗り出すことは、以前から考えてはいた。だが、結局はグズグズと燻ったまま、根腐れていくプランだと思っていた。

ところが、ニューヨークで、自分の中に眠る欲望を自覚した。ゴールドバーグ・コールズのCEOマシュー・キッドマンの冷笑を浴びた瞬間のことだった。

珍しく、サムまでも驚いているように見えた。

「どうしちゃったの、急に。賀ちゃんちのフカヒレスープにでも当たったの」

リンの挑発的な言葉を聞き流した。彼女の驚きは、なぜ今ここで、そんな話を切り出したのかにありそうだった。なぜなら、彼女が「間の悪い男ね」という時に浮かべる呆れた目をしていたからだ。

「どうもしない。時が来たってことだ」

「アカマが防衛産業部門を立ち上げて外為法規制の枠内に入ろうとしている動きを知って、義憤に駆られたってわけ？」

さすがにリンは容赦なかった。

「ただ、この女とやりたい、という欲望と同じだな」

「あら、はしたない。でも、相手はエリザベス女王より、お堅いかもよ」

「エリザベスだったら、俺はケイト・ブランシェットの方がいいよ」

すぐにリンが丸めた紙ナプキンを投げつけてきたが、軽く避けて鷲津は言葉を足した。

「別に義憤に駆られたわけでも、日本を買い叩くというミッションを達成するためでもない。欲しいから買う。それだけだ」

リンが口笛を吹いて囃し立て、サムが苦笑いした。

「そのお言葉を待っていました！」

豆タンクは興奮して立ち上がった。

「豆タンクちゃん、そのキャラクター、大事になさい。このお調子もんの暴言に、そんな純粋にときめくのは才能だから」

リンの嫌みに顔を赤らめる前島に向かって、鷲津はグラスを掲げた。自分のグラスを箸で叩いてから、リンが真顔で訊ねた。

「資金はどうするの。私とあなたのコネだけでは、さすがに厳しいかも知れないわよ。愛すべき王烈先生にお借りする？」

「冗談だろ。そんなことをしたら買えなくなる」

「どういう意味かしら」

「CICからカネを借りたら、俺にまで外資規制が掛けられる可能性がある。いいかい、アカマがなぜ、毎年一兆円以上も利益を上げていると思うんだ」

「それは、彼らが田舎もんで、お国に尽くそうとしているからでしょ」

本気とも冗談ともつかない答えを、リンは返した。

「つい最近まで唯我独尊で、財界活動すら無駄だと公言して憚らなかった企業に、そんなしおらしい忠誠心はない。あれは、公然と国に差し出した賄賂だ」

「税金が賄賂っていうわけね」

「その通り。彼らの究極の企業防衛策は、そこにある。もし、アカマが外資に乗っ取られて、本社を海外に移されでもしたら、政府は、年間三〇〇〇億円以上の税収入を失う。それがいやなら、国を挙げてアカマを守れ。そういう意味だ」

「それなら、何も防衛産業部門など立ち上げる必要はないのでは」

前島が素朴な疑問を口にした。

「その通り。だが、政府は腰抜けで、一企業であるアカマを積極的に守ろうとしないのだろう。うかうかしていると国家すら中国に買収されそうだからな。石橋を叩いても渡らない慎重派のアカマらしい安全策を講じたわけだ」

「アカマの大内社長室長が最近、山口県選出で経産大臣の湯浅と頻繁に接触していたという情報があります。おそらく、大臣を通じて、アカマを外為法の網の中に入れるように画策していたと見られます。それが失敗に終わったのでしょう。だから、政彦が指摘した危惧を抱いたと思われます」

悠然とミントティを飲みながら、サムが補足した。

「日本ってどうなっちゃうんでしょうね。偉そうにものづくり大国とか言っちゃっても、大事な基幹産業すら守ろうとしない」

前島は憤懣やるかたない表情を浮かべていたが、別に日本政府の弱腰は、今に始まったことじゃない。バブル崩壊直後には、国際金融界からＢＩＳ規制を押しつけられるなり唯々諾々と応じて、都銀の脆弱さをさらけ出してしまった。その後の不良債権処理でも、政府は無策のまま外資系金融機関の勝手を許した。

鷲津自身、そのお陰で一財産を築いたのだ。失われた一〇年余を経て、景気に明るい兆しが見えはしても、それは政府の経済政策が奏功したわけではない。世界経済のおこぼれをもらっただけだ。さらに、それまで後生大事に守ってきた従業員を切り捨てたことで手にした、血塗られた安穏に過ぎなかった。

「アカマが中国資本家に買われるっていうのも見物《みもの》だと思っていたんだが、どうも俺は連中のやり方も気に入らない」

「で、ゴールデンイーグル自らが、狩りを始めるわけね」

リンの言葉に皮肉を感じた鷲津は、北京ダックを薄餅《ボービン》でくるむ手を止めた。

「おこがましいがね」

「まあ、殊勝な心づもりだこと。でも、そうなると、ますます資金の算段が必要ね」

「ここはリンの腕の見せ所ってとこだろうな。無理なら、俺も知恵を絞るが」

リンが勢いよく肉を箸で突き刺した。

「言ってくれるじゃないの。五兆や一〇兆のはした金なら、一〇日で集めてあげるわ。でも、神《いぬ》鷲《わし》が飛べないアヒルじゃないと証明できなきゃ、無理な相談だけどね」

彼女は挑むように、鷲津を見据えた。

「それは、見てのお楽しみってとこだな」

「つまらない質問をしていいでしょうか」

緊張感を浮かべて前島が訊ねた。

「そこまで決心されているのに、なぜ、私たちはマカオにいるんでしょう」

「まあ、修羅場をくぐり抜ける前の、命の洗濯ってところだ」

「ダシに使うつもりの賀一華とは、どういう人間かを確かめるためですよ」

鷲津が誤魔化したのに、サムが暴露した。

「賀一華を、ダシに使うですって」

前島より先にリンが声を上げた。

サムは全てお見通し――と言うように、人差し指を彼に向けた鷲津は、先を続けさせた。

いつものように表情一つ変えず、サムは謎解きを始めた。

「もうすぐ賀が、アカマにTOBをかけるはずです。だが、政彦はそこでは動かない」

鷲津が両手を広げて肯定したのを確めて、サムは続けた。

「賀がCICの捨て駒として使われるのは、アカマが仕込んでいる防衛策の仕掛けをさらけ出させるためです。同時に、中国人がアカマを買収しようとする際に起きるであろう政府や世間の反応も窺える。世界市場でビジネスを展開しているアカマは、徹底した防衛策を準備しているはずだ。彼らがどんなカードを用意しているかを探るために〝あて馬〟を使うのは、賢明な策といえる。場合によっては、政府がアカマを外為法の枠内に入れて守る可能性はゼロではない。政彦がCICと距離を置こうとしているのは、そういう理由からですね」

「ブラボー、サム。ほぼ、満点だ。付け加えるとしたら、俺もまた、CICにとってはあて馬かもしれないということだな」

リンと前島が、呆れたように互いの顔を見た。

勿体をつけるように、鷲津はデザートに運ばれたライチーを一粒つまんで口に放り込んだ。

「根拠はないよ。でも、そういう気がするんだ。本当に、連中が俺をＣＩＣのファンドマネージャーなりＣＢＯなりに据えたいなら、もうちょっとやり方もあるだろう」

「サムは分かったような顔してるけど、何か摑んでいるわけ」

リンに詰められると、サムは肩をすくめてかぶりを振った。

「いえ、何も。ただ、ＣＩＣの動きには、私も同様の懸念を抱いています。奴らは、政彦を本気で取り込むつもりはない気がします」

「呆れた。天下のゴールデンイーグルも、そこまでなめられるわけね」

だが、サムの意見は違った。

「いや、リン。それは違いますよ。むしろ連中は、それほどに政彦を恐れているんだと思います」

「恐れているって、どういう意味」

「さすがの彼らにも、政彦は自由に操れない。ならば、レースから排除したい」

鷲津も同感だった。アランの死の真相解明を餌に、ストーカーのように鷲津にへばりついていた当初は、彼らも本気でファンドを託したいと思っていた気がする。だから、隠密裏に動いていた。大手町のサムライ・キャピタルに王烈が単身乗り込んで、誠意を見せたのもその証だろう。

ところが、新華社通信のデマを読んだ時、鷲津は「俺は切られた」と感じた。おそらくは、彼らが扱いやすい誰かを見つけたのだろう、と読んだ。

「まったく、あの連中の頭の中は、カオスね！　その上、人を不愉快にする天才でもある」

いや、リン、連中も必死なんだよ。資金はあっても、それを有効に使える人材がいない。CICは無理に結果を出して資産を増やすことが至上命題ではない。とはいえ彼らとしては、余裕のある今こそ海外投資の腕を磨き、ノウハウを蓄積したいはずなのだ。それが思うに任せないんだろう。

「まあ、扱いにくいという面では、お互い様だろう。ルールは破るためにあるというのは俺の持論だったが、連中にはそもそもルールが存在しない。そんな相手とチームは組めないだろ」

「賛成よ」

リンが右手を小さく挙げて賛意を示すと、他の二人も倣った。

「ただね、政彦。私たちが、今マカオにいる理由については、あなたの説明では納得できないわ。何を隠してるの」

鷲津は悪戯っぽく笑った。リンが眉をひそめてさらに何か言おうとしたのを、彼は人差し指で制した。

「サム、ここは大丈夫だろうか」

盗聴が心配だった。

「大丈夫だと思いますが、確認した訳ではありません」

鷲津は盗聴されても困らない話題を考えると、紙ナプキンに走り書きしながら話し始めた。

「リン、恥ずかしいんだが、ここで一発運試しをしたくなってね。今晩、カジノで大勝負をしようと思っている」

そう言いながら、紙ナプキンには〝ＣＩＣ嫌いの中国人大富豪と会う――〟と書いていた。

2

上海

「シャーリー、ちょっといいかい」

仕事部屋の整理をしていた慶齢は、反町に声を掛けられて手を止めた。

「あの、まだ片付けが出来てなくて」

彼女は両手に抱えたファイルの置き場所を探していた。新しい空間や環境に慣れるまでに時間がかかる慶齢は、荷物の置き場一つにも頭を悩ましてしまう。

「両手の荷物が片付いたら、僕の部屋に来てくれるかい」

反町は苦笑を浮かべたままドアを閉めた。慶齢がため息をつくと同時に、ファイルが足下に落ちた。慌ててかき集めて、既にうずたかく文書が積まれていたデスクの上にそっと置くと、椅子に無造作に掛けてあったジャケットを羽織って部屋を出た。勢いよくドアを閉めてしまったため、ドアの向こうで書類の山が崩れる音がしたが、彼女は無視して廊下を進んだ。

反町の執務室の前に辿り着くと、大きく深呼吸してドアをノックした。部屋は、彼女の部屋の四倍は広かった。同じフロアだったが眺望も素晴らしく、眼下に上海の旧市街、外灘《ワイタン》が一望できた。昨日の荒れ模様が嘘のように、久しぶりの青空が広がっていた。

「無理を言って悪かったね」

日本人独特の挨拶を投げられて、慶齢は恐縮してかぶりを振った。

「いえ、私がグズなだけです」

反町は彼女の言い訳を聞き流して、客人を紹介した。

「こちらは、鍾《ジョン》さんと言って、安徽《アンホイ》省で自動車メーカーのCEOをされている」

三〇そこそこであろう瓜実顔《うりざねがお》の青年が立ち上がって、白い歯を見せた。

「はじめまして、颯爽《サシュアン》汽車で、CEOを務めています鍾論《ルン》といいます」

颯爽汽車という社名に覚えがあった。慶齢は自身の名刺を差し出しながら、記憶をたぐった。

「あっ、ラッキーエイトの」

思わず叫んでしまい、彼女は慌てて非礼を詫びた。

「ボストンから帰国したばかりの謝さんに、我が社の一押しモデルの名を覚えて戴けて光栄です」

坂道で停まってしまう車が〝我が社の一押し〟だなんてと、内心で呆れながらも笑顔で応じた。

前日、慶齢がずぶ濡れで出社したのを知っている反町は面白そうに二人を見ながら、本題に入った。

「鍾さんの会社は、日本の自動車メーカーのある事業部を買いたいと考えておられるそうなんだ」

慶齢の頭が仕事モードに変わった。手にしていた真新しい革張りのノートを開くと、反町の話を待った。

「ただ、その自動車メーカーというのが、ちょっと厄介で」

「と、いいますと」

「ウチの顧問先なんだ。まあ、厳密に言うと、我々の顧問先は当該メーカーの中国現地法人ではあるんだけれどね」

利益相反が起きることを懸念しているわけだ。

「我々としては、謹んで辞退したいところなんだが、鍾さんは、どうしてもS＆Wにリーガル・アドバイザー（LA）になって欲しいとおっしゃるんだ」

反町が困っているのは理解できたが、自分が呼ばれた理由が分からなかった。それでも慶齢は辛抱強く反町の説明に耳を傾けた。

「そこで、君に今回のトランザクションの颯爽汽車側のアドバイザーになってほしいと思ってね」

「私が颯爽汽車のLAにですか……」

あり得ない話だ。いくらハーバードロースクールを最優等で卒業したとはいえ、ほとんど実務経験がないアソシエートに過ぎないのだ。

「いや、君一人に押しつけはしない。トムにも入ってもらうが、メインは君にお願いしたいんだ」

メインをアソシエートが担当し、パートナーがサブに就くなんて話は聞いたことがない。

彼女の困惑を見て反町が付け足した。

「鍾さんはね、日本語が分かるLAがいいと言うんだよ。ところが、私をはじめ日本人チームは皆、アカマの依頼を受けたことがあるんでね」

ようやく少しだけ腑に落ちた。だが、所詮無茶な話だった。

「私の日本語力は、大したことありませんよ」

「何年、日本にいましたか」

突然、鍾が日本語で訊ねてきた。慶齢はおそるおそる日本語で返した。

「一年留学して、それからは何度か旅行や大学のイベントで滞在した程度です」

「シャーリー、完璧だよ。時制も問題ないし、イントネーションも素晴らしい」

反町に日本語で褒められて、慶齢は顔を赤らめた。

「本当に私なんかに、務まるでしょうか」

彼女は英語に切り替えて、反町に不安をぶつけた。

「トムは、過去に日本企業買収を何件も手がけている。もちろん、東京オフィスのメンバーにもサポートさせるから」

どう考えても、彼女には反町の考えが理解できなかった。

「謝さん、どうか、よろしくお願いしました」

時制を間違えた日本語を言うと、鍾はわざわざ立ち上がって頭を下げた。

慶齢は途方に暮れて反町を見た。だが、上席パートナーは力強く頷いて見せるだけだった。

おそらく他にも理由があるのだろう。そう察すると、鍾に合わせて立ち上がり、日本語で礼を返した。

「お役に立つかどうか不安ですが、頑張ります」

「じゃあシャーリー、鍾さんを第三会議室にご案内して。私は、トムに連絡をいれるから」

さあ働けと言わんばかりに、反町はさっさと自席に戻って受話器を上げた。慶齢は不可解な思いを抱えたまま、鍾と連れ立って部屋を出た。

「ラッキーエイトの乗り心地はどうでしたか」

廊下に出るなり、鍾は親しげに訊ねてきた。今度は上海語だった。

「えっと……」

仕事のことで頭がいっぱいだったせいもあって慶齢は、すぐに適切な言葉を見つけられなかった。

「正直な意見を聞かせてください。私自身は、まだあの車には値段以外の魅力はないと思っているんで」

「乗り心地は、まあまあだと思います。ただ」

相手に聞かれていないことまで言及しかけたのに気づいて、彼女は口をつぐんだ。鍾は彼女の躊躇《ためら》いを見逃さなかった。

「何です？　遠慮なく言ってくださいよ、シャーリー。ユーザーの率直な意見ほど貴重なものはありません。しかも私たちは、たった今、パートナーになったんです」

彼女は第三会議室のドアを開けて、鍾を部屋に招き入れてから答えた。

「祖母がラッキーエイトを買ったんです。昨日、私も乗せてもらったんですが、坂道の途中で動かなくなって」

「おばあさまの電話番号を教えてください。すぐにもっと性能のいい車と交換します」

こちらが恐縮するくらい、鍾は何度も詫びた。

「そんなにお気遣いなさらないで。祖母は、そういうところも気に入っているようですから」

「そういうところって」

「時々、エンコするところです。生き物みたいだって。昨日も、車を励ましていましたから」

「でもね、車が坂道で停まるのはダメです。ぜひ、おばあさまに、新車をプレゼントさせてください」

慶齢が勧めた椅子にも腰掛けず、彼は何度も懇願した。

「じゃあ、祖母に訊ねてみますから」

「そうしてください。僕が直接、交換にお邪魔しますから」

一体、この人はどういう人なんだろう。人なつっこい笑顔と真摯な態度は、好青年に見える。だがこの若さで、中国の独立系自動車メーカーでも優等生と評価されている颯爽汽車を率いているのだ。ただの好青年では、とても務まるはずがない。

「今回のトランザクションも、そのためなんです。何とか、もう少しまともなエンジンを搭載した車を造りたい。それが僕らの夢なんです。それにね、もっとクリーンな自動車が必要になる時代が来ると僕は思っています。なのにこの国の自主開発に頼っていては、何年も、いや、もしかしたら何十年かかっても完成しないかも知れない。だからアカマ自動車のディーゼルエンジンを製造する子会社を手に入れたいんです」

アカマ自動車のエンジン部門を買うなんてことが、本当に可能なのだろうか。

自動車産業については素人同然の慶齢にすら、それはかなり難しいトランザクションのような気がした。

〝あなたの実力に期待して、なんて思っちゃだめよ、シャーリー。どうもイヤな予感がする。何より完璧な笑顔をつくる人間は要注意〟

常に冷静かつ的確な分析と判断を下す〝心の友〟が、早くも警戒警報を鳴らしていた。

なおもディーゼルエンジンの必要性を熱く語る鍾を探るように見つめながら、慶齢は不可解さに困惑していた。

3

マカオ

静かだった。平日の夕暮れ時だったせいもあるだろう。教会の聖堂には、鷲津以外は誰もいなかった。

宗教とは無縁の生活をしてきたし、神よりむしろ悪魔にシンパシーを感じる彼にとって、教会とはもっと居心地の悪いところだという先入観があった。だがこうして佇《たたず》んでいると、肩から無駄な力が抜けて安らかな気分になった。

マカオの市街地中央部にある聖ヨセフ修道院聖堂は、空の色に似合ったレモンイエローの外観が眩しかった。聖堂内は白漆喰の凝った意匠が施され、優れた芸術品を見ているようだった。

我ながら気恥ずかしいほど敬虔な気分だった。これからここで話される内容自体が、この聖堂への冒瀆になりはしないだろうかとまで思い始めた時、後方の扉が開く音がした。鷲津は振り向かず、気配が移動する様子に神経を集中した。

「神との対話は、済まされましたか」

訛りのない英語が彼の耳元で囁かれた。

「もともと私には、そういう習慣はない」

「なるほど、かつて日本の救世主と呼ばれた人物らしい物言いですね」

隣に腰を下ろした僧服姿の男の横顔を、鷲津は無遠慮にのぞきこんだ。年齢不詳で、若いようでもあり中年のようでもある。穏やかな口調に、育ちの良さを感じた。

「その情報は誤りだな。私の呼び名は、悪魔、死に神、ハゲタカ、ハイエナってところだ」

そう返すと、男は笑った。感情のこもらない笑い方が、鷲津の神経を逆撫でした。

「香港随一の財閥、将集団《コロンビア・キャピタル》の総帥が敬虔なクリスチャンだとは知らなかった」

「神は、すべての人に平等ですから」

相手を確かめるための符牒にあっさり答えたことで、鷲津は右手を差し出した。

「初めまして、鷲津政彦です」

「お目にかかれて光栄です、将陽龍《ジャンヤンロン》です」

若き大富豪が差し出した右手は、しなやかで冷たかった。

香港最大の財閥と言われる将集団は、父の陽明《ヤンミン》が率いていた時に、福建《フージエン》省から香港に渡り、財をなした。

陽明は戦前、日本の特務機関のメンバーだったという噂がある。さらに、日本の諜報網を陰で指揮していたという疑惑も持たれていた。本人は否定していたが、日本語が達者であることや、政財界、そして闇社会とも深い繋がりを持っているという事実が、噂に高い信憑性を与えていた。彼はこれらの人脈を利用し、銀座や六本木などの一等地で不動産を買い漁った。

ところが昨年秋、東京のホテルで陽明が死んでいるのが見つかった。警察の発表では心不全だったが、サムが調べたところ、前夜、言い争う物音を隣室の客が聞いていたことが判明。単なる病死ではない可能性があった。

さらに、後継者としてファミリービジネスを仕切り始めていた長男の陽昇《ヤンシエン》も、後を追うように香港で交通事故死していた。そのため次男の陽龍が急遽、跡を継いだが、総帥になった今でも彼の拠点はニューヨークだった。

ベンチに座り直した鷲津は、聖壇の方を向きながら礼を口にした。

「こんなところまでお呼び立てしたにもかかわらず、お運びいただいたことに感謝します」

「お気遣いなく。香港に所用があったんです。それにこの街にも色々と投資をしていますから」

陽龍は頭巾をはずし、膝をついて十字を切った。名家出身の中国人男性には、思慮深く誇り高い人物が多い。鷲津にはそれが隙のない気品に思えるのだが、陽龍もそんな男に見えた。

「それで、ご用件というのは」

しなやかな身のこなしで鷲津の隣に腰を下ろすと、彼は話を切り出した。

「あなたはCICのやり方に懐疑的だと聞いています」

返事はなかった。陽龍は身じろぎもせず、前方のキリスト像を見つめていた。香港系の華僑の中でも、大陸と距離を保とうとする将一族はCICの動きを警戒しているらしいと、サムは報告していた。

政治が市場に介入するのは、資本主義のルールから逸脱している。共産国家といえども例外ではない。国家権力を笠に着て好き放題をしていると世界を敵に回すというのが、一族の見識だと聞いていた。

鷲津は、先を続けた。

「まもなく私は、CICと大きな買収合戦を繰り広げるつもりです」

「アカマ自動車ですね」

祈りの言葉かと思うくらいの小さな声が、即座に返ってきた。

「さすがは鷲津さんだ。あんなクレイジーな連中とまともに闘おうなんて、常人では考えられない」

褒め言葉と解釈して、鷲津は肩をすくめた。

「私の頭のネジは何本か、抜け落ちているんですよ」

陽龍は微笑んだ。

「ご謙遜を。それで、私にご相談されたい話とは何です」

「私がアカマにＴＯＢをかけた時には、ご支援をいただきたい」

「私に国家を裏切って、小日本人《シャオリーベン》を支援せよと？」

ニューヨーク仕込みの洗練された男から、日本人蔑視の言葉が転がり出たことが意外だった。

「あなた方、華僑にとっての国家とは、中華人民共和国ではなく、もっと精神的なものではないのですか」

「父は、そうではなかった。彼は共産主義国家の中華人民共和国政府に忠誠を誓い、汚い仕事も喜んで引き受けていた」

「そして、命を落とした」

「いえ、病に倒れたんです」

不意をついたつもりだったが相手は動じず、十字架を両手で握りしめて体をかがめただけだった。

「不躾《ぶしつけ》な言い方をしました。ご容赦ください」

「お気遣いなく。ただ、私に何をお求めなのかがわかりません」

再び背後で扉の開く音がして、鷲津は反射的に振り向いた。信徒らしい老婆だった。男二人に一礼して通りすぎると、聖壇の真っ正面で跪いた。鷲津が囁くように話を続けた。

「ビジネスに政治を持ち込んで欲しくないと思っている」

「それは、私も同感です」

「だが、CICは明らかに政治的な意図の下で動いている。それを阻止して欲しい」

陽龍がようやく体を起こして、囁いた。

「そんなことがこの国でできるのなら、私は中南海《ジョンナンハイ》を逆立ちして歩いてあげますよ。赤い資本主義国家などという言葉に騙されてはなりません。中国は、政治超大国です。そしてCICは、中央政府が発明した新型兵器とも言える」

だからこそ、厄介なのだ。

「そんなことをしていたら、この国は立ちゆかなくなりますよ。高度経済成長だと言っても、推進力は全て外国資本と技術だ。国際経済で孤立したら、中国に未来はなくなる」

「同感です。ただ、何もお約束できない」

「約束は破るためにあるものだ。私も期待していない。だが私は、中国の賢人の友を欲している」

賢人という言い回しが、陽龍の気に入ったようだ。いかにも親しげに鷲津の方へ顔を向けた。

「私も、日本のサムライに憧れています」

どこまでも食えない男だった。

不意に陽龍が立ち上がった。

「ところでご覧になりましたか、この修道院の名物を」

「別に観光に来たわけじゃないんでね」

「この聖堂には、聖フランシスコ・ザビエルの右腕の骨が安置されているんです」

陽龍が右手の壁に向かって歩き出したので、鷲津も続いた。壁際に、ガラスケースに入った高さ一メートルほどの金の像があった。その先端部分に、人間の二の腕の骨が安置されていた。

「日本での布教活動を終えた聖フランシスコは、中国大陸での布教を目論んでいました。ところが、当時の明国への入国許可が下りず、彼はマカオ西方にある上川島《シャンチュアン》で許可が下りるのを待っていたのです。そして、四六歳の時、そこで病没しました」

キリスト教伝来は鉄砲伝来と並び、戦国時代の一大トピックとして、日本人が必ず習う出来事ではあったが、そのザビエルがどこで死んだのかについては、あまり聞かない。

「遺体は銀の棺に入れられ、インドのゴアに安置されたのですが、彼の日本での布教を記念して、右腕の骨を日本に送ることになったそうです。ところが、日本は禁教時代に突入。とても聖フランシスコの骨を受け入れられる状況になかったといいます。それで、マカオの聖パウロ学院教会で預かっていたのですが、そこも火事で焼失し、以来この街の教会を転々としていたんです」

とうとうザビエルの骨の話を続ける陽龍の真意を、鷲津は推し量れなかった。

「深い意味はありませんよ。しかし、これも何かの縁ではないかと思いましてね。日本ゆかりの聖人の骨が眠る場所で、日本の救世主と出会えるなんて」

根拠のない不安がよぎった。第一印象や胸騒ぎを侮ってはいけないと考えている鷲津は、やけに芝居がかった振舞いをする若き大富豪を覗き込んだ。だが、鷲津の不安など気にもしないように、陽龍は胸のクロスに触れながら、にっこりと微笑んだ。

「聖フランシスコのために祈りましょう」

4

マカオ随一のポルトガル料理屋「ファッシウラウ」で、名物のハトのローストを切り刻みながらも、鷲津はまだ陽龍に抱いた違和感が気になっていた。

「珍しいわね、あなたがそんな上の空だなんて」

リンがナイフを持つ手を止めてくれなければ、ハト肉はミンチになっていたはずだった。

サムと前島は、先にホテルに戻っていた。将陽龍との会談を終えた鷲津は、近くのカフェでリンたちに合流した。リンはホテルに戻ろうとする鷲津を無理に引き止めて、この店の片隅に押し込んだのだ。

一九〇三年に創業した老舗レストランで、聖ヨセフ修道院から歩いてもさほど遠くない場所にあった。煉瓦と白壁、さらにアーチ形の壁で仕切られた店内は、かつての宗主国であるポルトガルの風情を色濃く漂わせていた。

鷲津は敢えて陽龍の反応だけを伝えた。リンが途中で話を遮って、シャンパンを一本開けた。

シャンパンのおかげで人心地がつくと、彼の心の奥底に押し込まれていたより大きな不安が頭をもたげてきた。

「俺も人間だってことだ」

「そうね、私も否定しないわ。でも、そんな苛々した状態で美麗に会えば、一華の小僧を喜ばせるだけよ」

リンの冷静な忠告はありがたかったが、無視して、鷲津はシャンパンを味わうことに集中した。いらいらと指でテーブルを叩く手を、リンが握りしめた。

「落ち着きましょうよ、政彦。アランのためにも」

だが、どうしても気が逸る。

「ねえ、聞いて」

いきなり鷲津の両頬に手を添えたリンが、宥めるように話し始めた。

「美麗に会えたとして、あなた、彼女に何を話すつもりなの」

「初対面だからな。丁重なご挨拶をして、アランとの関係を」

「冗談でしょ。そんな酷いことを本気でやるわけ」

さらに苛立ちが募ってきたのを抑えられず、鷲津はリンに反論した。

「何が酷いんだ」

「だって、そうでしょう。アラン坊やと彼女は、婚約していたという話じゃない。その彼女に会っていきなり、おまえはアランとどういう関係だって、聞くわけ」

リンの言うことは理解できた。だが、さすがの鷲津も、探し求めていた相手を前に、何を話せばいいのか途方に暮れていた。

「初恋の相手に会う訳じゃないのよ。彼女が話しやすい環境をつくれなければ、会ったって意味がない」

「どうすればいい」

リンはしばし唇を閉じて、鷲津を見つめていた。別にとがめる目をしているわけではなかった。むしろ哀れんでいるような気がした。

「そんな目で見るな、リン。今の俺には耐えられんよ」

「私たちがすることは、彼女が話し始めるのを待つことだと思うけど」

彼女の落ち着きが、ようやく鷲津にも伝染し始めた。

「アランが本当に彼女を愛していたのなら、彼女は、私たちにとっても大切な人よ。そのことを忘れないで。私たちの想いが伝われば、あの晩、何があったのかを話してくれるんじゃないかしら」

リンの言葉を聞くうちに、少しずついつもの自分に戻っていくのを感じた。

「あなたが、彼女を探し求めたのは、アランの死の真相を知るためだけじゃないでしょ。アランが愛した女性に会いたかった。その想いを正直に伝えるべきよ」

「俺は我を忘れていたようだ。悪かった」

「謝ることじゃないわよ。政彦の気持ちは痛いほど分かるから。だからこそ、気をしっかり持って欲しいの」

鷲津は頷き、彼女の手を握り返した。その手を取ると、リンは自分の頬に当てた。

「長かったわ。でも、あなたは決して諦めなかった。素晴らしいことよ」

「そうじゃない、リン。ただ俺に責任がないことを証明したかっただけだ」

「ずっと自分を責めてきたんでしょうね。私もある時期、あなたを許せなかったぐらいだから。でもね、もうやめて。あなたは悪くないわ」

彼は首を振ることで、自らを許せない想いを伝えた。

「自分を責めないで。いい、政彦。もう一つ忘れてほしくないのは、今夜のランデブーを誰が仕切っているかという点よ」

一秒たりとも忘れてはいなかった。

「あの小僧が、ただの善意だけで、彼女に会わせるとは到底思えない。必ず、とんでもない条件を出してくる。その時、自責の念に駆られていては、あなたは大切なものを失うわよ」

「何だ、俺が失う大切なものとは」

鷲津をじっと見つめてから、リンはシャンパンを一口含んだ。

「アランが、あなたに憧れ続けた源。すなわち、沈着冷静で地獄の果てでもおのれの主義を曲げないサムライ魂よ」

「そんなものは、とっくに失せたよ、リン」

「いえ、あるわよ。あなたの、ここにね。自覚できなくなっているかも知れないけれど、ちゃんと、ここに、まだあるわ」

リンの手は、鷲津の心臓の上を叩いていた。

「神鷲《ゴールデンイーグル》が、まだここにいるのよ」

言われてみれば、自分の胸の奥で確かに何かが蠢《うごめ》いているのが感じられた。

それが覚醒したという実感はなかった。ただ、これから始まろうとする出来事と対峙する覚悟だけはできた。


鷲津とリンを乗せた黒塗りのベンツが、マカオ半島とタイパ島を結ぶマカオ・タイパ大橋を渡り始めた時、携帯電話にサムから連絡があった。

「彼女とおぼしき女性が、ピアノを弾き始めました」

「一華は」

胸の高鳴りをこらえて鷲津は短く訊ねた。

「近くの席で、演奏を聴いています」

「彼女だと思うか」

「日光に残っていたツーショットの写真の女性に、似てはいます」

賀の経歴には曖昧な点が多かった。したがって美麗と彼の関係も、本当に叔母と甥なのかは分からないままだ。

「あと二〇分ほどで着く」

「玄関でお待ちしています」

電話を切ると、海を眺めていたリンが「もう、来ているのね」と呟いた。リンの手が鷲津の手を握った。

「大丈夫だ、リン。もう動揺も、焦りもない」

「楽しみね、彼女に会うのが」

星一つない夜だったが、海上を渡る大橋で窓を開けた時、海の香りが柔かく車内を満たした。タイパ島を越え、かつては浅瀬だった場所を埋め立てた外資系カジノホテルが並ぶコタイを過ぎ、車はコロアン島の周回道路に入った。ギラつくネオンが見えなくなると、車は南東の岬にあるウェスティン・リゾートへと続く坂道を上り始めた。

ホテルの玄関口で、約束通りサムが待っていた。

鷲津は濃紺の麻のジャケットの下に、白のポロシャツ、芥子色のチノパンというラフな格好が少し気になって、リンに問題ないかどうかを訊ねた。

「別にお見合いするわけじゃないから、いいでしょ。正装する方が、変よ」

彼女はもっとラフだった。真っ赤なタンクトップの上に麻のショールを掛け、ジーパン、サンダルという軽装だった。

彼らがロビーに入ると、遠くからピアノの音が聞こえてきた。

「まあ、〝ア・タイム・フォー・ラヴ〟とは、ご挨拶じゃない」

ウェスティン・リゾートのピアノは、二階のバーにあった。彼らはピアノの音色に導かれるように進んだ。

硬い音だった。本来、心の中に染み入るような繊細な曲だったが、鷲津の耳は、他者を寄せ付けない孤高を感じた。

バーへ続く階段の手前で、賀と彼の取り巻きが待っていた。

「さすが鷲津さんだ。時間通りですね」

昨夜同様のタキシード姿で、相変わらず挑発的な笑みを浮かべていた。

「こんばんは、賀さん。約束を守ってくれてありがとう。心からお礼を申し上げますよ」

鷲津は慇懃に、会釈までして見せた。

「礼には及びませんよ。あなたに喜んで戴けて何よりです」

「じゃあ、彼女のピアノをたっぷり拝聴した後、私の部屋でじっくり話を伺ってもいいだろうか」

「もちろんです。ただ、その前に、ささやかなお願いがあります」

賀は伏し目がちに話し始めた。

「実は来週、僕はアカマ自動車に対して、TOBをかけようと思っているんです」

唐突な話にさすがの鷲津も戸惑ったが、それでも笑顔は消さなかった。

「それは、素晴らしい。ご成功をお祈りしていますよ」

「ありがとうございます。鷲津さんほどかっこよくはいきませんが、でも、大丈夫。必ずアカマを僕のコレクションに加えますよ」

苦笑いがこみ上がってきた。

「それでお願いというのはですね、僕のＴＯＢの邪魔をしないと、お約束戴けないかと思いまして」

思わず笑い声を上げそうになるのをこらえて、鷲津は両手を広げた。階上のピアノの調べには更に硬さが加わり、激しさを増したように思えた。

「何だ、そんなことですか」

「そんなこと、ですって」

神経質そうに鷲津の反応を窺っていた賀が、顔を歪めた。

「いや、失礼しました。一体、どんな無理難題が出てくるのかと思っていたもんでね。昨夜も申し上げたと思いますが、私はアカマ自動車になんて、全く興味がない。どうぞ、存分にやってください」

賀がずるそうに鷲津の顔を覗き込んだが、やがて精一杯の愛想笑いを浮かべた。

「武士に二言は、ありませんか」

「もちろん」

不意に賀の右手が差し伸べられた。

「さすがは鷲津さんだ。話が分かる」

坊や、約束は破るためにあるんだよ。

賀の冷たい手を握りしめるだけでなく、鷲津は片手で彼のか細い肩を叩いて激励まで与えた。

「お手並み拝見だな。期待しています。じゃあ、よろしいですか」

賀だけではなく取り巻きも脇に退き、階上に繋がる階段が見えた。

「恐れ入ります」

ピアノの音色がやけに感情的だった。

「そうでした、鷲津さん。一つ、言い忘れていました」

踊り場まで辿り着いたとき、背後から賀が声をかけてきた。嫌な予感を感じながら、鷲津は振り向いた。

「実は、叔母は、ウォードさんが亡くなったショックから記憶を失い、口がきけなくなっています。どうか、ご容赦ください」

激しい怒りで肩を震わせたリンが階段を駆け下りそうになったのを止めて、鷲津は小さく会釈を返し、階段を上りだした。

上海の買収王が、下卑た笑みを浮かべていた。

ちょうど二階に辿り着いた時、美麗が、最後の一音を弾き終えた。

第三部　宣戦布告

第一章　喪失

1

二〇〇八年六月七日　山口・赤間

「間違いないんだな」

大内は、テーブルいっぱいに広げられたファイルの向こうでかしこまる男に念を押した。急遽、極秘で赤間本社に呼び戻されたアカマ・アメリカ（ＡＡ）の営業推進部第二課長、田辺英輝《たなべひでき》は、まっすぐに大内を見つめて頷いた。薄暗い部屋にいるのは、三人だけだった。なのに、なぜか酸欠になりそうな息苦しさを感じた。

大内は、自分がこの場にいなければよかったと思った。窓の外は午後三時というのに既に薄暗く、少し前から降り始めた雨で遠くの山並が煙っていた。

叶うなら、あの雨の向こうまで飛んでいきたいのう。

株主総会まで三週間余となった土曜日の午後で、大半のスタッフ部門は休日出社していたが、彼らのいる部屋だけは通夜のように陰気だった。

「田辺君からの情報を元に、我々の方でも独自に調べたんですが、明らかに数字の操作が見られます」

社長室次長で東京駐在の保阪時臣《ほさかときおみ》が、薄暗くなった部屋の灯りを点けながら補足した。さりげない気配りが、彼らしかった。

社内外で切れ者として通り、将来は社長の可能性も囁かれている保阪は、海外事業全般の社長業務を補佐していた。慶應義塾大学経済学部を卒業後、ハーバードでMBA取得という経歴は、泥臭いイメージが強いアカマでは変わり種だった。米国投資銀行に内定していた保阪を、これからのアカマに求められる人材だと、当時、国際部担当役員だった赤間周平が〝特別待遇〟で強引に入社させたという逸話もある期待の星だった。四三歳で社長室次長という地位にいるのも、その証左だった。

感情が読み取れない切れ長の目のせいもあって、とっつきにくい印象があったのだが、キャリアを鼻にかけることなく真摯に経営陣の期待に応える姿勢に、大内は好感を抱いていた。

社長室でのキャリアは大内よりも一年長かったが、大内が室長に就任するなり、保阪は部下の一人として溶け込んだ。赤間市で行われる社長室内の親睦行事にも積極的に参加するし、大内が東京に出張で出向けば、双方の時間をやりくりして飲みに出かけた。そこで互いの情報交換のみならず、アカマの将来について熱く語り合った。社長室長に就任してから始まったつきあいとはいえ、腹を割って話し合えるパートナーだった。

部下は従わせるものと考えていた大内も、保阪に対しては尊敬の念すら抱いていた。そして、彼には社長の座について欲しいとも心密かに願っていた。

その保阪の将来すら揺るがしかねない事態が起きようとしていた。

アカマ・アメリカの二〇〇六年度の第一・四半期から第三・四半期までの財務諸表に、改竄《かいざん》疑惑が持ち上がったのだ。しかも、それは、一昨年末までアカマ・アメリカの社長を務めた赤間太一郎が犯した失敗を粉飾するためだという。それが事実なら、彼らはとんでもない爆弾を抱えたことになる。

九月決算であるアカマ・アメリカは、現在が二〇〇七年度第三・四半期にあたる。開設以来、海外事業部の〝優等生〟と呼ばれたアカマ・アメリカだったが、今期は厳しい状況が続いていた。大幅な売上減のために、第二・四半期で遂に営業赤字に転落。第三・四半期になっても回復の目処は立たなかった。ところが、この営業赤字が実は、前年の太一郎在任中から始まっていたと田辺が告発したのだ。

アカマ社内には内部監察室というセクションもあるが、田辺のように、社長室に直訴する社員も少なくなかった。歴代経営者の名言を集めた〝アカマの言葉〟には〝風通しの良い会社とは、部下が面と向かって上司に悪口を言える会社だ〟という一文があり、告発行為は愛社精神の一環と捉える者が多かったからだ。

企業によってはお飾り的存在でしかない社長室だが、アカマの場合は、社長の業務を補佐するだけではなく、積極的な情報収集からアドバイスまでを担っていた。

「売上が伸び悩んだのは、いつからだい」

業務連絡のような気安さで訊ねる保阪の声で、大内は現実に引き戻された。

田辺は唇を舐めると、言葉を選ぶように答えた。

「〇五年度に史上最高益を上げた後、坂道を転がり落ちるように凋落が続いています。ご存じのように坊ちゃんは、アカマを欧州車ブランドのような高級車メーカーにしたいとお考えでした。そこで大胆な戦略転換をされたのですが、どうもそれがいけなかったようです」

高級車志向は、太一郎の持論だった。

――大衆車を薄利多売で売って数字を稼ぐ時代は終わった。これからは、ステイタスとしてアカマの車に乗っていただくべきだ。

太一郎は、ことあるごとに繰り返す。だが、アカマにとって高級車とは、事業の根幹ではなくアイテムの一つだというのが、周平から会長の曾我部、社長の古屋までの一貫した方針だった。

ただ、アメリカのビッグスリーの主力が大型車である北米地区だけは、頑丈さと高級感を併せ持ったSUVのペガサスを前面に推す戦略を採っていた。〇五年にはアトランタに専用工場を設け、日本にも逆輸入していた。

ところが、最近のガソリン高や、中型小型車志向がアメリカでも強まったために、アカマ・アメリカは業績を落としている、と報告されていた。

だが、田辺の話だと、別の理由が業績悪化の大きな要因である可能性が高いという。

アメリカでの高級車志向に懐疑的だった本社の意向を無視した太一郎が、アカマ・アメリカ社長就任直後に、ハイブリッド高級車マーヴェルの販売に力を入れ始めたのだ。

その結果、受注だけが膨れあがり、供給が追いつかないという、あってはならない事態を引き起こしてしまう。だが、それでも太一郎が社長でいるうちは、堅調との報告しか上がってこなかった。

「田辺君、ここは、社長室専用のミーティングルームでね。毎週、盗聴器のチェックもしている。安心して、正直に話してくれないかい」

嘘ではなかった。彼らがいるのは、S室と呼ばれている本社ビル六階の社長室内にある特別室で、徹底した防諜対策が施されていた。

多くの社員は、そんな部屋があることすら知らない。また、S室の意味も、社長室員ですらほとんどが誤解している。社長室のローマ字読みでS室か、スペシャルな部屋か、と思われていたが、実はシークレットのSだった。

田辺は、額に滲んだ汗を皺だらけのハンカチで拭った。

「AAの業績が一気に悪くなったのは、〇六年度第一・四半期です」

「太一郎さんが、新アメリカ戦略を発表した直後ということかい」

田辺の緊張をほぐすかのように、保阪が言葉を挟んだ。

「おっしゃるとおりです。〇五年度のAAは、史上最高の売上と収益を上げて沸き返っていました。坊ちゃんは、〇五年度決算の三ヵ月前にアトランタのAA本社に着任されて、絶頂の美酒を味わったわけです」

大内には、田辺の物言いがずっと引っかかっていた。そもそも、太一郎を「坊ちゃん」などと呼ぶ者は本社内では珍しい。田辺は、当たり前のように呼んでいたが、そこに太一郎に対する敬愛の情は窺えなかった。大内が知る限りでは、太一郎はアカマ・アメリカで先頭に立って奮闘を続けて、社員からの人望も厚いと評判だったにもかかわらずだ。

「絶頂期から半年で、業績が悪化したことになるな。その半年で何があったんだね」

保阪に質問役を委ねて、大内はアカマ・アメリカからの報告を思い出していた。

「〇六年度は、〇五年度の勢いそのままの滑り出しだったんです。ところが年度早々に、坊ちゃんが収益構造の改善と銘打って、利益率の高いタイプの車種を売るキャンペーンを展開されて、狂い始めたんです」

「あれは、成功したと聞いているけど」

保阪も驚いたようだった。田辺はボールペンで、忙しなく資料を叩いた。

「見かけだけです。あれには、トリックがあるんです」

「どんな仕掛けがあったんだい」

「色々あります。まず多額の奨励金を付けていたんです。その事実を隠していました」

競争が激化している地域や車種において、大きな割引を行う際に、本社からディーラーに支払われる補助金のことだった。

「どのくらいだね」

「一五〇〇から二〇〇〇ドル、最近では、二五〇〇を超えたケースもあるという噂です」

二〇万円前後の奨励金というのは、あり得ない数字ではない。ただ、タイミングと使い方が問題だ。

「車種は？」

保阪が問うと、田辺は言いにくそうに答えた。

「発売し始めたばかりのペガサスとピックアップトラックのヌーバです。そして、マーヴェル」

大内は我が耳を疑った。新車発表直後から奨励金を付けるのは、弱気の証のようなものだ。そんな戦略は、普通は許されない。また、人気車マーヴェルは割引を一切行わない戦略が、国内でも長く続いている。だが対象車はそれだけではなかった。田辺は苦しそうに続けた。

「日本では発売を中止したトリプルもです」

日本産スーパーカー、というコンセプトで一九八〇年代中盤に発売を開始したトリプルは、バブル時代の象徴とも言える高級スポーツカーだった。アカマ史上屈指の名車と呼ばれているアカマ３０００の進化型と銘打ち、３０００ccのレーシング・ターボというレース仕様のエンジンを搭載した贅沢な車だった。アメリカでも九〇年代以降着実に販売台数を伸ばしていたのだが、時代の波に呑まれ、二〇〇五年三月をもって日本での製造販売を終えていた。

感情を表に出さない努力をしていたのだが、大内の我慢は限界を越えそうだった。保阪は冷やかすように口笛を鳴らした。

「まだ、売れていたのか」

「とんでもありません。車高の低いスポーツ車は、アメリカの道路事情にそもそも合ってないんです。その上、アメリカで扱っていたのは、GTXというハイグレード車です。一台、一二万ドルもするんですよ。それだけ払えば、ポルシェだって買えます」

大内はこれ見よがしに天を仰いだ。アカマを高級車メーカーにしたいというのは、創業以来の宿願ではある。だからこそ、マーヴェルも発表したのだ。だが今だに、ベンツやBMW、あるいはジャガーと肩を並べられないでいる。さらに、スーパーカーのジャンルでは、最初から蚊帳の外だった。

ポルシェのエンジニアやフェラーリのデザイナーまでスカウトして取り組んだトリプルだったが、欧米の自動車ショーでは、「全てにおいて中途半端」と酷評されていた。

大内個人としては、なりふり構わぬ高級志向は、大衆車ブランドとして世界に名を馳せたアカマ自動車の過去の栄光を否定するものだと認識していた。人にはそれぞれの分相応というものがあるように、自動車メーカーにも身の丈に合ったブランドがある。アカマブランドの身上とは、高性能と使いやすさ、そして何よりも親しみやすさなのだ。

大内の驚きをよそに、保阪は淡々と訊ねた。

「だが、トリプルなら二〇〇〇ドル程度の値引きをしても、さして効果はないだろう」

「五〇〇〇から一万ドルまであったようです」

「そんな奨励金を出した記録はないよ」

保阪は資料をめくりながら確認した。

「全て販促費として処理されたそうです」

そうすると販促費が、突出することになる。大内は手帳に、〝〇六年度以降のＡＡの販促費精査〟とメモした。

「販促費については、社内規定がある。売上高に対して、八％を超えてはならないはずだよ。それを超えれば、財務が黙っていない」

保阪でなくてもそう思うのは当然だ。アカマでは厳しい原価意識が徹底されていた。

「ＡＡには、意味不明な項目がいろいろあるじゃないですか。関税対策費とか、地域格差是正費とか」

大内でもよく分からない項目があるにはあった。だが、アカマの財務の厳しい眼をごまかすには、何らかの社内政治も必要なはずだ。

「もう一つ、売上を落とした理由があります」

事態の深刻さに黙り込んでしまった二人をよそに、田辺はさらなる問題を投げた。

「レギュラーキャブの価格設定が、ペガサスもヌーバもアメリカのライバル車より五〇〇〇ドルから六〇〇〇ドルも割高に設定されていたために、初期の売上ダッシュに失敗してしまったんです」

新車を発表した際、購入しやすいようにオプションを一切つけず、エンジンや内装なども主力車よりも一ランク低いモデルを設定する。それをレギュラーキャブと呼ぶのだが、通常、その価格設定は、他社のライバル車のレギュラーキャブよりも割安にするのがアカマ独自のやり方だった。

「五〇〇〇ドルも割高なら、二五〇〇ドルの奨励金があっても、まだライバル車より高いじゃないか」

保阪が呆れて言うと、田辺は目をつぶって深呼吸した。

「そうです。そのため乗り換えのお客様を獲得できず、最初からつまずいてしまいました」

そもそも太一郎のアカマ・アメリカ社長就任のご祝儀として、両車のニューモデルが発表されたはずだ。ＧＭやフォードなどのライバル車よりも性能も居住性も高く、燃費も一・五倍も良かった。それに、従来の日本車の弱点と言われた車体強度でも、軽量でありながら頑丈な最新ボディを導入したのだ。

大内はついに口を開いた。

「レギュラーキャブの価格戦略や奨励金の問題は、本社からの指示なのか」

「いえ、そうではないと聞いています。実際には、ライバル車よりも一〇〇〇ドルほど低いレギュラーキャブの予定だったのですが、それを坊ちゃんが弱気だと却下されたとか」

いくら創業者一族とはいえ、本社の意向をそこまで無視した方向転換ができるものなのだろうか。そもそも一族が異動すると、暴走を防ぐために複数のお目付役が一緒に動く。また、異動先の責任者がしっかりと手綱を締めるというのが、慣例のはずだった。その安全装置がなぜ働かなかったのだろうか。

「ご存じですか。現クォーター（四半期）中に、ＡＡ史上初めてアトランタ工場で五日間、ダラス工場で一二日間、それぞれ操業停止すると報告されていますが、それまでにもさまざまな理由をつけて操業停止は行われています。実際来期は、その三倍ぐらい工場を止めないと、売れ残りで溢れてしまいます」

嘘というのは、恐ろしい魔物だ、一度生まれると、あっという間に肥大し、それを口にした人間を滅ぼしてしまう。

〝アカマの言葉〟に記された先人の教えだった。

これ以上の話は、田辺に質すべきではない。アカマ・アメリカの現場責任者たちへのヒアリングしかありえない。

来週月曜日の拡大取締役会では、防衛産業部門設立の動議を挙げる予定だった。ところが、今の話は、それ以上に早急かつ徹底的に対処すべき問題だった。

大内はほぞをかむ思いを抑えて、もう一つ気になっていたことを訊ねた。

「さっきからずっと赤間副社長を〝坊ちゃん〟と呼んでいるが、アメリカでは皆、そうなのかね」

自身の告発で心なしか高揚していた田辺の顔に、朱が差した。

「失礼しました。けっしてバカにしているわけではありません」

「そんなことは、訊ねていない。君が抵抗感なく副社長をそう呼ぶのは、ＡＡでは、皆がそう呼んでいるからかと聞いているだけだ」

「ご本人に向かっては側近の方々だけですが。いらっしゃらないところでは、誰もが、そう呼んでおりました。申し訳ありませんでした！」

やにわに立ち上がると、田辺は頭を下げた。まるで不敬罪に問われたようだな、と呆れながら、大内はさらに訊ねた。

「坊ちゃんの人望はどうだったんだ」

田辺は明らかに動揺していた。すかさず保阪が、田辺の背中を押した。

「建前を聞いているんじゃないからね。君らの本音を教えてくれ。分かっているだろうけど、ここで正直に話すことが、アカマ自動車の将来を左右するんだ」

大袈裟だったが、効果があったようだ。彼は意を決したように立ったまま答えた。

「赤間副社長の前任者は、とても素晴らしい方でした。史上最高の業績を上げただけではなく、日米の双方の社員が団結して全米一になることに邁進するために、先頭に立ってくださいました。赤間副社長もその真似事はされましたが、結局は空回りばかりで、現場の士気は最悪です」

こうやって企業は傾いていくのだ。

社長室長に就任した際、前任者から「倒産した会社の軌跡を、徹底的に研究せよ」と言われたのを、大内は思い出した。「アカマが、同じ轍を踏んでいないか。それを最初に社長に進言するのが、社長室長の使命だ」という言葉が、改めて重くのしかかってきた。

――もう創業者一族が社長になるような時代やない。太一郎は、社長どころか副社長の器ですらない。〝大政奉還〟などとぬかして太一郎を社長にすることはなかろうて。

不意に、周平翁の言葉が、大内の脳裡に蘇ってきた。

2

「彼は大丈夫か」

二人だけになり、広げたファイルを片付けている保阪に、大内は訊ねた。情報の確度ではなく、漏洩が気になったのだ。

「しばらく中国にやります」

保阪は二人分のコーヒーを淹れると、窓際に立って外を眺めていた大内に手渡した。簡易タイプではあったがドリップ式のコーヒーは、やり切れない苛立ちを和らげてくれた。

「名目は？」

「田辺は、以前から中国アカマを希望していました。中国視察旅行がありますから、メンバーに加えました」

社内の人間だけでなくマスコミにも嗅ぎ付けられないために、当分アカマから遠ざけておきたかった。田辺の忠誠心を疑ってはいないが、人の口に戸は立てられない。

「誰か、付けているのか」

「内部監察室に一人、中国語が達者な者がいますので、二四時間監視させます」

嫌な仕事だった。大内でさえ室長に就任するまで、こんな陰の仕事の存在を知らなかった。もちろん今でも、同僚を疑うような行為は気乗りしない。

しかし、人は弱い動物であり、敵は弱点を突いてくる。本人にその気がなくても、知らないうちに取り込まれているという可能性もあるだけに、やらないわけにはいかなかった。きれい事だけでは世界市場で闘えない。誰かが手を汚す必要があった。

「願ってもないチャンス到来ですね」

大内には思いがけない一言だった。だが保阪の声は心なしか弾んでいる。

「何が、チャンスじゃ。えらい厄介事じゃ」

「上手に使えば、強力な交渉カードになりますよ」

「交渉カードじゃと」

雨脚が強くなっていた。嵌め殺しの窓にもかかわらず、雨音の激しさが聞こえてきそうだった。大内は信頼する部下の横顔に視線を移した。

「そうです。このカードがあれば、太一郎さん一派を、抑え込むことができます」

どうやら保阪は、この情報を朗報としか捉えていないらしい。

「つまり、防衛産業部門設立を押し通すためのカードに使えというわけか」

「お嫌でしょうが、ここは手段を選んでいる時ではありません。今夜にでも、ＡＡの津野《つの》社長を呼びつけて詰めましょう」

週明けの拡大取締役会に出席するため、アカマ・アメリカの役員の多くが帰国していた。

「いや、それはダメだ」

言下に否定されたのが不満だったようで、保阪は大袈裟に驚いた。

「なぜです。我々の作戦は、盤石じゃありませんよ。アカマに防衛産業と聞いた瞬間、拒絶反応を示す臆病者はいくらでもいます。例の鷲津カードを切ったとしても、どこまで賛意を得られるか。とにかく現状では、最後の数票が読めないいんですから」

防衛産業部門設立の提案は、アカマのタブーだ。賀一華《ホーイーファ》からアカマを守るための最後の手段として、その禁を敢えて冒そうというのだ。質実剛健、堅実こそが安泰の源と信じて疑わない取締役連中が、大反対するのは目に見えている。

だからこそ、鷲津政彦という怪物が中国国家ファンド側に付いたというガセネタまで用意して、反対意見を封じ込めようとしているのだ。

どう転ぶかは、蓋を開けてみなければ分からない。その上ここ数ヵ月、古屋によって傍流に追いやられた守旧派と若い世代が中心になって、太一郎を担ぎ出そうという動きが活発だった。

太一郎の大失態だけでなく、彼の周囲がそれを隠蔽しようとしたのが事実なら、自分たちの〝大博打〟を成功させるための切り札になる。

「一つ間違えば、社長の命取りになるんだぞ」

「これは、ＡＡの問題です。古屋さんに責任はない」

保阪らしいドライな解釈には反感を持ったが、感情的になる話ではないと判断した。突然、疲れを覚えて、大内は椅子に腰かけた。

「だがＡＡはグループ企業であり、七〇％は、アカマが株を持っているんだ。連結対象なんだ。ＡＡの問題は、アカマ全体の問題だよ」

「その旧態依然とした発想こそ、やめませんか。AAの大株主だからこそ、前社長の経営責任を問うべきなんです。しかも、相手は創業者一族なんです。対外的には、あっぱれと賞賛されます」

MBA的発想ならそうだろう。だが、一番の問題は、アカマ社内の反響であり、昔気質の古屋の気持ちだった。

「この問題を社長が知れば、躊躇なく太一郎さんを退任させるだろう。同時に、ご自身も社長を辞す」

保阪の反論を抑えるように、大内が続けた。

「古屋さんがどういう男なのかは、おまえも知ってるだろう。いいかね、あの人は、賀一華にいたぶられただけでも、経営責任をとって辞めると言うような人だ。創業者一族を切って、平然としていられるわけがない」

保阪が憤然として、大内の隣に腰を下ろした。

「じゃあ、どうするんです。この話を握りつぶすんですか」

そうしたい。いや、せめて俺は聞かなかったことにしたい。

その方がはるかに楽だった。だが、大内にそんな選択肢はなかった。

「聞いてしまったんだ。無視はできない」

「ひとまず関係者に、事情聴取をしましょう。それから、善後策を考えればいいじゃないですか」

常に物事を前に進めようと考える合理主義者の保阪らしい割り切りだった。

「いや、彼らに少しでも感づかれたら、おしまいだ。方針が先だ」

いちいち意見がぶつかるのがストレスらしく、保阪がついに貧乏揺すりを始めた。言いたいことは山ほどあるのだろうが、じっと我慢して大内の言葉を待っていた。

「焦れったいよな。俺もそうだよ。だが、これがアカマなんだよ。この焦れったさとやりきれなさに何度も足をすくわれそうになりながらも、俺たちは今日までやって来たんだ。この会社の根っこに未だに厳然と存在するのは、旧態依然とした思想なんだ」

タバコを吸わない保阪に断ってから、大内はハイライトをくわえた。そして、椅子の背もたれに体重を預けて、深く一服した。

「一つだけいいですか」

保阪にしては、珍しくせっかちだった。

「アカマ自動車は、いつまで後生大事に創業者一族を守る気です。昔はもっとシビアだったそうじゃないですか。周平さんが社長に就かれたのは創業者一族だからではなく、経営者として卓越されていたからだと聞きました。アカマは、単に世襲じゃない。アカマの魂を受け継げば全てアカマ人だという〝アカマの言葉〟は、絵空事ですか」

「実際、太一郎さんも、今までは成果を出していたんだ」

「そもそも周作《しゅうさく》さんの身代わりじゃないですか」

東工大で機械工学を学んだ後、工場ラインから働き始めた周作は、周平翁自慢の息子だった。

海外戦略で苦戦しているインドネシアに行かせてほしいという彼の強い希望で、ジャカルタに駐在させた。そこでマラリアにかかり命を落としてしまったのだ。

周作が生きていれば、太一郎の人生も随分変わったはずだった。そのために、太一郎のことを今でも代役と言って陰口を叩く者もいた。

「よさないか。おまえが言うことじゃない」

失意のどん底からはい上がった周平翁は、甥の太一郎に帝王学を教え始めた。しかし、しょせん代役は、代役。帝王学を吸収するような器量はなかった。

「しかし、これからのアカマを率いるのは、彼では無理だと思いませんか」

正論ではあった。大内は顔をしかめた。

「思うさ。だからこそ、俺は必死で古屋さんを守っているんだ。だがな、太一郎さん自身が辞めると言わない限り、社内に不協和音が生まれるだろう」

「ならば、我々がそういう画を描いてやればいいじゃないですか。表向きは、別の理由をつけて」

大内は呆れるしかなかった。

「それができたら、苦労せんけえ。あん人は、社長になりたくてしょうがないんじゃ。そんな人が、自分から辞めたりせんよ。それにな、アカマ・アメリカの決算の粉飾《ドレッシング》を、彼が知らんかったっちゅう可能性もあるけぇの」

創業者一族である赤間太一郎の業績に、傷をつけてはならない。それを「忠心」だと勘違いしている輩はたくさんいる。

「たとえ知っていても、彼が認めるはずもないだろう。その時はどうするね。いつ上海の怪物から買収工作をかけられるかも知れないというこの時期に、社内を四分五裂するような火種をつくるのかい」

腹立ち紛れにテーブルを叩くと保阪は立ち上がり、部屋の中を落ち着きなく歩き回った。

行き場のない彼の怒りを察した大内はそれをとがめず、再び打開策に考えを巡らせた。

保阪の言い分は、正しい。世界一を争う自動車メーカーとはいえ、将来が安泰な訳ではない。地球温暖化や石油の高騰、さらには少子化など、次々と噴出する難題を死ぬ気で切り抜けていかなければ、自動車メーカーは斜陽産業に転落する。

だからこそ、会社に求心力がいるのだ。

かつて創業者一族とは、その求心力、精神的支柱だった。皆、鷹揚で品があり、謙虚で思いやりがあった。何より車を愛していた。

窓を見やると、雨がさらに激しくなっていた。文字通りどしゃ降りで、近くの景色さえ霞んでいた。

そう言えば、そろそろレースが始まっているはずだ。最高顧問の赤間周平翁が、アカマサーキットのシニアクラスレースに参戦していた。この雨は、翁の涙かもしれない、とふと大内は思った。

——びったれが。

周平翁は、太一郎をそう吐き捨てていた。亡き息子への想いを断ち切り、太一郎を全力で鍛えた当事者ゆえの悔しさが、その言葉に滲んでいた。

〝アカマは、ある種の宗教団体のようなものだ。車を呼び水に車好きの人材を集め、創業者という偶像を奉る。そして実力のある側近たちが偶像を上手に利用して、社員を信者に育て上げる〟と月刊誌で揶揄されたことがあった。

会社としては猛烈に抗議したが、当時会長だった周平翁は、「うまいこと言うのう」と笑っていた。

大内も、同感だった。アカマの結束力は、信仰に似ていた。だが、この偶像が神通力を発揮するには、偶像自身の人間的魅力が必要だ。

太一郎には、それがない。それゆえ、あわよくば彼を傀儡《かいらい》にして、自らが摂政や関白となり、会社の実権を握ろうという邪《よこしま》な連中につけ込まれるのだ。

「今日は、スリッピーだろうな」

無意識に近い状態で、大内は呟いていた。

「何ですか」

「サーキットだよ。周平さんはレース中だ」

「確かに酷い雨ですね。あの方も、お元気ですね。こんな雨でも、きっと嬉々としてハンドルを握っていらっしゃるんでしょうから」

典型的な車バカ。だからこそ、誰からも愛されるのだ。そしてアカマもここまで成長し得た。

「やっぱり、その方法しかないんじゃろうか」

ずっと頭の片隅に灯っていたアイデアを、大内は言ってみる気になった。

保阪が立ち止まった。

「妙案が浮かびましたか」

「とは言えないな。無策よりはマシという程度だ」

好奇心に満ちた目をして、保阪が隣の席に体を滑り込ませた。

「やりたくなかったが、周平さんに引導を渡してもらうしかないと思う」

保阪が深く頷いた。

「なるほど、その手がありましたね。それならば、社長に火の粉はかからない」

「いや、ことはそう簡単じゃないさ。古屋さんが辞めないように、こちらにも周平さんに釘を刺してもらう必要がある」

「最高顧問に、ご納得戴けるだけの情報を集めます。できれば、当時の事情を知るＡＡの経営陣も一人、捕まえるべきだと思いますが」

「取り巻き連中ではなく、ＡＡに長くいる者がいいだろう」

保阪の切り替えの早さで、大内のわだかまりは、随分と軽くなった気がした。さっそく二人で適任者の人選に取りかかった。先に保阪が、思い当たった。

「スティーヴンが、いいかもしれません」

スティーヴン・ロジャースは日本で七年勤めているが、その半分は、周平の下で鍛えられている。その後、アカマ・アメリカで営業戦略部門に籍を置き、現在はアカマ・アメリカの副社長だった。

「なるほど、確かにスティーヴンなら公平かもしれんなあ。彼は今はどこに」

「アカマ国際部担当の取締役ですから、来日しているはずです。今日はおそらく、サーキットに来ているのでは」

大内は手を叩いて決断した。

「早速、スティーヴンに話を聞こう。田辺君の告発が裏付けられたら、周平翁に一肌脱いでもらうよ」

決断はしたものの、大内は自責の念に駆られていた。

その時、部屋の片隅に置かれた電話が鳴った。保阪が、受話器を取った。

「何だって！」

異様にうわずった叫び声で、大内は振り向いた。保阪の顔色が真っ青だった。

「何だ、どうした」

だが、保阪には聞こえていないようだった。彼の手は蒼白になるほど受話器を強く握りしめていた。額や眉間に脂汗が浮かんでいた。

不吉な予感を振り払おうとした瞬間、保阪と目が合った。

「今、サーキットから電話があったそうで、最高顧問が、周平翁が、事故に遭われたと」

全身から血の気が抜けそうになるのを歯を食いしばってこらえ、保阪から受話器を奪い取った。

「大内だ」

常に冷静な藤金悦子が、電話の向こうで言葉を失っていた。

「黙っちょっちゃあ、分からんじゃろうが。悦ちゃん、落ち着いて話せえや」

しばしの嗚咽があった後、ようやく藤金が震える声で応えた。

「失礼しました。最高顧問がレース中に事故に巻き込まれて、車が炎上。現在、救急車で赤間記念病院に運ばれていますが、安否は不明です」

大内は受話器を放り投げると、部屋を飛び出した。

「いけんちゃ、オヤジさん、死ぬるなんて、絶対に許さんけえね」

彼は繰り返し叫びながら、物凄い勢いで廊下を駆け続けた。

3

東大阪・西堤

雨がさらに激しくなってきた。その雨音が、芝野のいたたまれない気分を増幅した。彼は、浅子の自宅にいた。

会社がある高井田から歩いても一〇分もかからない西堤《にしづつみ》に、浅子は望と二人で住んでいた。七〇坪の土地に建つ二階建ては、五人家族の藤村家には程よい広さだったのだろうが、二人暮らしになった今では広すぎるようだった。一階の座敷から眺める庭は雑草が伸び放題で、浅子の日々の暮らしが思いやられた。

「何やて、あんたもう一度、言うてみい」

終始明るく振る舞っていた浅子の顔が歪み、声を張り上げたことで、芝野は室内に視線を戻した。鯛の活け造りや大きな寿司桶、大瓶ビールなどが置かれたテーブルを挟んで、彼女と三人の子供たちが、久しぶりに顔をそろえていた。藤村が亡くなってから実家に寄りつかなくなった長男の朝人が、この日久しぶりに訪ねてきたのだ。

芝野の記憶にあるのは、銀行マンとしてなにわエジソン社を再三訪れていた時代の朝人だった。あの頃の朝人少年は、大人しいおっとりした印象があった。ただ、機械いじりが好きで、父親の仕事を熱心に眺める目は今もよく憶えている。

その彼も、今や二八歳になっていた。少年時代の面影は消え、少し猫背気味の姿には、サラリーマンとしての悲哀が漂い始めていた。いくつもの企業を再生してきた中で芝野が出会った、典型的な〝技術系社員の顔〟だった。

母親から怒りをぶつけられた朝人は、神経質そうに眉間に皺を寄せた。

「ずっと行きたかったんだよ、オランダに。あそこは今、ウチとフィリップス社との合弁会社があって」

「そんなこと、聞いてへん。あたしが聞いてるのは、マジテックをどうするつもりやってこと」

藤村夫妻にとって、朝人は自慢の息子だった。大阪大学大学院工学研究科の修士課程を修了し、大手家電メーカーに就職。同社の研究所に勤務しているのも、藤村が朝人に課した「修業」だった。社会の荒波にもまれて逞しくなり、その経験をマジテックで生かしてほしい、そして後継者にしたいと、藤村は考えたようだった。

母親から詰問されると、朝人は箸をテーブルに置いて答えた。

「正直に言えば、今のところ、戻るつもりはない」

「何やてえ、あんた、どういうつもりや！」

今にも殴りかからんばかりの形相で、煮え切らない息子に食ってかかった。一方の朝人は、母の怒りと反比例して冷めていくようだった。

「僕は、技術者としてまだ中途半端なんや。今、マジテックに戻ったかて、何の役にも立たへん。とにかく今は、一流になるチャンスを失いたくない」

「立派な心がけやなあ、その間にウチの会社が潰れてしもても、あんたには別の居場所があるんやから、それでええやろうしな」

「お母ちゃん、そういう嫌み言うのやめたら、どない」

長女の笑子がたまらず仲裁に入った。地元の市役所職員に嫁いだが、今もマジテックの事務仕事を手伝っていた。母親似のつくりの大きな顔立ちだったが、おだやかで明るい姐御肌が、沈みがちな社内を明るくしていた。

「何が嫌みや、このクソガキ、博士の恩も忘れて、自分のことだけ考えくさってるんや。嫌みの一つも言わな、やってられへんわ」

「もうちょっと朝人の話を、冷静に聞いてあげてもええんとちゃうの。なあ、朝人、あんたも依怙地になってんと、私らにも分かりやすうに説明してや」

姉の視線に促されるように、朝人は話し始めた。

「今が、正念場やねん。会社の主力であるパネルディスプレイをやってきたんやけど、去年の年末から、次世代テレビの開発セクションに移った。会社で一番優秀な人らが集まってんねんけど、僕はそこで自分の無能さを思い知った」

入社三年余りの朝人は、企業内技術者として最初の壁にぶち当たったのだろう。芝野には、朝人の状況がよく理解できた。

「毎日、僕だけチームの中で置いていかれてるみたいな気分なんや。大学で勉強したことも、入社してから積んできたキャリアも、全然歯が立たへん。そんな時、オランダの研究所の話が来たんや。省エネテレビの開発という分野の違うもんやけど、日本にいるより勉強できることが多そうなんや」

「さっきから自分の話ばっかりやないか。あたしが聞きたいんは」と浅子が言いかけた文句を、笑子が制した。

「お母ちゃんは、ちょっと黙っとき。で、朝人、お母ちゃんだけやのうて、私も聞きたいんやけど、あんたはマジテックに戻ってくる気があるわけ」

朝人はしばし躊躇するように目を伏せたが、やがて首を左右に振った。

「この恩知らず！　あんた、誰のおかげで大きなったと思てんねん！」

怒鳴りながら浅子は、そばにあったおしぼりを朝人に投げつけた。勢い余っておしぼりは彼の頭上を越えて、後ろの壁に当たり畳の上に落ちた。

「ええやんか、兄ちゃんの好きにやらしたったら」

ずっと沈黙を守っていた望が、口を開いた。

「何やて、あんた腹立たへんのか。こんな勝手なこと言いくさる兄ちゃんに」

「兄ちゃんは立派やと思うよ。ちっちゃい頃から、お父ちゃんとお母ちゃんの期待を押しつけられて、自分の好きなことを我慢してきたんや。今の会社に勤めたんかて、お父ちゃんに言われたからやないか。今まで何にも我を通したことのない兄ちゃんが、初めて自分でやりたいと言うてんねん、やらしたったらええやろ」

浅子は呆然と次男を見ていた。

芝野も、望の言葉に驚いていた。以前の望は何事にも「損得勘定」を基準にするところがあった。「俺ばっかり貧乏くじ引かされて、しんどいことばっかり押しつけられてる。それに引き替え兄ちゃんは一流企業に就職して、きれいな嫁はんもろたら、それっきり家にも寄りつかへん」と愚痴っていたのを聞いたこともある。

「第一、今の状態で兄ちゃんに戻ってこられて、何やってもらうねん。まともに製品一つつくれへん中途半端な技術者もどきがマジテックを蘇らせられると思てんねんやったら、お母ちゃん、相当甘いで」

彼はそう言うとにぎり寿司を一つ、つまんだ。

「あんたは、ほんまにそれでええんか」

まだ納得できないというように、浅子は望に念を押した。

「兄ちゃんは、敵前逃亡すんねんで。このままやったら、このクソガキが日本に戻ってきたときには、マジテックはこの世から消えてるかも知れへんねんで」

「おかん！　あんた、ほんま失礼なおばはんやな。芝野さんの前でそこまで言うってのは、どういう神経しとんねん。日夜マジテックのために走り回ってくれてる芝野さんの努力を、おかんは否定すんのか。俺らみたいな出来損ないばっかりを抱えて、毎月給料が払えてんのは、芝野さんや桶本のおっちゃんのおかげとちゃうんか。それを忘れて、こんなやる気のない中途半端男に、何を期待すんねん」

浅子は何か言い返したいようだが、興奮のあまり言葉が出ないらしい。

「それは私も同感やわ。芝野さん、ほんま失礼なことばっかり言うてすんまへん」

笑子に頭を下げられて、芝野はかえって恐縮した。

「いや、私は大してお役に立ってませんから、気にもしていませんよ。これは藤村家の問題だから、外野がとやかく言うことではないと思いますが、望君の言う通りだと思いますよ」

「芝野はんまで、そんな。うちが気にしてんのは、そういうことやないんです」

もどかしそうに訴える浅子の目には、うっすらと涙が浮かんでいた。芝野には、彼女の気持ちは痛いほど分かった。

「分かりますよ。家業が傾きかけている時に、長男の朝人君が無関心のように見えるのが、悔しいんでしょう」

浅子は全身の力が抜けたように頷いた。

「でも、彼だって色々考えていると思いますよ。ただ、物事には時期やタイミングがある。大企業の一技術者としてキャリアを積み始めた朝人君に、いきなりマジテックのような開発型の中小企業のトップになれというのは、無理な話です。彼が戦力となるのは、しっかりと研鑽を積んでからでしょう」

「いや、芝野さん。僕はそんな立派やないです。正直、自分のことで精一杯です。せやから、母にどんなに罵声浴びせられてもしゃあないんです。ただな、お母ちゃん、一つだけ言わせて欲しいねん」

朝人が、改まって母に向き直った。

「マジテックを僕以上に愛しているのは、望やと思う。こいつ、芝野さんが来てからめちゃくちゃ変わった。立派な営業マンになったし、会社のことを真剣に考えてる。せやのに、お母ちゃんは望を一向に認めんと、僕にばっかり期待を寄せてる。それでは、望があんまり可哀想や」

望が、わずかに身じろぎした。

「やめてくれ、兄貴。会社を捨てて、自分だけヨーロッパに逃げていく奴に同情されたない」

つっけんどんな物言いだったが、望の表情はどこか晴れやかだった。

「実はな、お父ちゃんが死んでから、何度も望とは外で会っててん。時々こいつは、生駒のウチにも泊まりに来てる」

次々と飛び出す思いがけない話に、浅子は口を開けていた。

「アホ、それは内緒やろ」

望が照れくさそうに言ったが、朝人は気にも留めずに続けた。

「こいつは、ほんまに一生懸命やで。寝ても覚めてもマジテックのことしか考えてへん。芝野さんを心底信頼してるし、桶本のおっちゃんへの尊敬も凄い。それに修業している親友の田丸君をずっと励まし続けてんねんで。その上ブラジルや中国から来た職人一人ひとりにまで心砕いてる。そんなことは、お母ちゃんにもお父ちゃんにもできんかったことや」

「兄貴、もうええて。何の取り柄もない俺には、それぐらいしかでけへんだけや。大したことしてへんのに、そんなに持ちあげんなよ」

朝人はやめなかった。

「なあ、お母ちゃん、今やマジテックを陰で支えてんのは、望や。こいつこそ後継者やと僕は思う。せやから、望の頑張りをもっと認めてやって欲しい。ふがいない長男で、お母ちゃんには申し訳ないけど、望がいてくれるんやったらマジテックは踏ん張れると思う」

「何や、あんたら、お母ちゃんの知らんとこで、勝手にそうやって何でも決めたらええんや。皆、好き勝手しなはれ。あほらしなってきた、もうやめや」

何かが弾けたように、浅子が開き直った。

親はなくとも子は育つのたとえではないが、親が気づかないうちに、子供は逞しく成長する。

芝野の一人娘も、同じことを教えてくれた。藤村家の二人の息子は、尊敬する父の死と家業の危機によって、一回りも二回りも成長した気がした。

「まあ、おかんも混ぜたるよ。あんたにケツ叩かれな、誰も働かへんよってなあ。ねえ、芝野さん」

「いや、おっしゃるとおり。おかみさんが睨みをきかせてくれないと会社に緊張感が生まれませんから」

「嫌やわ、芝野はん。そんなん単なる嫌み婆《ばばあ》みたいですやんか」

彼女がシナを作ると、子供たちが気味悪がってのけぞった。

雨降って地固まる。藤村家全員が久々に笑い声をあげた瞬間を見て、芝野は改めて逆境がもたらす結束力を感じていた。

「ほな、ふがいない兄貴のオランダ行きを祝って乾杯しよか」

全員がそれに応えると、朝人は深々と頭を下げた。

芝野はビールを飲み干すと、ずっと気になっていたことを浅子に切り出した。

「不躾なお願いなんですが、浅子さん。よろしければ、博士の書斎を拝見したいのですが」

ビールをうまそうに飲み干した浅子が、怪訝そうな目をした。

「博士の書斎を見たいって、何でです」

「いや、博士が研究していたというクリーンディーゼルエンジンの資料を、先日から望君と一緒に捜しているんですが、会社では見つからないんです。もしかしたら、自宅にあるんじゃないかと思って」

そう聞いてもまだ、浅子にはぴんと来ないようだった。芝野は、桶本から聞いた藤村の夢をかいつまんで説明した。

「へえ、博士、そんなこと考えてたんですか。それは知りませんでしたわ。好きなだけ捜してください」

芝野を案内しようと望が腰を上げた時だった。朝人が、弟を止めた。

「いや、その資料なら、僕が預かってます」

望が信じられないという顔で兄を見た。

「父が亡くなる半年ぐらい前です。コモンレールについて僕の意見を聞きたいというて、いきなり研究所に来て、資料を押しつけて帰ったことがあったんです。ただ、僕にはディーゼルエンジンの構造なんて分からなかったんで、大学時代の友人で、自動車メーカーに就職した人間に聞いてみようと思いながら、そのままになってました」

芝野は運命を感じていた。どうやら、神様は時々粋な計らいをするようだった。

4

香港

「アカマの最高顧問が亡くなったそうです」

空港ロビーまで見送りに来ていたサムが耳元で囁いた。バーで、マッカランの氷を転がしていた鷲津の手が止まった。

「病気だったっけ」

「レース中の事故だそうです」

サムはペリエを注文しながら、隣のスツールに腰を下ろした。

「観客席にでも車が飛び込んだのか」

「赤間周平氏は、七五歳にして日本を代表するシニアレーサーです」

つまり自身がハンドルを握っていたということか。

創業者一族の総帥の死が、賀や自身の買収工作にどういう影響を及ぼすかを、鷲津は計算し始めた。サムが事故の影響についての情報を告げた。

「周平氏は、アカマの精神的支柱でした。さらに古屋社長の後ろ盾でもありました。アカマ自動車の近代化にも積極的で、最近は、創業者一族による経営からの脱皮を口にされていたとか」

「アカマにとっては大打撃か」

内心の呟きが声になっていた。

「すぐに影響は出ないでしょうが、最近のアカマの動きを見ると、古屋さんのショックは大きいでしょうね」

企業買収は、株や投資額で決まるわけではない。買う側と買われる側それぞれの、関係者の精神状態や社内の結束力も、買収の成否を大きく左右する。〝宗教法人アカマ〟と揶揄されることもあるアカマ自動車の教祖的存在が急死したことは、アカマに様々な波紋を投げかけるだろう。

「年寄りは、彼だけか」

「兄弟が二人いましたが、いずれも鬼籍に入っています。創業者一族の中では、周平氏の甥で副社長の太一郎氏だけが、経営陣の一員です」

国際派を自任する坊ちゃん顔が、鷲津の脳裡に浮かんだ。

「確か古屋さんは、いずれ社長の座を彼に禅譲するんだったな」

「そのはずです。ただ、太一郎氏を巡っては、最近、社内が騒々しいようですね」

「クーデターの動きでもあるのか」

サムが、テーブルにおいた指先でカウンターを三度叩いた。〝イエス〟という意味だ。

「だが、副社長は、まだ四〇代半ばだろう。しかも、さほどの実績は残していない」

「だからこそ、権威や地位を欲しがるんです」

鷲津は口元を歪めた。そういう人間が破滅していくのを、これまでに何十、何百と見てきた。

「周平氏が最近、創業者一族の経営参画を原則廃止すると発言して物議を醸しました。太一郎氏の器量を見切ったのと、彼の取り巻きの下心を察したせいだと言われています」

副社長を担ぎ出して、古屋社長を追い落としたい一派からすれば、最高顧問の死は絶好のチャンスということか。そして、賀にとっても朗報だろう。

「嫌なもんだな、人の死をそんな風にしか捉えられないのは」

スコッチのお代わりを注文して、鷲津は嘆息した。サムは冷えたグラスにしたたる水滴を指でなぞっていた。

「賀は容赦なく、この悲劇を利用するだろう。そして、社内の不協和音も彼には追い風だ。彼に勝機が生まれたときは、俺たちも動くしかない。申し訳ないが、情報収集を頼む」

サムの指が、またテーブルを叩いた。

「差し出がましいことを言ってもいいですか」

「何だ、あんたらしくない。何でもどうぞ」

「本気で、彼女の記憶を蘇らせるおつもりですか」

翁藍香《ウエンランシヤン》すなわち美麗《メイリ》のことだった。彼女は口がきけないだけではなく、アランの事故当時の記憶も失っていた。

「いけないいか」

自身も迷っていたことをサムにズバリと切り込まれて、鷲津は鼻白んだ。

「いいか悪いかは分かりません。ただ、アランが死んだ前後の記憶がないというのは、よほど彼女にとってショックな出来事があったと思われます。それで、脳が本能的に、忌まわしい記憶を封印したのでしょう。それを解く権利が、我々にあるんでしょうか」

美麗は鷲津を見るなり、ぽろぽろと涙を流した。「理由は分からないが、泣けてしまった」と、彼女は筆談で涙の意味を語った。

鷲津は、美麗の心の傷を癒してやりたいと賀に申し出た。賀は快諾した。自身の買収工作を鷲津に妨害されるのを警戒していた賀にとって、願ってもない提案だったようだ。

まずは投宿していたウェスティン・リゾートに、マカオ在住の精神科医を紹介してもらった。診察の結果、「ショックによる記憶障害」と見立てられたが、治療法は不明と言われた。

八方手を尽くして、スイスのジュネーブに良い医者がいると聞いた。美麗と、彼女の身の回りを世話するために雇った看護師を連れて、リンと鷲津はまもなくジュネーブに旅立つのだ。

前島だけは一足先に日本に帰国し、賀の動きをフォローする準備を始めていた。サムも、これから東京に戻る。

「あんたにしては珍しいヒューマニズムじゃないか」

「年のせいか最近は、なすがまま、あるがままの大切さを感じるようになっただけで」

「欲望と煩悩だらけの俺には、理解できない境地だな、サム」

「そうですか。あなたも迷っていると思ったんですが」

鷲津は失笑して、グラスに残った氷を指で弾いた。

「生憎だな。俺はまだまだ未熟なんだ」

「未熟だから、やるんですか」

鷲津は隣で無表情にペリエを傾けているサムを見た。彼は視線を感じているはずだったが、何の反応もしなかった。ふしくれ立った指で、意味ありげにグラスの水滴を撫でるだけだった。

「何が言いたい」

「私もよく分かりません。ただ、記憶を蘇らせる理由は何だろうと、ずっと考えていたんです」

「そりゃあ、アランの死の真相を知るためだろう」

「知って何かが変わるわけではなくても？」

いつになくサムの言葉に、非難混じりの諦観を感じた。

「変わるか、変わらないかは、やってみなければ分からないだろ」

「じゃあ、言い換えましょう。アランの婚約者が、それで不幸になってもですか」

反射的に鷲津は、サムの手首を摑んでいた。

「何を隠している」

「何も隠していませんよ。あなたにとってアランの死はトラウマだ。それを解消してあげたい。私は心からそう思っています。ですから、私は知りうる限りの情報をお話ししています。ただ」

「ただ、何だ」

「あの陰険な賀が、なぜこうもあっさり、彼女をあなたに託したのかが気になるんです」

「なるほど。サムは、どう思うんだ」

サムは、問いが聞こえなかったように、指でグラスを撫で続けていた。

「サム」

「スリーピング・ボムを仕掛けられたかも知れないと、私は思っています」

サムが初めて鷲津の方を向いた。

「彼女が失った記憶の中には、あなたが立ち直れないほどのショックを与える事実が隠されている気がするんです」

「俺は、何を聞いても動じないよ」

サムはまた、鷲津の言葉を聞き流した。

「美麗さんが眠れる爆弾だからこそ、あっさりあなたに手渡したのではないか。私はそれが怖いんです」

十分あり得る話だった。その方が、賀らしい。だが、俺が立ち直れないほどの事実とは何だ。

「そんな事実を思いつけるか」

「最低でも一〇はありますよ。政彦は、業の人だ。人の不幸を食べて成長したと言ってもいい。しかし、政彦なりの正義があって、今まで持ちこたえてきた。その支えが根底から崩れてしまえば、あなたのようなタイプは、ひとたまりもない」

鷲津は鼻で笑い飛ばしたかった。だが、アランを失って以来、息苦しさを感じながら生きているのは確かだ。

「俺はね、彼女に声を取り戻してやりたいんだ」

サムが意外そうな顔をした。

「何かを伝えようとして喉を振り絞っても声が出ない辛さから解放してやりたいんだよ。それによってどんな真実が暴かれても、かまわない。それに今の話を聞いて、なおさら彼女は記憶を取り戻すべきだと思ったよ」

「なぜです」

「彼女が記憶を失ったのも、ひいては俺のせいかもしれないわけだろ。ならば、嫌な想い出は全部吐き出して欲しい。そうでなければ、俺がアランに叱られる」

サムが大きく吐息をこぼした。

「そうやってどこまでも自分をいじめないと気が済まないんですね」

「因果応報だ。俺は、俺自身の人生を生きる。そこで巻き起こした事態のおとしまえを付けるのが、当然だろ」

「あら、また二人でいちゃついてるのね」

絶妙のタイミングで、リンが二人の背後に立っていた。

「一生懸命サムを口説いていたんだが、ふられちゃったよ」

鷲津はおどけ顔になってスツールを降りた。

「さすが、サムね。人を見る目があるわ」

鷲津は、リンとサムがさりげなく視線で会話しているのを見逃さなかった。

「そろそろ行きましょうか」

リンは何事もなかったように笑みを浮かべて、パートナーを促した。

「では、よい旅を。お二人とも、スイスは久しぶりでしょう」

サムが表情を和らげて、別れの言葉を告げた。

「そうよ。もう五年も行ってない。ちょうどいい息抜きになりそうだし、楽しみだわ」

リンが明るく振る舞うほどに、鷲津の胸が痛んだ。

何もかもが真っ白に漂白されたような無機質な国際空港のロビーで、鷲津は今更ながらおのれの罪深さを呪った。

5

山口・赤間

赤間記念病院は、大混乱だった。事故に巻き込まれたレーサーは七人に上り、そのうち三人が死亡、二人が生死の境をさまよっていた。

レースの関係者が大挙して病院に詰めかけていた。その上、アカマ自動車社員とマスコミが続々と集まって、現場をさらに混乱させた。

大内は、病院の待合室にいる全員を追い返したかった。人の不幸を覗きたいだけの人間は、みんな出て行ってくれ！　そう叫びたかった。

周平翁は、即死だった。鋼鉄の車体に挟まれた上に炎上したせいで、遺体の損傷もひどかった。治療の施しようもなく、少しでも〝人間らしい姿〟に戻してもらうための作業が続けられていた。

古屋は異常なほど取り乱していた。医師が即死だったことを告げても認めず、最後は主治医の胸ぐらに摑みかかって、蘇生させろと泣きわめいていた。それを保阪と二人で必死に押さえ込み、急遽用意させた特別室に連れ込んだ。

死んだ人は帰らない。古屋が取り乱したおかげで、大内はいち早く平常心に戻った。周平翁を偲んで泣くことはいつでも出来る。

既に山口県警が事故についての発表を終えていた。事故原因は、先頭集団を引っ張っていた中国人レーサーの車が、雨の影響でスピンしたことだった。周囲を走っていた車を跳ね飛ばすように連鎖的に衝突が起きた。中国人レーサーのすぐ後ろにつけていた周平のアカマ3000は、前後の車に押しつぶされるように大破したのだという。

アカマ自動車として「最高顧問の死を痛恨の想いで受け止めている」という短いコメントを出した。また、社長談話として「私にとってもアカマ自動車全社員にとっても精神的支柱だった赤間周平の突然の死に、ただ愕然としている。それと同時に、自動車産業の一員として、事故を重大に受け止めている」と発表した。

無論、古屋が実際に口にしたことではない。大内と保阪の合議で作文したものだ。しかし、古屋は異を唱えないはずである。

特別室で古屋の様子を見守りながら、大内はテレビニュースをザッピングしていた。どの局も事故のニュースを伝えていた。事故の模様が何度も繰り返され、燃えさかる車体からレーサーたちが運び出される映像まで流されていた。

事故から七時間余りが経過し、ニュース番組の趣向も徐々に変化した。死亡した中国人レーサーは伝説的な人物だったため、彼の軌跡を伝える局もあった。そして、ありがたくもなかったが、赤間周平の七五年の生涯をわずか五分にまとめた局もあった。

事故そのもののニュースはいずれ下火になる。それからが、正念場だった。世界的自動車産業の雄として知られるアカマの最高顧問が、よりによって自動車レースで事故死したという事実を、社がどう受け止めるのか。対応を間違えば、世界中から非難の嵐が起きる。さらに、社内の動揺をどう鎮めるのかにも心を砕かなければならない。

そのためには、一刻も早く事故調査委員会を立ち上げるべきだった。ところが、肝心の社長がすっかり動揺してしまっている。その上、会長の曾我部篤郎はロンドン出張中で、明日の夕方にならなければ戻らない。

大内は、そろそろタイムリミットだと感じていた。独断になるが、ひとまず事故調査委員会を立ち上げるしかなさそうだった。

忙しないノックの音がして、保阪が入ってきた。

「外の様子はどうだ」

「混乱がさらにひどくなっていますね。アカマの社員も続々と集まっていますし」

「それはまずいな。ひとまず社員は皆追い返せ。病院機能を妨げてはならん」

「しかし、それでは社員の気持ちを踏みにじることになりますが」

しかし今は粛々とした対応が最優先だ。

「本当に周平さんを悼むなら、毅然とした態度を取れと説得してくれ。それより古屋さんの回復を待たず、事故調査委員会を立ち上げるべきだと思う」

「同感です。準備は進めています」

こういう時に使える男がそばにいてくれるのは、本当に心強かった。

「委員長を誰にするかだが、古屋さんは厳しいと思う。本来なら、俺がやればいいんだろうが、平取では軽すぎるだろ。どう思う」

「委員長は曾我部会長にお願いして、大内さんが事務局長というのは」

妥当な案だった。

「よし、その線で行こう。一番気になるのは、役員や関係者が自分勝手なコメントやメッセージを発することだ。情報の発信を一元化したい」

保阪は手帳を取り出すと、メモを始めた。

「東京本部にいる広報室長に仕切らせましょう。ただし、赤間にもそういう人間が必要だと思います。赤間駐在の広報室次長でいいですか」

赤間駐在の広報室次長は、地元対策のために置かれている。言ってみれば城代家老のようなものだ。大挙して来るであろうメディアの対応には荷が勝ちすぎる気がした。

「悦ちゃんにやらせよう。彼女ならそつなくこなせるだろう」

以前は東京の広報室にいた藤金悦子に任せる方が、安心だった。

「確かに彼女の方が適役ですね。では、広報室次長は、地元の有力者対応にしましょう」

周平翁の死についてさえも、その対応をビジネスライクに処理しようとすることに、大内は自己嫌悪を感じたが、混乱状態の長期化を阻止することの方が、今は遥かに重要だった。

「すまないな、取り乱して」

まだ悄然としたままだったが、古屋が、二人のそばに立っていた。

「あっ、気づきませんで。いかがですか」

とても状態が良いようには見えなかった。それでも、大内はそう聞かずにはいられなかった。

「少し落ち着いたよ。ありがとう。それより、表はどういう状況だ」

「最高顧問の死を悼んだ社員が、病院を取り囲んでいるそうです。一目お会いしたいと」

「そうか。オヤジさんはアカマの太陽だったからな」

古屋の瞳が揺れていた。それでも、手術室で取り乱したような狂気の色は消えていた。

「他の患者さんに迷惑を掛けてはいけないので、皆に帰るように伝えています」

「辛いが致し方あるまい。私が、外に出てみんなに話そうか」

その一言で、古屋の精神状態が回復したと感じた。

「そうしていただければ、皆少しは安心するかと思います」

「いずれにしても俺たちは、前に進まなければならないんだからな」

その通りだ。大内と保阪は、ほぼ同時に立ち上がった。

「これは、保阪君が考えてくれた社長談話です。失礼かとは存じましたが、迅速に対処して、少しでも社員の動揺を抑えておきたかったので、私の一存で発表させていただきました」

古屋はメモを受け取ると、目をしばたたかせて発表文を読んでいた。

「素晴らしいな。保阪、おまえ俺と早く代わってくれ」

「何をおっしゃってるんです。私は、今の仕事でもアップアップです」

しきりに恐縮する保阪を見て、古屋が表情をほころばせた。

「待ってください、古屋さん。ちゃんと顔を洗って、ぴしっとしてから出てください」

この時はじめて古屋は自らの出で立ちに気づいたようだった。ワイシャツは血痕と煤にまみれ、ズボンも汚れていた。惨劇の生々しさが彼の体にこびりついていた。

「しかし、着替えなんてないぞ」

「大丈夫です。社から届けさせてあります。ベッドサイドのクローゼットに入れてあります」

保阪が即答した。新しい白のワイシャツとダークスーツ、さらに黒っぽいネクタイに喪章が届けられていた。

「君らがいなければ、俺は何もできないな。分かった、着替えてくるよ」

古屋の背中を見送っていた大内は、保阪の声で振り返った。彼は食い入るようにテレビ画面を見つめていた。

画面には、赤間太一郎が映っていた。保阪がリモコンで消音状態を解除するのと、太一郎がコメントするのがほぼ同時だった。

〝アカマの一員として、深い悲しみを抱くと共に、自動車メーカーとして改めて、安全性の重大さを嚙みしめています〟

彼は神妙に言葉を発していた。

お願いだから、不用意な発言をせんでくれよ、太一郎さん。大内は祈るような想いで、テレビ画面を睨み付けていた。

〝周平さんは、終生車を愛された方ですが、その遺志を継がなければなりませんね〟

〝重責を両肩に感じます。身が引き締まる想いですが、精一杯伯父の遺志を継ぎたいと思います〟

「何だ、これは。俺が後継者になると言わんばかりじゃないですか」

保阪の怒りは、大内の怒りでもあった。

〝世間では次期社長の声もあがっており、今回の事故で、一段と早まったという噂もありますが〟

画面に質問が流れた途端に、二人揃って携帯電話を取り出していた。大内は太一郎付きの秘書を呼び出していた。保阪は、広報室長相手に既に怒鳴り始めていた。

「誰が、太一郎さんに、あんな勝手な発言をさせていいと言ったんだ」

秘書は電話に出なかった。大内が食い入るように見つめる画面で、太一郎は薄笑いを浮かべていた。

〝そういうお話があれば、身に余る光栄です。しかし、今はまだ伯父の突然の死で頭がいっぱいで〟

「何じゃこん人ぁ。偉大なる周平さんの死の直後に笑みを浮かべるたぁ、どんな神経しちょるんか！」

大内の叫び声に、保阪も怒鳴るのを止めてテレビに目を向けた。戻ってきた古屋も画面に釘付けになっているのを背中で感じた。

〝最後に一言だけ申し上げたいのですが、日頃、安全第一を標榜している弊社の最高顧問が、年甲斐もなくレースに出場して事故死するという、あってはならない事態を引き起こしたことを、心からお詫び申し上げます。我々アカマ自動車は、なお一層の安全対策強化を考えていきたいと思います〟

思い詰めたようにテレビを凝視していた古屋の怒りが爆発しそうなのに気付いた大内は、画面に映る副社長に対してわざと罵声を浴びせた。

「このクソガキは、何を言っちょんかぁ」

「放っておけ。しょせんびったれの強がりだ」

そう宥める古屋の声は、冷静そのものだった。

「暴言を申してすみませんでした」

大内が怒らせた肩の力を抜いて詫びると、古屋がその肩を軽く叩いた。

「一番言いたいことを先に言われたな。でも、ありがとう。俺も社員にしっかりと伝えるよ」

「よろしくお願いします。お分かりだと思いますが、太一郎さんについては何一つ発言なさらないでください」

「あんな奴の名を出して、オヤジさんをこれ以上汚したくない」

その時、登録されていない電話番号からの着信に気づいた。一瞬躊躇したが、彼は電話に出た。

「もしもし、アカマ自動車の大内さんですか。私、上海の賀一華と言います」

たどたどしい日本語で、上海の怪物が挨拶した。

アドレナリンが一気に噴き出すのを感じながら、大内は神妙な声で応対した。

「そうです。大内です」

「この度のご不幸、心よりお悔やみ申し上げます」

「わざわざご連絡戴き、ありがとうございます」

「こんな時に申し訳ないのですが、あなたにお伝えしておきたいことがあります」

そのまま電話を切ってしまおうかと思った。だが、その前に賀がしゃべり始めていた。

「来週月曜日、私たちは、アカマ自動車へのＴＯＢを発表することにしました。これは、業界でいう挨拶の電話です」

「貴様、なめちょるんか！」と嚙みつく前に、電話は切れていた。耳鳴りがしたと思った途端に、目まいにも襲われた。

彼は慌てて、着信履歴からリダイアルした。だが、いくら鳴らしても、相手は出なかった。

こんな悲劇的な夜に、買収の挨拶の電話を掛けてくる賀とは、一体、どういう男なんだ。大内は、怒りにまかせて電話を床に投げつけたい衝動に駆られたが、ありったけの理性を動員して踏みとどまった。

冷静さを欠いてはダメだ。目的のために手段を選ばない賀一華なら当然の戦略じゃないか。

俺たちは負けない。オヤジさんの命に懸けても、あんな小僧に負けるわけにはいかない。彼の決意に同意するようにドアがノックされて、藤金が駆けつけた。

「社長が、今から話をされる。一緒に行ってくれないか。俺はちょっと別の対策に追われそうだ」

第二章　挑発

1

二〇〇八年六月九日　山口・赤間

「我々は敵対的買収を望んでいません。友好的なパートナーシップを築き上げた上で、世界に冠たる自動車メーカーを目指したいと考えております」

仕立ての良いスーツに身を包み、誇らしげに〝友好的なパートナーシップ〟を提案する賀一華のファイナンシャル・アドバイザー（ＦＡ）の態度に、大内は呆れ返っていた。

自らの発言に酔いしれているようにすら見えるＦＡの楠木彰宏《くすのきあきひろ》は、日本最大の証券会社である名村証券の投資顧問、名村キャピタル・パートナーズの社長だった。

この男は、自分がやろうとしていることの意味が、分かっているのだろうか。それともこいつらの業界は、カネになるなら何でもアリなのか。大内には彼らの無神経ぶりが理解できなかった。世界市場でも活動する日本の証券会社が、日本側ではなく、外資系企業のアドバイザーに就くことに、さほどの違和感はない。だが買収者が、評判のかんばしくない中国系投資家であれば、話は別のはずだ。しかも、買収提案されているのは、日本を代表する企業なのだ。大人げないのは分かっているが、「こんなことをしたら、日本が許さない」とでも言ってやりたかった。

「以上のような要素を鑑みると、世界に冠たるアカマ自動車の体制をより盤石にするためにも、我々の提案をご検討いただければ幸いです」

大内の非難がましい眼差しなど全く気にも留めず、楠木は高揚感すら漂わせて話を締めくくった。

楠木が着席するのと入れ替わりに、賀一華が立ち上がった。

「不慮の事故でお亡くなりになった赤間周平翁のご冥福をお祈りするため、まず黙禱を捧げたいと思います」

賀がたどたどしい日本語で告げると、賀サイドの関係者全員が立ち上がった。アカマ側には戸惑いが見られたが、古屋が立ち上がり頭を垂れたことで、数人をのぞいて大半がそれにならった。立ち上がらなかった者の中に、赤間太一郎がいた。大内は一層嫌な気分になった。

そもそも太一郎は、この会談自体を拒絶すべきだと主張し続けた。

――アカマの象徴である周平翁が亡くなった日に、買収提案をしてくるような相手の言いなりになる必要はない。連中の非道さを世に知らしめるためにも、黙殺すべきだ。

太一郎のヒステリックなまでの訴えは、悲嘆に暮れる幹部に大きな影響を与えた。

それを古屋が、孤軍奮闘で説得したのだ。だが、太一郎は最後まで、古屋の言葉を受け入れなかった。「ならば、あなたは会談に参加されなくても結構です」と古屋から突き放されて、ようやく太一郎は渋々ながら列席を承諾した。

周平の死の直後から、太一郎のスタンドプレーが目立っていた。太一郎が唯一逆らえなかった周平の死を幸いとばかりに、自分の存在感をアピールしているとしか大内には思えなかった。

――ぴったれが……。

あの世で、周平はそう吐き捨てているのではないか。そう思うと大内は、場合によっては太一郎と刺し違えてでも、彼の暴挙を止めなければならないと肝に銘じていた。

永遠に続くように思われた黙禱が終わり、賀はなおも悲しみをたたえた顔で、古屋に話しかけた。

「こんな時に、非礼を顧みずTOBのお知らせをしてしまった私を、お許しください」

古屋は賀がそこにいることすら認めていないかのように、手元の文書に集中していた。代わりに隣にいた太一郎が、侮蔑を込めた一瞥を賀に送った。

賀は気に留めた風もなく、「ここからは、通訳を入れます」と断って、標準中国語《マンダリン》で話し始めた。

「本日がギリギリの期限という判断だったのです。可能であれば、御社の株主総会で、我々の提案を議論していただきたいと思っています。また、提案書にもあるように、我々が欲しているのは、経営権ではありません」

意外にも、彼らが目指している株数は、三四%だった。すなわち拒否権を有するギリギリの比率だった。

ＴＯＢを仕掛ける際には、最低でも五一％以上の株を取得し、経営権の奪取を目指すのが賀のパターンだというのが、大内らの見解だった。それが今回に限り三四％というのが、不可解だった。

「我々が望んでいるのは、御社との友好的なパートナーシップだけです。本日の提案こそ真の中日友好のシンボルになると、私は確信しています。したがって、本日の会合も買収提案だとは考えていません。新しい友好関係の始まりです。そして、友好関係を締結することで、悲しみに暮れるオールアカマ三四万人の関係者を励ましたい。その一念だけで、無理を承知で本日お邪魔させていただいたのです」

「オールアカマ三四万人の関係者を励ましたい」という言葉に、アカマ側出席者は、気色ばんだ。

だが、賀は神妙な態度を崩さず、話し続けた。

「私がこの国で何と呼ばれているかは、存じているつもりです。上海のホリエモン、お調子者の道楽息子などなど、大半は悪口です」

そう言いながら、一向に応えた様子もない。

「確かに過去には、羽目を外し無礼な行いをしたこともあります。しかし、今回は違います。その証拠に、一投資家ではなく、アカマファンを自認する私の仲間と共にご提案しています」

通訳が提案書の末尾に注目して欲しいと補足した。

全員が言われるままに資料をめくった。既にそのページに目を通していた大内には、賀の言いたいことが薄々理解できる。

ＴＯＢを行う主体は、百華集団《バイファグループ》とあった。世界最大の自動車部品メーカーであるコロンビア・オートをはじめ、米欧中のメーカーや商社、金融機関に加え、ジャパン・パーツという日本の総合部品メーカーの名が連ねられていた。しかも、百華集団本社の所在地は東京都港区だった。

ＦＡの選定も日本最大の証券会社の系列を指名したように、賀は意外にきめの細かい配慮をしていた。もっとも大内には、幼稚なカモフラージュにしか思えなかったが。

「今回の株式取得のご提案が私の単なる私利私欲ではないことが、お分かりいただけるかと思います。百華集団とは、世界の超一流企業を集結し、自動車メーカーとしての国際的地位を獲得するための準備を整えた集団です。そして、この土台の上に、アカマ自動車をお迎えしたいのです」

ものは言い様だ。だが、大内が見たところ、米国のコロンビア・オート以外は、「世界で超一流」と言うにはおこがましい企業ばかりだった。

自身の演説に酔っているらしい賀は、満足そうに笑みを浮かべると恭しく頭を下げ着席した。彼が座るのを待ちかねていたように、取り巻きが一斉に拍手をした。

大内は呆れるしかなかった。だが、太一郎は賀の態度を侮辱と思ったようだった。彼はいきなり身を起こすと、不快感を隠そうともせずに声高にまくしたてた。

「冗談もいい加減にしてくれないか。あんたらは、一体どういう神経をしているんだ。伯父の死の悲しみの最中に、こんな無礼を働いて何が励ましだ。とっとと帰ってくれないか」

「副社長、よさないか。お客様に失礼だ」

それまで沈黙を守っていた古屋が一喝し、賀に非礼を詫びた。

「彼はまだ、最愛の伯父を突然失った悲しみから立ち直れていません。どうぞ、非礼をお許しください」

太一郎は悔しそうにテーブルを叩いた上、斜めがけに座ると足を投げ出した。

同じ坊ちゃん育ちでも、賀の方が役者は一枚も二枚も上だと大内は感じた。賀は同情するように大きなため息をついた。

「こちらこそ、無神経なことを申しました。いずれにしましても、ぜひ、我々の誠意をお汲み取りいただき、友好的な提携をご検討いただければと思います」

「いくつかお訊ねしたいのですが」

大内の隣に陣取っていた目つきの鋭いスキンヘッドの男が、出席者の注意を集めた。アカマ側のFAを務めるアイアン・オックス・キャピタルの社長、加地《かじ》俊和《としかず》だった。厳つい容貌とは対照的に、ブルーのストライプシャツに赤い蝶ネクタイを締めたスタイルは、会議室でも異彩を放っている。


外資系金融マン出身者が多い業界の中で、加地の経歴は異色だった。一三年間総合商社に勤め、大型機械の輸出やプラント事業に従事。その後、商社時代に知りあった金融マンと共に、企業の海外進出をサポートするコンサルティング会社を設立した。その際に、成り行きからM&A

業務を手がけることになり、二〇〇〇年にコンサルティング会社を発展的解散、アイアン・オックス・キャピタルを立ち上げた。独立系としては国内屈指の規模を誇るファンドを有し、大手企業の事業分割やＭＢＯ案件などを得意としていた。それと同時にＦＡ業務でも実績を積み、大型統合や企業防衛の指南役としても名を馳せていた。一部のマスコミからは鷲津のライバルと持て囃されることもあったが、本人は「向こうはメジャーリーガーで、こっちは草野球」と言い切っていた。

賀は小首を傾げて、加地に先を促した。

「今回のＴＯＢの目的は、なんです」

加地の問いを通訳してもらった賀は、右手で楠木の背中を軽く叩いた。楠木が取り繕った笑みを浮かべて答えた。

「両社の友好的パートナーシップです」

「両社とおっしゃるが、百華集団とは、そもそもどういう企業グループなんです」

「提案書にあるとおりです」

加地は手元で弄んでいた眼鏡をかけて、わざとらしく提案書をめくった。

「ここにあるのは、グループ企業の名前の羅列でしょ。確かに、中国国内の自動車メーカーの名もある。しかし、資本金や実績から見れば、巨大なのは、賀さんの上海投資公司とコロンビアぐらいだ。そんなところが、アカマとどういうパートナーシップを結ぼうって言うんです」

加地はわざと突き放すような物言いをしていた。彼の野太い声には、かなりの威圧感がある。

楠木は戸惑うように、隣席の賀を見た。賀は勿体をつけるように間を取ってから答えた。

「いくつかありますよ。でも一番に挙げられるのは中国進出が後手に回り、中国各地の工場でトラブルが絶えない御社の問題も、我々ならば、解決できるという点ですね」

「それは、我々の企業努力で解決できます。そもそもパートナーシップを結ぶのであれば、双方の事業の補完などが重要な目的になるはずだが、貴集団にそれを見つけられないんですなあ」

「北米のアカマ・アメリカの経営危機打開には、我がグループ企業であるコロンビアが大いに役立つと思いますがねえ」

アカマ・アメリカの経営危機と聞いた途端、再び太一郎が気色ばんだ。だが、賀が愉快そうに見ているのに気づくと、眉をひそめて俯いてしまった。

加地は、太一郎の反応など目に入らなかったかのようにとぼけた。

「はて、いつからアカマ・アメリカは経営危機になったのか。我々には、そういう認識はありませんな」

「ご冗談を。加地さんはご存じないかも知れませんが、ニューヨーク証券取引所では既にアナリストたちが騒ぎ始めていますよ」

「言いがかりだ！」

語るに落ちたかのように、太一郎は顔を上げるなり声を荒らげて嚙みついた。

「言いがかりではありませんよ、太一郎坊ちゃん。あなたの経営判断の誤りは、御社と我々株主に甚大なる被害を及ぼした。それは、紛れもない事実でしょ」

賀の挑発に、太一郎はさらに怒りを剝き出しにしたが、割って入るように加地が質問を発した。

「今までのお話だと、貴集団はアカマグループと友好的なパートナーシップを結びたいということでしたが、ならばなぜ、TOBなどという強引な方法を取られたのか。提携交渉を持ちかけるのが、妥当に思えるのだが」

賀に小声で指示された楠木が答えた。

「賀代表は過去に何度か、経営参加について御社に打診しましたが、御社から適切な対応を戴けませんでした。そこで、拒否権を有する株を取得することで、我々のささやかな望みをお聞きいただこうと思ったわけです」

そんな事実はない。大内は、その旨を手帳に走り書きして加地の前に滑らせた。加地はメモをちらりと見やり、再び事実関係を質した。

「いつ、どのような形で打診されたのか、その際の打診先と弊社の対応を、お手数ですがご提出いただけますか。少なくとも社長室では、賀さんからそのような打診を受けた覚えはないようですので」

賀が信じられないという顔で、大内を指さして首を振った。大内はじっと耐えた。加地は咳払いをひとつしてから続けた。

「いずれにしても、そういうお話なら、弊社が今後貴集団と友好的なパートナーシップを結ぶと回答した際には、TOBは取り下げてくれるわけですな」

加地が切り込むと、百華集団側からどよめきが起きた。楠木は明らかに動揺し、賀に救いを求めていた。賀は険しい一瞥を返した後、加地に向きなおり相手を称えた。

「加地さん、あなたはとても交渉上手ですね。だが、それはまず御社にその用意があるかどうかを伺った段階で、お答え致します。私もボードに参加させて欲しいと、そちらに座っておられる古屋さんや大内さんに何度もお願いをしました。しかし、ずっと無視され続けた。まあ、当然です。自動車業界に無知な若僧を、世界のアカマ自動車が認めるはずもない」

彼はそこで言葉を切った。通訳が早口で伝えた後も、しばらく古屋を見つめていた。古屋に答える気がないと見ると、話を続けた。

「今回のTOBは、私が御社に認めてもらうためのデモンストレーションだと思ってください」

古屋は眉をひそめたが、提案書にメモをしただけで聞き流した。

太一郎とは対照的な古屋の態度に、「あっぱれだ」と大内は称賛していた。心中は複雑だろうが、アカマ自動車の総帥として、彼らの前に聳えていた。まったく感情を表に出さず、賀の挑発を完全に黙殺しながらも礼を失することのない態度は、両者の格の差を見せつけていた。

加地が、もう一つ重要な質問をした。

「ところで今、百華集団は、弊社の株をいくらお持ちですかな」

控えていた男が、賀にファイルを差し出した。賀はちらりと見ると、自信満々に言い放った。

「約二億株余りです」

今度は、アカマ側の出席者がどよめいた。アカマ自動車の発行株式数は、約三〇億株。二億株というと七%弱だった。大内が想像したほどの量ではなかったが、それでも筆頭株主に躍り出ることになる。

アカマサイドの反応で、賀は嬉しそうに手を叩いた。

「七%に、ちょっと足りないぐらいです。明日、広島の中国財務局に大量保有報告書を提出します」

だが加地は平然として、会を締めくくりに掛かった。

「いずれにしても、弊社のルールとして、御社のＴＯＢ提案については、社外の有識者による特別委員会に付託され議論されます。結論が出るまで、一週間ほどかかるでしょう。いかがですか、賀さん。先ほどから友好的パートナーシップを、弊社と結びたいとおっしゃっているんです。その誠意の証として、ＴＯＢの開始を、特別委員会の結論が出るまで留保されては」

「申し訳ありません。すでに、さきほどマスコミ各社に、リリースをメールしてしまいました。しかし、御社の対応次第で、いつでもＴＯＢを中止できます」

楠木が答えるのを聞きながら、中止が可能とはよく言えたもんだと、大内は誰にも聞こえないように鼻で笑った。

（下巻に続く）

真山 仁（まやま・じん）
1962年大阪府生まれ。同志社大学法学部政治学科卒業。新聞記者、フリーライターを経て、2004年、熾烈な企業買収の世界を赤裸々に描いた『ハゲタカ』でデビュー。2007年、『ハゲタカ』『ハゲタカⅡ（「バイアウト」改題)』を原作とするNHK土曜ドラマ「ハゲタカ」が放映され、大反響を巻き起こす。同ドラマは国内外で多数の賞を受賞した。他の著書に、『虚像《メディア》の砦』『マグマ』『ベイジン』がある。

レッドゾーン（上）

第一刷発行 二〇〇九年 四 月二三日
第三刷発行 二〇〇九年 五 月一四日

著 者 真山 仁 まやま じん
発行者 鈴木 哲
発行所 株式会社講談社
東京都文京区音羽二・十二・二十一
郵便番号 一一二・八〇〇一
電話 出版部 〇三・五三九五・三五〇五
販売部 〇三・五三九五・三六二二
業務部 〇三・五三九五・三六一五

印刷所 豊国印刷株式会社
製本所 黒柳製本株式会社

定価はカバーに表示してあります。
落丁本・乱丁本は購入書店名を明記のうえ、小社業務部あてにお送りください。
送料小社負担にてお取り替えいたします。
なお、この本についてのお問い合わせは文芸図書第二出版部あてにお願いいたします。
本書の無断複写（コピー）は著作権法上での例外を除き禁じられています。
©JIN MAYAMA 2009, Printed in Japan
ISBN978-4-06-215433-8
N.D.C.913 370p 20cm

真山　仁の本

ハゲタカ

ニューヨークの投資ファンド運営会社社長・鷲津政彦は、バブル崩壊後、不景気に苦しむ日本に戻り、瀕死状態の企業を次々と買収する。敵対するファンドの妨害や、買収先の社員からの反発を受けながらも、鷲津は斬新な再生プランを披露し、業績を積み上げていく。企業買収、再生の真実を克明に描いた問題作。

定価：文庫版(上)八二〇円（税込）
文庫版(下)七七〇円（税込）

定価は変わることがあります。

真山　仁の本

ハゲタカII

（『バイアウト』改題）

「いつか日本を買収《バイアウト》する——」。1年の海外放浪を経て、帰国した鷲津政彦が、まず標的に定めたのは、繊維業界の老舗「鈴紡」。鈴紡は元銀行員の芝野健夫を招聘し買収防衛を図る。その裏に、かつての芝野の上司で、UTB銀行頭取、飯島の思惑があった。激烈な買収戦争で最後に笑うのは誰か？

定価：『バイアウト』(上)(下)　各一七八五円（税込）
文庫版(上)　七五〇円（税込）
文庫版(下)　八〇〇円（税込）

定価は変わることがあります。

気高き昼寝

天野作市

友人の自殺を知らせる深夜の電話。彼が遺した壮絶な手記が、僕の記憶をよみがえらせる。定価一五七五円（税込）

風の中のマリア

百田尚樹

ヒロインはなんと、オオスズメバチの戦士。30日の命、すべてを賭けて母と妹たちを守る。定価一五七五円（税込）

※定価は変わることがあります。

背徳のパンダ

後藤田ゆ花

仲間を裏切っても、三十路を過ぎても、おれはライブをやりたい！　ビジュアル系青春小説。定価一五七五円（税込）

実さえ花さえ

朝井まかて

第3回小説現代長編新人賞奨励賞受賞。江戸・向嶋の種苗屋夫婦に愛の試練が待ち受ける。　定価一六八〇円（税込）

※定価は変わることがあります。